在土耳其合唱

乔叶 —— 著

北京出版集团公司
北京十月文艺出版社

目　录

Contents

打火机

1

余真家所在胡同的名字叫老柳巷。老柳巷很长，如果站在一所高屋的房顶往下看，就会发现老柳巷的轮廓真的活像一棵歪歪扭扭的老柳。余真的家就是一片小小的柳叶，窝藏在老柳枝干的一角疙瘩里。门牌号是七十三。“七十三，八十四，阎王不叫自己去。”“七十三，八十四，不死也是儿女眼里一根刺。”在民谚里，七十三就是一道坎。都觉得这个门牌号不吉利，可门牌号码不是垃圾袋，想换就换。于是对此大家心思尽有，却只是谁都不说。怕或许本来没有，一说反而招了来，成了乌鸦嘴。也仿佛是不说就可以躲过去似的，有点儿掩耳盗铃的意思。多年之后，一次，余真回娘家和母亲一起包饺子，闲话聊起单位的新房，说三楼四楼因为贵没人要。母亲说要是她她就挑四楼，虽然贵些，可光线好，七层住宅楼里正属于不上不下的位置，也安全。余真说我决不要四楼。母亲问是不是嫌四不好听，余真不语。母亲得意道：“其实有些讲究也是没道理。像我们家七十三号怎么了？你们几个平平安安成家立业，不是也没什么糟心事？一条巷子比起来，也算好的了。”

余真放下饺子，走到卫生间，眼泪已经掉了下来。她伸手去抹，从化妆镜里她看见，她的脸被沾了面粉的手抹出了一片淡淡的云白，如扑粉一般。

十六岁那年，余真被强暴了。

那一年，她正读高二。看着是爬坡爬到了半中间，其实她一点儿都不费力。因为根本就不想爬，只是被推着，不得不走。之所以于百忙之中腾出了点儿精力勉强把学习成绩挂在中游，是不想在同学中间太没面子，也是让父母不至于对自已太绝望，从而比较容易地套点儿零花钱。她的主要兴趣就放在玩上。二老是双职工，为了俩工资整天忙得屁都不能站着放一个，从小就对她粗养粗放，胡同里的男孩子又极多，长着长着，她就把自己调教了出来，成了有名的坏孩子。

坏似乎是从幼儿园就开始的。起初也不坏，人之初性本善嘛。后来就不行了。一个小朋友向她要糖吃，她不给，他来抢，她推了他，结果她被老师罚了站。余真明白了其中的规律。第二天，她把程序颠倒了过来：抢别人的糖，他推她，最后罚他站。老师要求大家把太阳画成圆圆的，余真画成方方的。老师问为什么，余真说我把太阳裁了边儿，于是又被罚站。下一节课她就不再画太阳。老师问，她说今儿阴天。小学，老师教大家右手写字，余真用左手，结果小学期间她没有同桌，一个人宽宽展展。也很少有老师提问她，因为老师一张口，往往就会被余真反追得瞠目结舌。

“余真，请谈谈你未来的理想。”

“老师，理想本来就属于未来吧？”

“可以这么说。”

“那您为什么还要说未来的理想呢？”

“哦。那，谈谈你的理想吧。”

“什么是理想？”

“就是你十年后、二十年后想要的那种生活。”

“你十年前、二十年前也有过理想吗？”

“当然。”

“是您目前的生活吗？”

“……不是。”

“为什么没有实现？”

“呵呵，很多原因。其实大多数人的理想都实现不了。呃，还是，谈谈你的理想吧。”

“既然这样，谈一个很可能并不能实现的东西又有什么意思呢？”

…………

上了初中，老师让交日记，每篇日记都要求有主题。一天，学校请了一名解放军来做讲座，日记主题便是军人。余真闭着眼睛都可以想象出同学们会怎么表达对军人的崇拜和敬佩。她也写了，写的是自己对军人的羡慕，原因是军人穿衣服吃饭都不掏钱，还有枪，威风。日记交了，老师批注：你这素质成不了军人。她在老师的批注下继续批注：成不了军人我也要成为军嫂，成不了军嫂我也要成为军妈、军奶奶！从此她就有了不用再交日记的特权。讨厌政治课，她大无畏地举手报告，要求读小说。看着政治老师铁青的嘴唇，觉得自己比那些把小说放在抽屉里偷读的人更磊落。她整日里瞒天过海地说谎，无事生非地找碴儿，流水般地花钱，被爸妈像伺候男孩子那样狠揍——或许，大家都认为她坏的一个重要标志就是：她不像个女孩子。

她确实不像个女孩子。也不想像个女孩子。她不会跳皮筋，不会踢鸡毛毽子，翻墙爬树却是个高手，弹玻璃球水平也不错。在不知道导尿管为何物的时候，她就发明了类似于导尿管的东西，想让自己像男孩子一样站着尿出来。和父母吵架一砖头一砖头地撂句子，把妈妈的胸罩带子剪断当鞋绳，十二三岁还不喜欢穿内裤，夜晚，她关好门，就裸睡。梦中明明感觉到例假来了也懒得起床，把床单和被子弄得血迹斑斑。第二天让妈妈给她洗红旗。最有名也最神气的是和八个男同学勾肩搭背组成了一个“九英党”，张口他妈的，闭口他妈的。哪个同学骑了新自行车一定要抢过来挨着遛一圈。向谁借钱或者讨要零食不得逞，晚上必定偷偷地砸他们家后窗玻璃。义务劳动的时候，他们跟在看不惯的人后面轮番丢蒜皮。有腼腆点儿的孩子穿件时髦衣服让他们硌眼，就山呼海啸地朝人家打口哨，吓得人家绕着走。总而言之，就是淘，活脱脱一个小太妹。“大错不犯，小错不断，气坏公安，难坏法院”就是她那时候的生动写照。

谁都拿她这淘没办法。等二老缓过神来想要管教她的时候，她已经是没脸没皮，油盐不进。母亲为此哭过无数次，最大的恐惧无非是怕她将来嫁不出去。就这德行，谁敢要啊。一天，她放学回家，听见一位街坊大妈正娓娓地安慰着母亲：“……好葫芦开好瓢，好桃树结好桃，你好人有好报，好饭迟起灶。再怎么说，真真她还是个孩子呢。”余真咣的一声撞进门去，蹲到妈妈面前，一丝不苟地重复道：“是啊，真真她还是个孩子呢。”母亲扑哧一下笑了出来。

十六岁那年，余真学会了喝酒。当然是白的。酒多半是董克搞来的。董克是“九英党”成员之一，长得又瘦又小。余真他们本来是看不上他的。可自从他哥哥犯了抢劫罪进了监狱，他妈妈又病死之后，他们就把董克吸纳了进来。从此董克在校园里不再受任何人欺负。家门不幸，无以解忧，董克的老爸就特别爱喝酒，每天都要呷二两，董克就每天从他瓶子里匀一点儿出来，存在一个瓶子里，放在床底，大约十天半个月就能攒出一瓶子来，拿到学校，他们几个分喝。酒其实是真不好喝，余真喝只是因为：一、它不好喝；二、他们同学，尤其是女同学都没喝过；三、学校和家里都不让喝。

那天晚上，她也是喝了酒。喝酒的由头是“九英党”要庆祝期末考试胜利结束。按惯例，考试结束后放假三天，等老师改卷登分，之后还要再上大约两周的新课才会放暑假。炎热的六月，余真穿着一件宽大的白衬衣，套着一条自剪了腿的八分牛仔裤，和那几个男孩子偷偷地钻到一个背街小巷的酒馆里。他们中有五个人都从自家偷了白酒，什么“桃杏沟”“双清渠”“五家村”，都是当地的杂牌子。什么度数的都有。他们要了几个两块钱一份的小素菜：花生米、拌粉丝、拍黄瓜、海带卷什么的，一边喝一边讨论着三天假期的安排。照着以往的作风，他们绝不会浪费这宝贵的三天假期。

从来没有喝过这么多白酒，而且还是如此庞杂的白酒，余真自然而然地喝多了。不知道喝了多长时间，透过小酒馆肮脏的玻璃窗，看看天黑得已经不像个样子，他们摇摇晃晃地分手，回家。董克家离余真家最近，要送她，余真和他一起走到胡同口，就把他骂回去了。她不想让爸爸妈妈看到自己和一个男孩子纠纠缠缠的，那会被他们误会为谈恋爱。一个以捣蛋著名的女孩子居然开始像别的女孩子一样谈恋爱，即使不是真的，听着也够腻腻歪歪，该是多么没有面子的事情啊。

那个夜晚，余真跌跌撞撞地拐进老柳巷，一眼就发现巷里第二盏路灯瞎了。老柳巷一共就三盏路灯，均等地安在拐弯狠些的地方。每盏都能管好多户人家。余真家在第三盏路灯后面。不知怎的，她心里有些怵。但家就在前面，怵也得过去。她紧着步子，到了那盏瞎灯下。一阵风从后面过来，她的腰突然就滞住了。两眼一黑，喉咙一紧，然后，她被拖上了一辆车。

喝了酒的她没有一点儿力气。一上车她就被剥光了。他把她的嘴巴塞住，手脚绑住，蜷放在前后座之间的空隙里，很凉。很冷。很冰。很硬。但她却是软的。很软。没有骨头的那种软。

不知道行驶了多久，车终于停下。她嗅见浓郁的青草气息，似乎是到郊外了。她耳听着他打开前车门，下去。又打开后车门，上来。骑上她的身。他亲吻她，抚摩她，嘴唇是颤抖的，手也是颤抖的。整个儿的他都是颤抖的，和她的身体一起。宛若两根琴弦的和鸣——陌生的和鸣。

他做了两次。第一次很凶猛，迫不及待。第二次，他的节奏便如出了峡谷的河流，变得舒缓，温柔。

很疼。很疼。

他替她清洗了下面——车上居然备有热水和毛巾。他替她穿好衣服。然后，车开始启动。也不知道是忘了还是怎的，他没有再捆绑她，她完全可以解开眼睛上的布。但她没有。

不知过了多久，她被放回到了路灯下。他把她抱下去之前，她清楚地记得，他仿佛是无限留恋地摸了一下她的头。在他的手离她的头越来越远的时候，她能清楚地感觉到有几根头发还在依依不舍地追随着他手指离去的方向。

在他的车发动的一瞬间，世界又回到了她的身边。她全身上下的血液重新开始欢快地奔涌。

她慢慢地把眼睛上的布解开，发现再往前走几米，就是她的老柳巷。路灯的光如刀子一般，

唰唰地闪着她，把她的眼睛照得刺痛刺痛。

只是，她的大脑一片空白。他的手是根魔杖，把她的什么东西拿走了。永远地拿走了。不，这东西不是她身体内的那层薄膜，这东西是看不见的。是属于脑子的，属于心的。

但那东西到底是什么，在很长时间里她都不能确定，也不能明白。

那天晚上回家之后，她在卫生间待了许久。母亲问她怎么了，她说："例假。"一整夜，她都把电扇开到最大挡。第二天，她如愿以偿地感冒了。那三天，她哪儿都没去，就在床上躺了三天。

假期结束，一到学校，她就宣布退出"九英党"。

"我看见你们就觉得恶心。"她说。

其实，她知道，她更恶心的，只是自己。

上晚自习的时候，她第一次提出要爸爸去接。她说她做了一个噩梦，不想再一个人走夜路了。母亲问她做了什么噩梦，讲出来可以解一解破一破，她道："想不起来了。只记得是鬼。"

"真真也知道害怕了。"母亲笑。看得出来，她的笑容是安慰的。一个女孩子，说到天边也不过是女孩子，总该有所畏惧才算正常。不然总是让人担忧的。

后来余真要求住校。住校的一年里，她开始勤奋读书。她发誓要考一个很远很远的大学。能多远，就多远。那一年，她没有一个朋友。不去走近任何人，任何人也别想走近她。"九英党"失去了她就像失去了主心骨，很快解散。八个男孩子里除了董克，没有人敢再招惹她。其实董克也不敢招惹。每逢周六晚上回家和周日晚上上学的时候，他只是在胡同口等她。他可怜巴巴地站在那里，用眼神和余真打着招呼。余真全都知道，全都看见，可她全都熟视无睹。

教室，图书馆，宿舍，餐厅，她每天都在这几处直线行走，独来独往，对别人的事一律不闻不问。同宿舍一个女孩子失恋，哭得地动山摇，室友们多多少少都有一些安慰和同情，只她没有。那个人幸福的时候与自己无关，悲伤的时候凭什么要加上自己？没道理。这个世界说起来谁和谁都有关系，再说起来，谁和谁都无关。有同学曾经小心翼翼地批评过她，说她太骄傲太冷酷，把自己的门关得太紧，这样享受不到集体的温暖。她道："我不是一个房间。我是一座墓。墓有门吗？"

她把自己的野都收敛了起来。慢慢地，像一朵受了风寒的花，把自己的瓣，一片一片地聚起来，重又成了一个花苞。她变了一个人。安宁，内向，长久地不说话。看人总是寒光闪闪，像有一道玻璃嵌在里面。家里人都说她懂事了，知道用功了，像个女孩子了。只有她知道自己：不是这样。不是这样。不是这样。

但大学毕业之后，她终还是回来了。因为她要嫁的人，就在这个城市。她没法子不回。这个破了她初夜的城市，又要补给她一个完美的婚姻。她不能不要。她必须得宽宏大量，不计前嫌。

2

又是六月，余真被批准到避暑胜地北戴河休假。

早就听说省厅在北戴河建有一个休假中心，这是她第一次来。规定可以带爱人和孩子，全额公费。其中来往路费由单位报销，其他一切到了北戴河都由休假中心包圆儿。这样的好事必定也是物以稀为贵，全局每年只有一个名额。今年局委班子研究出的结果，轮到了她。要说轮到她也是有些勉强。在局里她算年轻的，资历比她老的有的是，多少人还都没去过，她自然该往后排。但正如世界上没有无缘无故的爱、无缘无故的恨一样，世界上也没有无缘无故的休假。她虽然年纪轻轻，却是局里的办公室主任。公车，接待，财务，都是她分管。一个很敏感的中层位置。银行拉存款，出差报旅费，司机讨油钱，都得过了她这层手。下面趋奉的人是有的，上面拉拢的人也是有的。没人和她过不去。因为没人和好处过不去。一进单位仿古的翘翘檐大门，传达室的师傅都会对她多敷衍一分钟笑脸。

对这些，她都是明白的。

当初他们办公室仅副主任就封有三个，她是最年轻的。谁也没想到她会被扶了正。对此，只有她自己心里有数。当办公室主任无非就是算计领导的心思。她要是乖起来，顺起来，圆滑玲珑起来，投其所好起来，没人能比得过她。——正如她当初野的时候，也没人能比得过她一样。如果说当上办公室主任算是一种成功，那她成功的秘诀就是以失去智慧的方式让智慧显现，以失去主意的方式让主意确定，以失去名字的方式让名字刻下——以失去自己的方式让自己存在。这么说有点儿玄，举个例子。领导想找个有特色的地方吃饭，她知道哪儿合适，但她一定不说。她给他推荐几个路线一顺儿的饭店，让司机开着车，饿着肚子找。那几个饭店比较起来，领导选择的肯定是她想推荐的那家。吃了，喝了，满意了，高兴了，领导还很有成就感，回去打电话的口气就是这样的："哥儿们，我刚刚发现了一个好去处……"

让你的用心变成他的成就。无非如此。

凭着这点儿功夫，她当上了办公室主任。她没有给谁送过一分钱的礼。可以说，她升职的过程完全是纯天然无污染绿色环保。一位副局长曾经不无遗憾地说，如果她多少能喝点儿酒的话，他确定她的升职速度会比现在更快。

但余真不喝酒。

既然局委班子研究过了，一研究就成了组织决定，余真推三让四，做够了一番人情，当然没人会接，于是就去，去得无可奈何，也去得理直气壮。送行的时候，局长说："好好玩。平时都是你跟着领导鞍前马后地服务，这次你就把自己当领导，好好地服务服务。”

儿子马上就期末考试了，要去还真是有些不放心。丈夫说他在家盯着，让她尽管去 ：“平时都是你陪儿子，过够瘾了，风水轮流转，该我新鲜两天。”瞧，对她全都是这么通情达理，体贴关照。不去都不好意思。

余真有点儿忐忑地上了火车。一个人清清静静地休一星期假，想想都莫名其妙地觉得奢侈，觉得于心不安。她的日子一向都是紧巴巴的。不，这紧巴巴与金钱物质无关。这紧巴巴，以前她总以为指的是时间。因为无论是在家还是在单位，她总是一副日理万机的样子，似乎头顶永远悬着一根弦，这根弦被嗡嗡地弹着，从来不能让她大大地喘口气儿。现在，当她坐在火车上的一瞬间，她明白了：这紧巴巴指的也不是时间，而是心理。坐在火车上的她百无聊赖，闲得发慌。那根弦仍然在嗡嗡地弹着，弹着。一股艺无止境的劲头。

真是要命。

出租车停下，下午六点十分。休假中心到了。确实是个幽雅的所在。鲜花，草坪，一棵粗壮高大的核桃树下支着几张白色的木桌，配套的是同色休闲木椅，样式稚拙可爱。草坪后面疏疏落落地竖着几栋白顶红砖的小楼，玩具一般，让人一望就心生向往。

大门关着。按通知书上的号码打电话，没人接。余真无所事事地站在门外，看着门口路标上的仿宋绿字：草厂南路。是。通知书上写的地址就是草厂南路。草厂，这是个好名字。她喜欢这个名字。这是一个可以嬉戏的名字。有一种扑面而来的乡间气息，仿佛可以看见多年之前这里生机勃勃的翠绿村庄，村庄之外有大片大片的青葱麦田，猪羊圈外堆着大垛大垛的喂牲口的干草堆，钻到草堆里，躺下，会被清洁潮湿的草气腌住，用打火机点着，一根草就会燃出一根焦香……十六岁之前，余真会干这些。那时候的她啊，口袋里什么都可以没有，绝不能没有打火机。打火机的用处太多了，点树叶儿，点烟，自习课无聊的时候点前面女同学的辫子，哪位老师的自行车后座上绑着捆芹菜，她一准儿用打火机把绳儿给掐断。打火机是个好玩具。口袋里没有打火机的小余真，就像现在的她包里没有手机一样，失魂落魄。

余真捏捏自己的包。包里除了手机之外，还有许多必需品：钱包，“心相印”纸手帕，“雅客”木糖醇口香糖，小镜子，小梳子，唇膏，防晒霜，通讯录……没有打火机。十六年来，她再也没有装过打火机。

余真摇摇头，想要把泛起的十六岁摇走。十六岁的花季？你没有啦。她对着传达室的窗玻璃照照自己的脸。已经三十二岁的她看起来顶多二十五六岁的样子，粉嫩圆润，不胖不瘦，清水挂面头，黑漆杏仁眼，完全是个漂亮少妇的模样。可是，十六岁的花季她确实没有过。她的十六岁，是被腰斩的。

她的神情一派安宁祥和。和脸盘不相称，但与年龄很般配。十六岁，她被强暴了，但现在的她看着还可以，既不愤世嫉俗，也不忧伤沉痛。这是中年的表情吧。中国人中年的表情。中国人的中年一向是提前的，和国际不接轨。据说联合国规定四十五岁以下都是青年，四十五岁到六十岁是中年，六十岁之上才是老年。要这么说，她还年轻。

年轻？余真继续在窗玻璃上照自己。太阳还很毒，脸上已经被晒出了油。但，真的，看起来还是那么年轻。——屋里有什么东西明晃晃地花着眼。余真定了定神：柚黄色的桌子上闪着一串钥匙的金光，而另一面墙上的铝合金窗户有一扇没关严。太好了。一刹那，余真做了个决定。既然没人看见，既然她还年轻——余真朝自己做个鬼脸，放下行李，蹬着大门上的横线铁格，翻了进去，然后双手一按，跃上那个窄窄的窗台，伸手进去，把门拨开，拿过钥匙，一试，果然有一把打开了大门上的锁。她把行李拿进来，将钥匙和窗户都恢复原位，正想把大门再锁上，一个男人的声音忽然响起来："丫头，功夫不错。"

回头。大门对面的树荫凉下，站着一个戴墨镜的男人，身边放着一个黑色拉杆箱。也是来休假的？

余真对他笑笑。等他进去，和他一起来到二号楼大堂。有一个服务员站在总台后面，浑身湿淋淋地，像一条刚刚从海上爬出来的鱼，狼狈不堪地向他们问好。余真问她怎么刚才没人接电话，她说厨房的水管突然爆裂，所有的工作人员都跑去处理水管了。

怪不得传达室会荒。

"为什么不买最好的水管？厅里拨的钱不少啊。"男人一边登记一边说。余真探过头，看见了他正在写的名字：胡。哦，他姓胡。

胡？他姓胡？醒一醒神儿，余真的头发几乎都要直竖起来。再四舍五入地浏览一下墨镜下他的脸，终于确认：她见过他。他去他们那里视察过工作。

他是他们的厅长。省内本行业最大的领导。

"我们在哪里见过吧？"他边登记边说。当然，他有资格说这话。全省这一行里，他是“率土之滨，莫非王臣”。余真惶惶地报出自己局的名字，几乎是逃也似的拖着行李来到房间。第一天就丢了这么大的人，还是在厅长面前。她想象不出他看着自己踢天蹦地扒门撬锁时的心情。他会怎么想她？这是一个地狱般黑暗无边的问题。真是不该来休这个假。如果不休假她就不会这么放松，不会这么没谱儿。要知道她有多少年都没有让双脚离开地面五十厘米了啊。

死期到了。

等等。余真定了定神。他不是还说了一句“丫头，功夫不错”吗？即使是讽刺，也还可以确认他并不是那么讨厌她，甚至还有点儿欣赏。这是一个关键的评价，她得抓牢它，瞅个机会把自己救上岸。

3

余真的房间是2516。2是2号楼，516是房号。一人一个大标间，外带一个大露台。确切地说，是一家一个标间。无论你是一个人还是十口八口，一个名额给够你这一个标间就得了。小茶几上放着休假中心的服务簿。余真翻了一下，里面介绍说有棋牌室，健身室，晚上多功能厅有电影，阅览室可以读书上网，五脏俱全。服务簿后面还附着一张北戴河地图，她用比例尺合算了一下，这儿离海边仅仅五百米。太方便了。她发短信把房间号码告诉了丈夫，丈夫马上打来电话，问条件如何，余真说非常好。他说那他就放心了。她撒着娇叫“好老公”，他也嗲着声叫“好老婆”，儿子在一边带着哭腔抢过了电话，今天星期天，他在家。儿子说他也想去，可还得考试。她只好安慰他，承诺给他带一艘玩具军舰回去，他才破涕为笑，连声叫“好妈妈，好妈妈”。

一番热闹，挂断电话。好老公好老婆好爸爸好妈妈好儿子……这是沿着电话线传真过来的温馨家庭，一切都好。努力了这么多年，她终于进入了这些个“好”。多少年前，这些个“好”曾是她觉得需要奋斗终生也不一定能抵达的巨大目标，但现在，“好”来了。就攥在她的手心里。

看起来，一切都无可挑剔。自己不错，家里也不错。丈夫在劳动局，儿子正读小学三年级，调皮顽劣尽有，比她当年虽是差了些，从身为父母的角度看却是正好。正如丈夫勤谨呵护鱼水之欢也都尽有，却也都不过分。对于一个三十二岁的女人来说，一切都是三十七八度的洗澡水，最适宜的温度。

但她仍是紧巴巴的。

为什么？为什么她仍是紧巴巴的？

——是不是正是因为，这些个“好”是被她死攥着的缘故？而她之所以死攥着这些个“好”，是不是正是因为怕自己攥不住，怕它们会随时长出翅膀飞走？

手机响了。是董克。董克大学毕业后分到另一个城市工作，时不时的会给她打个电话。这些年来，高中同学里经常和她保持联系的，也只有他了。

铃声一遍遍响着。余真始终没接。

确实离海很近。晚饭后余真出去散步，二十分钟就溜达到了海边。沿着海滨路缓缓走来，海鲜楼一座挨着一座，灯饰一家比一家花哨，如倚门卖笑的女子，浓妆艳抹，俗不可耐。她们气势磅礴富丽堂皇地污染着海面。大大小小的强光射灯也配合着她们，把一个个紧挨着的海水浴场耀得亮如白昼。都是一些自然浴场，野浴场。没有围墙，没有栏杆，路边的台阶随时上下，穿泳衣的女子三五成群，嘻嘻哈哈地从她身边掠过，多半都和男孩子们纠缠在一起，男孩子的手放在她们的臀上，肩上。他们的脸上都闪烁着熠熠神采。而灯光中，海水一点儿也看不出清澈，是一种辽阔的深浊。远处游在礁石上的浪花如一匹匹调皮的小兽，爬上去，滚下来，又爬上去。

北戴河的疗养院和休假中心大约是全国最密集的。别称“夏都”，想想多么有底气。服务员说仅中直部门在这里建的就有两百多家，其他有点儿名堂的各级单位通过各种渠道建立起来的小洋楼更是摩肩接踵，不能统计，总之，除了海产品之外，把疗养院和休假中心说成是北戴河最大的特产毫不过分。有趣的是大多数疗养院都不叫疗养院或者休假中心，而叫作工作站——出门时她才注意到，他们的休假中心外面挂的牌子，也是工作站。工作站，多好玩。为什么不到新疆戈壁滩建这么多工作站？

走着走着，余真的脚步停下来。

胡厅长在前面。一家路边小店的窗口，他正指指点点地看泳衣。女式泳衣。

传说中的胡厅长娶妻四次，外遇无数，很有艳福。他是个老三届，1977年一举高中，毕业后便和第一任妻子离婚，娶了第二任，他的大学同班同学。这一任妻子给他生下了一个儿子。然后是第三任，有夫之妇。为了走在一起，他们各自闹离婚数年。但他们的热情似乎也只有在离婚的时候最高涨，婚后五个月两人便分道扬镳。后来他如风似电般地娶了现任妻子。然而据说他和她的感情也不怎么好，两人早已经同床异梦。因为他太花，她根本管不住他，又贪图他的权势，便忍气吞声地过了下去。只是暗暗地，防贼似的防着他。在办公室说起这事儿的时候，一位副局长说他见过胡厅长的现任妻子，长得很一般，而且一点儿也不年轻。人都说他比她大二十岁呢。后来副局长很是婉转地打听了一下，才知道两人相差不过五岁。“大五岁还值得离婚？还不找个嫩点儿的？”大家很困惑。不过从他任职后的所作所为来看，这位厅长办事一向也没什么规律可言。后来，群众们又这么给自己打圆场。

——这话是有根据的。胡的前任是个文学爱好者，有点儿雅士风度，不拘小节，吊儿郎当。于是整个儿卫生厅的作风也都上行下效，拖拖拉拉，松松垮垮，甚无体统。胡上任之后，一个会没开——原本也不是开会好解决的事，就把这个积弊给治了。说起来不过是两件事。一是乘车。一位科长和他同住一个小区，早上上班，在院里碰到，顺风车理所当然地要搭。科长跟着胡进了他的专车，胡回头做意外状，道：“你不能坐这车。”科长以为他开玩笑，便也嬉皮笑脸道：“我陪领导坐，行吧？”胡板着脸道：“你不下来我下来。”说完就出了车，打了辆出租，绝尘而去。二是摆鞋。一日，胡偶尔路过微机室，看见门厅处的鞋子横七竖八，便悄无声息地蹲下来，把那些鞋子一双双摆得周吴郑王。这一利一钝双刃剑出手，机关人员又不是弱智，立马痛改前非，个个意气风发，精神抖擞，里外面貌焕然一新。工作效率也随之水涨船高，在连年的行风评议中都名列前茅。

他一个人来休假，看的却是女式泳衣，傻子也能猜出来，这里头有学问，而且还是花花绿绿的学问。按常规余真得绕开走。但是，有必要吗？这么多人，未见得他就会恰恰转身，恰恰转身也未见得就恰恰看到自己，恰恰看到自己也未见得就恰恰认出来。他这样大象级的人物，要是连她这样顶顶小的蚂蚁都过目不忘，还不早就把他累死了？

她决定冒险。

终于挨到一大帮人过来，余真挤在了人群里，慢慢地，慢慢地，游啊游，游啊游，如一条鱼，左摇头，右摆尾，前伸胳膊后踢腿，眼看就要无声无息地游过去了。在即将成功的一刹那，怎么就那么倒霉，他恰恰就回了头，恰恰一下子就把目光定格到她身上。

“丫头，来帮我看看泳衣。”他说。不笑，但口气很温和。似乎他们早就认识了一百年。余真的心落了地，她知道幻想的白天危机已经过去了。可在落地的一瞬间，她的心又悬了起来。

她走过去。

“给谁看？”问完她就想敲自己的嘴巴。一句话就犯了忌，但这又是必须犯的忌。给女孩子选就得带裙边的，娇俏可人。给老太太选就得传统型的，灰不沓沓。他不敲锣，她怎么定音？

“女人。”他笑，“和你差不多的。”

他只有一个儿子。没有女儿。和她差不多？那一定是私生女，或是女朋友。他还有这么年轻的女朋友？情人？余真斟酌了一番，选了套两截式的：上身鲜黄豹纹吊带，下身天蓝三角裤外护同色短裙，他问了问价格，马上就掏钱包，余真捞住他的手，又挑了一堆毛病，砍下了三十元。

离开小店，他给她买了瓶果汁。她死活不要，他死活要给。“三十块钱买好几瓶果汁呢。”他说，“不争一瓶果汁，就是海鲜也该请你吃一顿。”

他们沿着海滨路继续散步，绕了一圈，散乱地聊了一些话。对余真来说，这散乱当然也是形散而神不散。——余真现在很小心了。余真问他怎么一个人过来休假，他说他在北京开了个会，顺便拐到这里待一两天。每年他都会例行待这么一两天，算是散心，也算是检查工作。半公半私。

“那您很快就会走吧？”

“看情况。”胡说，“如果气象台预报说这两天会刮二十级以上台风的话，我要多住两天也不一定。”

余真大笑。

回到休假中心，互道晚安。他住一号楼。服务员告诉余真，一号楼都是套房，是一定级别以上的领导才有资格住的。领导们还有专门的小餐厅。余真这才记起，晚上没有在餐厅里见到胡。这样蛮好的。她松了一口气。

洗澡的时候，看着卫生间里的镜子，余真忽然明白，刚才泳衣店里的“恰恰”其实未见得真是“恰恰”，因为，那个小店的里墙上，装着一面巨大的镜子，可以映照出所有的路人。

第二天一早，余真在大餐厅门口见到了胡，餐厅门还没有开，其实已经到点儿了。只有她和他两个。他们对望一眼，互相点点头。余真的诧异是难免的。既然他们有小餐厅，干吗还跑到这里来？

“昨晚上睡得好吗？”他问。

"好。您呢？"

"没睡好。太安静了。"他点了一根烟，"人老三样宝：贪财，怕死，睡不好。我后一样特别明显。"

余真笑："您不老。"当办公室主任时间长了，习惯性的奉承。不过，说实话，他看起来也确实当不起"老"字。

"真的？"他也乐。真是千穿万穿马屁不穿。

"睡不着挺难熬的吧？"

"是。"他看余真一眼，"本来想给你打电话，又怕影响你休息。"

这话有意思。大象给蚂蚁打什么深夜电话？"人们啊，我是爱你们的，你们可要警惕啊。"余真没来由地想起这句古怪名言。对他笑笑。沉默。

餐厅门开了。服务员诚惶诚恐地请他去小餐厅，他拒绝了。他说他是农民出身，更喜欢大餐厅的气氛。他说昨天在小餐厅吃的那顿已经够折腾了，哪是他吃菜，分明是菜吃他。他的笑容熨平了服务员的紧张，她们麻利地给他们准备好饭菜，他却不动筷子。他说要按规定办。餐厅规定一桌凑够了十个人才可以开吃，他们两个就只有等着。他不断地询问她一些局里的情况。谈到一些涉及对局里的成绩自我评价的话题，余真不好说什么，只是以最简单的"是""不是""差不多""还可以""都那样""好像行"来敷衍他。他突然笑起来："是办公室主任？"

余真点头。

"我也干过。你的语言具有办公室主任语言最典型的职业特征。"

余真也笑。

“其实不必。就是随意聊天。要是谈工作我不是这样的，也不会在这里谈。”

余真依然笑。笑得很傻。但那也得笑。从来都是祸从口出，没有祸从笑出的。

人陆续来齐。和厅长坐在一起，大家都很拘束。他要是夹了哪个菜，那个菜半天都在他面前放着，没人转桌。真是难受啊。余真想。领导就是领导。她最烦的就是领导深入群众。平日里高高在上，忽然要深入群众，哪个群众不怕被砸着？深入群众的时候，领导都有本领能收能放。收是集中，放是民主。收是权力，放是闲情。收是领导风范，放是与民同乐。怎么着都是他有理，他惬意，他想不到当他在群众的空间里上挥下揽收放自如的时候，群众的肺有多憋闷，群众的笑容有多遭罪，群众的不胜欢欣之状有多虚伪，群众的心声有多强烈：您什么时候能深入完毕？您什么时候能浅出啊您哪。

4

早餐后集体乘车活动。休假中心今天安排的是联峰山公园。据说毛主席老人家曾在那里登高望海，联峰山因此成为名胜。没办法，伟人少，凡人多。凡人在伟人后面闻闻人家扑腾出的灰尘，也觉得香甜。

山海相连，其实不远，十五分钟车程就到了。大家开始零零落落地登山。基本上都是一家三口。单独的就余真，还有胡。上车之前大家都眼睁睁地看到休假中心主任，也就是工作站站长，特意巴巴结结地安排了一个精干的小伙子和一个机灵的小姑娘陪胡，他坚决不要。他说："我好不容易解放解放，你们还弄两个间谍跟着我啊？"这玩笑开得很微妙，既亲近平和，又拒人千里，既幽默风趣，又风刀霜剑，让他们面面相觑，只好作罢。

一进山门，余真很快和他拉开了距离，随意拣了一条偏僻点儿的山道。孤男寡女，上下悬殊，她不能让人从眼睛里给自己捅刀子。山道越走越窄，余真明白了，这是一条废弃的山道。但道边植被很好，处处阴凉。她慢慢地走着，出了一身极舒服的汗。喝了一大瓶水，想要小解。没有厕所。看看四周，天苍苍，野茫茫，风吹草低不见牛羊，好在也不见人，余真一猫腰钻进了草丛，回归大自然。

解决完毕，她抱起裙子，让山风吹着大腿。必须承认，裸体是舒服的。完全的裸体有着完全的舒服，局部的裸体有着局部的舒服。十六岁之前，她爱裸睡。那真是一种享受。如果细细体味就会发现，那些平日里被遮盖惯了的部位，突然被晾出来，其实是挺不好意思的，有点儿受惊吓，怯生生的，格外敏感。不像手脚脸上的皮肤，一个个都麻木不仁，无耻相。这些被娇惯久了的皮肤必须在空气中羞怯一阵子，才会开始领略空气的友好和热情，才会慢慢地放开毛孔，松弛下来，与空气进行交流和呼应，然后，更激烈一些，她们会和空气握手，问候，拥抱，跳舞，狂欢。她们张着一朵朵小嘴，吧嗒吧嗒，吧嗒吧嗒，贪贪婪婪地亲吻着空气，仿佛襁褓中的婴儿在尽情地吃奶，这时候你才会明白：她们饿了有多久了。

给大腿放了会儿假，她坐在路边的石头上休息。还是热。她便用裙摆当扇子，给自己绵绵不绝地送着小风。

“喂，小余。”胡的声音从背后平地立起。余真的汗唰地一下全落了下去。他什么时候也来了？

“内容丰富，想找个地方解决一下。我们是不是志同道合了？”他说。

余真尴尬地笑笑，起身：“要不，我去那边给您望望风？”

他大笑：“不需要了。”

他笑得比山风还要爽朗，仿佛她是一个幼稚孩子。余真的脸无端地红了起来。那方才，他在这边，她在那边？不堪设想。——想想，倒也有趣。少年时节，她和“九英党”的弟兄们外出郊游，一堵破墙，她在这边，他们在那边，也皆是坦荡无边。

一起走下去，便是观音寺。他要抽签，她便替他拎了手包，在一边看着。是上上签。然后是一名僧人解签，无非是仕途顺达，福星临门，家宅兴旺，必得贵子之类。听他和僧人闲聊，说他属牛，和共和国同龄。余真也属牛，小他两轮。出了寺，余真把这点儿巧合讲给他听，他笑了笑。笑的时候，他左嘴角上扬，右嘴角下撇，脸颊上的肌肉拧成一小块，一小块，笑得一点儿也不宽厚。很坏。

“你知道我生气的时候，厅里的人背后叫我什么吗？”他嘴角一挑，“老公牛。”

那他的意思就是说余真是小母牛。果然坏。又不好发脾气，余真只有沉默。他却闲不住，问余真结婚没有，孩子几岁，余真说了，他又笑：“婚结得这么早，很会享受生活啊。”

“比你差远了。”余真脱口而出。他一扬眉，又是笑。笑得更坏。

余真的婚结得确实是有些早。是她大学同学里最早的一个。

她果然考上了一所遥远的大学，离家两千里。她感谢这遥远。这遥远使她有充分的时间和空间把自己变成另外一个人，变得让往昔认识她的人谁也认不出来，包括她自己。也包括董克。当年董克和她考到了一个城市，他的学校与她的学校平行隔着三条街。他常来。开始是找她。她对他仍是冷冰冰的，毫无松动。不知怎的，他便在她的学校结交了一些朋友。他和那些朋友频繁地走动着，她便不得不皱着眉头偶尔碰到他。他的个子已经很高了，人也长得比以前俊朗，可她还是不想看到他。他这么跟着她，让她不安。尤其他曾经还是“九英党”的成员——她最引以为耻的，最想深深埋葬的一段经历。她宁可他们都是全新的。这碰面总是让全新的感觉有些磕巴。好在后来董克也很知趣，和她见着的时候，能少说一句就少说一句。回忆起来，最常说的无非这几句：

“最近怎么样？”

“好。你呢？”

“我也好。”

余真越来越顺利地朝自己的想象靠近：长发披肩，长裙飘飘，穿“淑女屋”“素衣坊”风格的衣服，内衣和外衣上常常缀着蕾丝花边和绉绉纱。见人嘴角微微上挑，笑不露齿。最生气时也只是用手端着下巴，绝无恶声。她举止优雅，言语明净，安恬祥和，细腻体贴，诚挚可靠，能迅速赢得大多数人的信任。两年前丈夫去新疆旅游，带回来一套有趣的玩意儿：三只猴子，一只捂着眼睛，一只捂着嘴巴，一只捂着耳朵。丈夫说新疆人解释这三只猴子的意思分别是：不该看的不看，不该说的不说，不该听的不听。它们一下子就让她想起了大学时代，她绝对非礼勿言，非礼勿视，非礼勿听。非礼勿言自己就可以做到，其他两项不在自己的掌控之中。如果实在看到了不该看的，听到了不该听的，她会惊奇地瞪大眼睛，用纯真的眼神表示着无辜，让对方收敛或羞愧。

没办法。她只有这样。那个强暴她的男人在强暴她身体的同时也强暴了她对这个世界的勃勃野心和自信。在这之前，她一直排斥自己是个女人。她讨厌例假，讨厌乳房悄悄鼓起，讨厌下身的鬈曲体毛，讨厌长长的不好收拾的头发，讨厌鲜花，讨厌手帕……讨厌女人的琐屑、细腻、拐弯抹角和闲言碎语。她本能地觉得男人更简单，更爽气，更酷烈，更过瘾。她有意无意地向男人积极靠拢着，觉得男人的方式更接近于她的理想生活。

但是，她碰到了那个男人。他对她做了一个男人对一个女人做的一切——她终于明白，他在她头上最后的那个轻轻的抚摩带走了什么。他把她贴在身体表面的男儿气全部撕走了。此后，她所有的努力方向都只是一个最最普通女人的努力方向，她所有的未来生活都只是一个最最普通女人的未来生活，不，实际上她还不如一个普通女人。她的起点比她们低。她被强暴过，她身体的记忆和心的记忆有着致命的疼痛。她从离地一米的墙头一下子跌到了低地一米的坑里。她需要做的，只是爬到地面上。

四年的时间，她预备让自己在领到大学毕业证的同时，也领到一个经典女孩的毕业证。她确信自己做得不错，甚至可以说很出色。唯一和别的女孩不同的是：她从不接受一个男孩子的单独约会。对青春情事漠然置之。

也有对她好的男生，都被她拒绝了，一个接一个。交往略深些，那些男生总是忍不住要动手动脚，一看他们的样子她就心烦。冷眼看着他们蝴蝶般又飞向别的女生，她心里没有任何感觉。他们不厌其烦玩耍着的各种恋爱游戏，都是小孩子的过家家，和她无关。她觉得自己仿佛一个老祖母，一下子从十六岁蹦到了六十岁。一切都毫无意义，一切都遥不可及——也根本不想及。

曾收到一个男生写的情书，是所有情书里最打动她的一封。他写得很温和，字里行间洋溢着一种水波氤氲的亲切气息。他说他留意她很长时间了，虽然她经常孤独沉默，对男生拒之千里，但在他眼里她依然是最具吸引力的一个。他说喧哗者往往华而不实，黯淡者往往满怀珠宝。他觉得她的沉默有一种神秘的疼痛。如果她经历了什么创伤，他愿意为她清洗伤口，也愿意为她抚平伤痕。

这封冒失而又真诚，幼稚而又善良的情书让她的心颤了一颤。但很快就静止了。后来，她只有冷笑：她的创伤，她的疼痛，只是她的。他背不起。她不要他背。而且，她有创伤吗？不，没有。也没有疼痛。一切都已经过去了，如流行的性产品广告语一样：没什么大不了的！她拒绝一切形式的悲悯，哪怕是以爱情的名义。

她来到校外的精品店里，买了一只水晶幸运瓶，把那封情书撕碎，放在瓶子里。过了三天，那个男生打电话约她，她来到他的面前，把瓶子举起来，隔着瓶子里的碎屑，她看到他惊恐的脸。

她伤害了他。她只有这样。她不伤害他，他就有可能伤害她。没人教她，但她自己明白：男人在这种事情上，从来都是最不大度的。

5

从联峰山回来，胡依然在大餐厅午餐。余真有意没和他坐一张桌，却硬是被早餐那桌人给叫了去，说第一次坐哪儿，以后就得一直坐哪儿，不能叛变，这叫“处女座”。还就此成立了“第一小组”。余真也就只好坐过去，然而心里明白：她是这次休假人员里最年轻的女人，且单身，在这桌的主要作用只是调调色而已。

下午没有集体活动。大家一边吃一边商量着下午干什么。胡说听人讲黄金海岸很不错，就是挺远。马上就有人附和说远怕什么，只要值得。余真说我不去，什么游泳装备都没带，去海水浴场没事做。大家齐声反对，说你不去我们看谁。我们就是集资也得给你买套泳装。余真又说自己根本不会游，有人道：“听说你在妈妈肚子里就会游啦。”

众人哈哈大笑。无法推辞，只好答应去。饭后，余真正在房间里收拾东西，胡打来了电话，说泳衣不用买了，就穿昨天晚上她给他挑的那套。余真说那怎么行，他说他本来也没想给谁买，看见她才突然有了买的心情，所以才会要她挑。“你挑的总合你的口味吧。”他说。

余真怔住。他什么意思？可这问题分明是掩耳盗铃。他的意思再鲜明不过：他特意给她买了一件泳衣——可她凭什么要他的东西？

世界上没有无缘无故的泳衣。当然，也可以勉强说，他给她买泳衣是领导对下属，长辈对晚辈。可只要是人就会知道这种理由是多么捉襟见肘，不堪一击。饱满的结论只有一个：他想勾搭她。这个在仕途上百炼成钢的男人，在情场上还是一个没有止步思归的浪子。这件泳衣绝不是一件泳衣，它是一席简洁的幕布。小小的幕布拉开之后，他要给她演出的，是一台艳丽的小戏。

这么说，关于他的那些粉色新闻不全是空穴来风。他果真是一个不地道的人。一个坏人。余真的手臂微微抖了起来。这么多年过去，她又切切实实地碰到了一个坏人。

两点钟，他们出发，路过本地人气最旺的石塘路市场，余真买了泳帽、泳镜和泳圈。买泳帽的时候，胡一直在旁边帮她看，本来她要挑一顶深灰色的，他说不好。最后买了顶玫瑰红的。余真说太艳了，胡说就得要艳的，这样如果在海里遇到危险大家救你的时候好寻找目标。泳镜选了白色的。泳圈则是国际通用的警告色：鲜黄。

其实余真真是很喜欢酸溜溜的玫瑰红。

穿过北戴河和南戴河，便到了黄金海岸。果然是名不虚传。海水清蓝见底，滩涂宽广无垠，沙质细腻如绸。余真换好泳衣出来，便感觉到所有男人的目光如一排排柔柔的毛刷子，轻轻地从她身上掠过。轻便是轻，掠便是掠，毛刷子却也真的是长。它跟随着她的每一寸皮肤，似乎想把每个毛孔都扎深，扎透。

余真飞快地穿过他们，卧到海水里，再也不肯出来。海浪一层，一层，轻轻地击打在她身上，如一只巨掌在温和地为她按摩，让她在灿烂的阳光下，昏昏欲睡。

不一会儿，胡也换好了泳裤。此时男人们的身体都近乎全裸，所有人的小肚子都经不起推敲。可他居然没有。这时候余真才看清楚他魁梧双肩，皮肤黝黑，泳镜一罩，很酷的样子，真的绝对看不出他已经五十有五。而他泳裤遮住的三角地带仍有丰盛的黑丝曲折而出。余真仿佛记得曾在某本书上读到过：体毛浓重的男人性欲强烈。难怪他花。有条件。

游客很少，女孩子们都很惹眼。有几个女孩子穿着比基尼，比基尼是需要很苛刻的身体条件的。这几个女孩子穿起来都不错，一点儿都没舍得委屈自己。她们追逐打闹，笑声如洗，在水外展览的时间远比在水里泡的时间长久，健康的皮肤在阳光下闪着悦目的光泽。

“你很白。” 胡来到余真身边，拍着水，不看她，“白皮肤多好，对任何颜色都没有忌讳。这是上天对你的恩宠。”

余真没有表情，把目光投向飞舞的海鸥。曾经的她，恶劣的嘴巴或许会这么应付他：你怎么那么黑？是不是你爸妈造你的时候没开灯，怕费电吧？说老实话，黑还真是不好。总是没洗澡的样子，再洗也洗不干净，你看你看，就因为怕费一会儿电，结果浪费一辈子水，多亏，亏大了……但现在，对这样冒犯性质的赞美，她只有沉默。

“那些看不见的地方，更白吧？”

余真抬起眼睛。胡回头也看了看她。这样一个男人，居然问出这样的话。但是，他的眼睛里，全是孩子般的坦白和清澈。

她更没想到的是，自己居然对他灿烂地笑了笑。

“其实，你的腰胯曲线很好，最适合穿比基尼。”他说，“你要是穿上去，不比她们哪一个逊色。回头我陪你去买一套。”

余真继续沉默。没笑。此时的沉默应该是表示自己有些生气的吧？他用这样直接的言辞对她。但她心里一点儿也不生气。她只是沉默。是。她腰胯的曲线圆润轻盈，如青花古瓶般优雅，那又怎样？她已经如一只学会躲避风头的蝶，习惯收敛起翅膀，躲在黯淡的角落。东西南北风，不动旌旗。

有男孩子推着女孩子的泳圈往大海深处跑，女孩子发出幸福的尖叫。余真和胡一起往那边看去。然后，他看看她。

“谢谢，”余真放慢说话的节奏，这样可以让自己显得稳重、严肃，“不用。”

晚上在休假中心附近吃烧烤，喝啤酒。抢着买单的有的是。能为厅长买单，即使以后用他不着，回单位讲出来也是天大的面子。烧烤的内容居然还有烤红薯，专门用个大火炉子装着，两块钱一斤。一帮人吃了一个又一个。余真发现胡一点儿也没吃。问他为什么不吃，他说不喜欢。

啤酒一杯杯地倒上，余真不喝。谁说也不喝。

“啤酒怕什么？啤酒。”胡用大拇指和食指比画着，“就这么一点点。”

“不会。”

“可以学。什么不是学的？”

“不想学。什么都值得学吗？”

众人都呵呵笑。呛人是一种特权。作为这拨人里最年轻的女人，余真知道自己有这种特权。这种特权，即使是胡也得买账。而且，他似乎比任何人都更愿意买账。但以他的身份，她不能让他买太多。于是在胡的游说声中，她做出打电话状看了看手机，起身离开。在外面转了一圈，跑到一棵树下坐着。不一会儿，见他远远地从厕所那边绕了过来。这个磨人精。

“真不喝？”

余真不语。

“喝酒受过大罪？”

余真依然不语。

“我刚才逞能了，和他们打了赌，说我能破了你的戒，让你喝。要是赢了他们每人给我一百块钱，要是输了给他们每人一百。钱已经押在这儿了。”他拿出八张老人头，“我全给你，你只给我个面子，怎么样？”

赤裸裸的交易。余真哈哈大笑。这个家伙太好玩了。一杯啤酒八百块，还随赠一个天大的人情，长这么大没见过这么划算的生意。没的说，干。

他先回去。待了片刻，余真回去。一坐到桌上，他就开始了劝酒，苦口婆心：“……小余，刚才我们说到哪儿了？不想学是吧？其实学不亏人呢。学什么都不亏。我知道你是个好孩子，小心得对。小心不过逾。俗话说得好：酒是惹事精。俗话也说：酒大伤身，酒多伤胃。这都对。可俗话又说了：粥养气，酒养神。俗话还说：今朝有酒今朝醉，明日愁来明日忧。喝口酒不是喝毒药，到不了哪里去。酒深如大海，酒杯如小船。你放心，有哥我在这儿给你撑船把舵，绝不会让你栽了。行了吧？那给哥个面子。”

哎哟哟，这个老头子可是太好玩了，竟然给她自称哥哥。余真忍不住一直笑——当然，厅长给你自称哥哥，再滑稽也罩着一层光辉。包里捂着他给的八百块钱，面前晃动着他斟出的晶黄啤酒。余真的心开始跟着摇摇曳曳。啤酒。十六岁那年，她和“九英党”的哥儿们学喝白酒的时候，啤酒也已经开始在他们那个城市流行，但他们觉得它不够劲儿。后来，她就没有喝过任何酒了。酒在她记忆里变成了一团火，它把她一次燃烧了个够。然后，她成了灰烬。

可是，那个夜晚真的和酒有关吗？酒还是那么漂亮，那么可爱。它依然是个好东西。它是一条透明的走廊，人从杯上走到杯下，就被洗亮了心肠，痛辣，也甘美。

余真端起酒杯，一饮而尽。这杯酒，是给胡台阶，给大家台阶。也未尝不是给自己台阶。余真忽然想。可她能顺着这台阶，下到哪里呢？

从一杯开始，滔滔不绝。余真很快被灌了个半醉。半醉也还是没醉，醉不了。多少年没醉了。从十六岁开始，她的体内就产生了巨大的免醉力。

但毕竟，似乎，也还是有些醉了，她唱着歌，跟着他们乘兴逛了沿街的夜市。买了大包大包的东西：海螺、项链、手镯、镜子、梳子、酒壶、烟灰缸、望远镜、手电筒……琳琅满目，杂货店一般。一帮人手挽手回到宾馆，胡问她是否带有闲书，她说有——真是醉了，不然不该跟他说有的。

他一进门就抱住了她，把她扔到床上，直接用唇压住了她的唇。然后在她绽开的双唇间，把舌头伸进去，搅拌起来。她觉得自己就要被搅碎了。他一只手挟住她的腰，另一只手毫不懈怠地从T恤衫敞开的胸口伸进去，抓住她的乳房。她觉得自己的全身都涨起来。她开始挣扎。然而她的挣扎让他更加用力。他开始脱她的上衣。她仍无声地挣扎着。当上衣被他脱掉之后，她就势从床上滚下去，蹲到地上，像个孩子似的赖在那里，再也不肯起来。

他只好也蹲下去，在她背后抱住她。两人坐在地上。他的脸贴着她的胸罩带子，双手仍旧护着她的乳。她哧哧地笑起来。他也笑了。

“不想做？”

“你走吧。”

“真的不想？真的不想？”

“想。”她自己也不能相信自己，“可是，你还是先回去吧。”

“这两天有没有想我？”

“有。”

“一开始就想了？是不是？”

“是。”

他满意地笑了。又抱了她一会儿，吻着她的下颌：“想我就给我打电话。”

他走了。余真飞快地脱光衣服，打开镜前灯，看着全身赤裸的自己。她的浑身上下湿漉漉的。有被他吻的，有自己释放的。

余真一头栽到床上。泪流满面。

6

余真是被胡的电话叫醒的。

“今天没有集体活动，我们俩单独行动如何？”

“做什么？”

“喝酒，吃海鲜，买比基尼。你爱做什么就做什么。”

余真微笑。她爱做什么就做什么。多有诱惑。男人哄女人的经典伎俩。

“我想自己随便转转。”余真轻轻地说。

胡承上启下地咳嗽了一声，问余真能否按他们之间的职业道德说话。

“什么是我们之间的职业道德？”

“真话。如果实在不想说真话，那最起码也别说假话，沉默就可以。”

“好。”余真知道自己只能这么说。

“你是从什么时候开始喜欢我的？”

余真失笑：喜欢他？但笑的时候她也明白：她是真的喜欢他。从他们开始互相冒犯的时候起。

“你呢？什么时候开始喜欢我？”

“从你第一天翻门跳窗的时候起。我一眼就看出你是一个训练有素的坏女孩，即使装得再正经，也必定是有前科的。还有，在联峰山的时候，有一个瞬间，我们走得很近，突然你一回头，我看见你的娃娃脸，那么明朗，那么单纯。我问你结婚没有，你说孩子都很大了。可你自己看起来还像个孩子呢。像个童年没过完的孩子。”

不止一次地听人说过，她脸上的表情像个孩子。而其实，余真常常觉得自己是冷静、成熟、衰老的。为什么会像个孩子？为什么会常常流露出孩子的表情？这一瞬间，余真忽然明白，她就是一个童年没过完的孩子。她的心里有一块地儿被困在了那个夜晚，被冻进了那个夜晚的冰箱，被硬性保鲜了。她的其他一切都随着生命历程在机械地延伸，只有那一块还在原地踏步，一二一，一二一。

她脸上偶尔呈现的十六岁的神情，透露了这一切。

“真想过去抱抱你。”

“不。”

“亲亲你。”

“不。”

“那你说怎么办？”

“凉拌。”

“坏孩子。”他说。

多久没听到这样的称呼了？这个曾经和她血脉相连的称呼，久违的称呼。坏，对她来说，曾经就意味着好。无比的好。坏的历史，就是快乐的历史。坏的记忆，就是幸福的记忆。坏是她成绩最优的一门课程，不需要学就可以得到高分。而她曾经也是无比高兴无比酣畅地做着一个坏孩子。做一个坏孩子多么好啊。因为坏孩子没优点。没优点的人还需要保持什么？只要把缺点尽情发挥就是了。让那些愿意成为好孩子的人成为好孩子吧。没错，好孩子是可以得到优待，但优待这个词是对待俘虏的。他们被俘虏了，被各种各样的好处俘虏了。

俘虏是另一种强暴。

男人不坏，女人不爱。同样，女人不坏，男人也不爱。很简单，因为人人都想坏：如果可以，人人都贪图不穿衣服的舒服。如果可以，人人都会暴露出深藏在皮肤下的忌妒和诅咒。如果可以，人人都想朝不喜欢的人脸上吐唾沫。……人人都坏。坏是皮肤上的角质层，搓了还会再长。坏是皮肤上的灰尘，洗了还会再落。坏是皮肤上的螨虫，死了还会再生。坏那么顽固，那么强大，那么生机勃勃，那么精神矍铄。坏让人放纵。坏让人自由。从某种意义上讲，不想坏的人，就不是好人。——就不是人。

乖了这么久，余真几乎已经习惯了人们把好名声留给自己。现在碰到这么一个把坏还给自己的人，怎么能不感到亲切？怎么能不觉得熟悉？尤其是她这样一个曾经以坏为荣的人。

有一种温暖的东西一瞬间沿着电话冲过来。全线贯通。

“怎么了？”胡听出了异样，“我过去看看你。”

“不。”

此起彼伏的呼吸在电话里清晰地传送了一会儿，她听见他抽烟的声音。她也曾经抽过烟的，曾经。她把坏事都做全了。抽烟不是因为烟的味道好，也不是因为有心事，而是觉得自己的手指长，拿烟好看，另外，能镇住人。和喝酒的理由一样。后来，特别想抽烟了，反而不能。因为已经成了好人。

“你用的打火机是什么牌子的？”

“逮着什么用什么。我看看。”电话那边传来胡细细碎碎的声响，“虎牌。”

“好牌子。”

“挺懂的啊。收藏打火机？”

“厅级干部用的肯定好。”

胡呵呵一笑：“抽烟吗？来一支？”

“不。”

“送你一口？”他说着对着话筒吹了一口气。他们又哈哈大笑。

笑过之后，胡又把话绕了回来：“真的不想让我陪你？”

“是。”余真说。

这是离休假中心最近的海滨公园，叫老虎石公园。小得可怜。想想，海滨公园也确实没办法大。据说旅游淡季都不收费的。

余真安静地坐在一块礁石上，看着大海。一群学生模样的人拿着小刀、尺子和放大镜趴在礁石上研究着什么。她听他们吐出一个个新鲜的词：凹槽、海蚀线……问了一下，他们是地质大学的学生，暑期在这里实习。他们的样子真是年轻啊。

夕阳已经完全消失了踪迹，不规则的晚霞如同仙女在天上晾晒的裙子，韵致氤氲。绿色的海水失去了光泽，凝固了似的。波浪是在离礁石很近的地方产生的。它们靠近，再靠近，突然就爆发出来海浪。然后海浪向礁石劈头盖脸地砸过来，气势汹汹。每一次冲击之后，礁石周边都有小瀑布层层落下，如雪白的裙边。水落下的声音也是有规律的，由强至弱，由重至轻。然后，下一个浪头冲过来，再下一个。

嘀，看着是新鲜的，但其实都没有什么改变。一切重复。他们的年轻，她也有过。他们的大学，她也有过。他们和集体这种表面的和谐，她还有过。她的野也和他们的一样，是礁石边的海浪，养着一群一群的兽。不同的，或许只是自己和自己待着的时光。从那个夜晚开始，她就学会了和自己待着。看最寂寞的午后电影，抱着一罐健力宝，一坐四五个小时。独自去公园赏大朵的白玉兰，那些花朵如烟花般短暂，如孝衣般哀伤。漫无边际地在深夜的操场散步，任露水打湿脚面，或者随便坐上一辆公共汽车在城市的角落里穿行，停留，看见如火的夕阳打在一面面巨大的玻璃幕墙上，如一道道喷溅的血光……

一个女孩穿着大团流氓兔图案的沙滩装从余真面前跑过，绚丽的色彩扎着余真的眼。余真追随着她的身影。宽宽大大的款，质地一看就是纯棉。海滩上很多人都穿着这样的衣服，男男女女，老老少少。她也喜欢。可买了之后呢？她从不穿这种休闲装的。没用。

"姑娘，去买一套吧。你穿上肯定会很好看的。"冷饮柜后的老板娘说，"也很舒服。"

"上班不能穿。"

"上班才几个小时？上班时间长还是下班时间长？上班挣钱不就是为了下班舒服？上班穿得规规矩矩不就是为了下班穿得天大地大？这点儿理还搞不清？"老板娘的嘴巴像机关枪，"不贵的，三四十块钱一身。青春几天？能穿就穿，喜欢就穿。别委屈自己。"

到底还是去泳衣店买了一套。鲜红的蜡笔小新。颠来倒去的小新露着他小小的生殖器，四处撒野。店员又向余真推荐比基尼。

玲珑简约，风情万种的比基尼。在比基尼中慢慢行走着，余真有些流连。没错，她想买。余真的眼前闪烁出丈夫的脸。她突然觉得十分难过。难过极了。

7

大三的一天，她正在宿舍午休，接到一个陌生女人的电话，她说她是警察，想找她了解点儿情况。她走下楼，一个女警和两个男警等在楼门口。她跟着他们来到宿舍楼前面的小花园里，他们开始说话。他们是家乡来的警察。他们从一个黑包里取出了一些照片和资料，她坐在石凳上，双腿开始微微发抖。她轻轻地拎起长裙，虚虚地遮住双腿，不想让他们发现她的颤抖。但他们还是发现了。女警使了个眼色，让那两个男警回避。然后她说，那个罪犯是新近犯案被抓获的，他自己主动交代了这件旧案。他还清楚地记得余真的姓名、学校和家庭住址。女警一副和蔼可亲的样子，把照片一张张错开让她看。她看了。但她什么也没看见。只要她不想看见，就有能力看不见。正如，只要她不想说，就有能力不说。

女警开始慢慢地向她攻心，一副胜券在握志在必得的样子。余真可以想象出来，她对罪犯也是这么攻心的。她说你好好想想，这么大的事儿，怎么能想不起来呢。这么好的大学你都考上了，该背多少定义概念单词和标准答案你才能考上这么好的大学啊。那些和你无关的东西你都能背得滚瓜烂熟，怎么这么一件和你密切相关的大事在你的记忆里会没有呢。这种事怎么能忘呢？然后她开始威胁她，她说来的时候我们没有告诉你的父母，要不要我们向他们反映一下，让他们也替你想想？不过这种事情还是我们自己尽量解决最好，是不是？余真看着女警一张一合的嘴唇，越来越镇静，越来越清晰。哈，说得多好。“我们自己”？谁和她“我们”？她是她，“我”是“我”，没有“我们”。别想用这种语气词来迷惑她。她承认一桩，罪犯的罪行又多加了一桩，他们汇报的成绩又大了一圈，离升职又近了一步，拿奖金又多了一沓，和同事闲聊吹牛的时候唾沫星子又多溅了几滴。不过如此。如果眼前这个人奏响的是主题曲，那么自己负责的部分，不过是最低最低的低声部。就是这样。

女警最后有点儿急了。她的口气激烈起来。她说罪犯都招认了，你怕什么。余真说我不怕什么，但他的招认和我没关系我为什么要承认。女警说那他往自己身上再招一桩罪是何苦来？余真说那是他的事情。女警唰地站起来，用没有标点符号的句式排山倒海地说：“你知道吗就是因为你这样的胆怯和懦弱才使得许多罪犯逍遥法外无法无天你如果有起码的社会责任感就应该义无反顾地尽最大努力来积极配合我们的工作这不仅是你作为公民最基本的权利也是你作为公民最基本的义务！”

余真不说话。始终不说话。

女警坐下来。标点符号又开始在她的嘴里出现。她说，只要你说出事实真相，我们会保护你的秘密的，一定。余真说，我不知道你想要的真相是什么，我无从说起。

余真知道自己撒谎的态度很无力，但她还是坚持到了他们走。

无力的不仅仅是自己的撒谎，无力的东西太多了。所以，他们再煞有介事也打动不了她。从十六岁之后，她已经学会了应付生活。

他们走后，余真茫然地走在学校的操场上。沿着四百米的跑道，她一圈一圈地走。烈日下的操场有些发白，她飘飘忽忽地走着，忽然一个男人拦住她，问："你怎么了？病了吗？"她回头看见了他，他的普通话带着一股家乡的味道。她扑到他的怀里，泪如泉涌。

那个人后来成了她的丈夫。他是她的学兄，刚刚毕业两年。那天他们几个同学回母校给老师庆祝生日，顺便捡到了她。

至于扑到他怀里痛哭的原因，她是这样对他解释的：她刚和宿舍的人吵了架，觉得很委屈，很想家。一听到他的声音就觉得很亲切，就控制不住自己了。

"是不是碰到任何一个家乡的男人，你都会这么扑人家一下？"后来，丈夫问。

"是。"她说。

他充满爱怜地打了一下她的屁股："怎么这么傻啊。要是碰到一个大灰狼呢？"

余真笑笑。大灰狼？他永远都不会知道，她和他之间，她才是个大灰狼。

和丈夫第一次的那天，其实是白天。他来她的宿舍看她，室友们都出去逛街了，只有她还在睡懒觉，胸罩还没穿上，就晕晕乎乎地起床给他开门。她慵懒的毫不设防的身体一下子就挑动起了他的欲望，他抱住她，开始用动作恳求。余真明白过来之后，要他先出去，然后她开始清洗自己。她洗啊洗，洗啊洗。就在洗的时候，她狠狠地，狠狠地刮了自己一下。手伸到自己身体里面的时候，她的心拧着结，打着战。即使他对她不负责任，也不要紧。她当时就这么想。重要的是，她总算把自己给交代出去了。她总算给自己虚拟出了一个清楚的初夜。

她本来是结实的。但碎了一次，再粘起来，就说不好了。

做爱的时候，她一直闭着眼睛。

“你闭眼睛的样子真好看。”丈夫说，“他们都说做爱的时候闭眼睛的女人，一定是好女人。”

她依然闭着眼睛，微微一笑。

她骗了他。她一直都在骗他。虽然她骗他是为了他好。但她还是不能彻底原谅自己的这种骗。何况，现在，她不仅仅是骗。她还想要背叛。且已经开始背叛。背叛到如此程度——昨天晚上，她甚至差点儿和胡做爱。

没错，她想做爱。想和那头无耻的老牛。要是没有十六岁的那个夜晚，她肯定不会想做。可现在，她想。她想糟蹋自己。想通过别人的糟蹋来糟蹋自己。但她不能，不会，不敢。她知道自己不能，不会，不敢。她没有勇气糟蹋自己。被捆得太久，她放纵不了，飞不起来。她得扫垃圾。把那个夜晚到现在的垃圾扫得干干净净。那些垃圾把她的翅膀都压折了。她是一只残废的鸟儿。

她忽然想起，前一段时间看过一本书，书名是《母猪女郎》。很奇怪的名字，出现在报上的新书推荐专栏，一下子就打着了她的眼。她当即叫速递公司送了过来。作者是一个法国女作家，玛丽·达里厄。母猪女郎，一个天真的姑娘，浅薄、轻佻而容易满足。她喜欢熟肉甚于玫瑰香水，喜欢土豆皮甚于蓝色的花，喜欢肉体甚于教师的讲台，喜欢物质甚于概念，喜欢狂欢甚于营养科学，喜欢放肆甚于礼物。玛丽·达里厄对记者说："这是一本越来越'脏'的书。我不想保持干净。应该生活、爱、弄脏自己。"

她喜欢这个女人的话，喜欢她笔下的母猪女郎。但她无法启齿。 她知道这种喜欢意味着一种让人难堪的趣味。而她已经学会了淑女，学会了羞涩，学会了矫情，矫情得已经看不出矫情。她心里的兽，都死了。那个夜晚，那个男人把她的初夜拿走之后，她对这个世界的恐惧和胆怯就已经住下，从此衍生出无穷无尽的顾忌、虚伪和卑微。她再不敢随心所欲地张扬自己。她立志做一个夹着尾巴的好人。终于，好人的幸福被她含辛茹苦地追求到手，让她有了些许依靠和成就。

自从来到北戴河，自从出现在胡的视线里，她就开始四面漏水，破绽百出。她终于明白，原来她的心，依然是个动物园。这些年她之所以得以安静，只是因为那些兽一直在冬眠，它们都没有死。

手机轻响。是董克。

"喂，真真。"他总是这种小心翼翼的语调，"我是董克。"

"你好。" 苦是甜养的。长是短养的。他越是小心翼翼，就越是滋养她的冷淡和矜持。

"在哪里？"

"北戴河。休假。"

"一个人？"

"喔。"

"我没什么事。你要注意安全。"

“谢谢。”

“尤其，是晚上。”

“知道。”余真不耐烦起来，挂断手机。他干吗总给她打电话？他喜欢她吗？或许。这么多年他都在对她单相思？或许。余真想落泪了。她不喜欢董克，一点儿都不喜欢。可她还是想落泪。她的眼前闪现出董克当年的样子，他给他们倒酒，比她年龄大，却叫她真真姐，他在胡同口等她……他似乎是唯一看不出她翻天覆地变化的人，一直在等她。和那个夜晚之前，一样。瞎子一般的人啊。

余真随意走进一条小巷，浏览过一扇扇小屋的门窗。哪儿都是一个家。然而哪儿都不是她的家。她似乎从来就没有家。她是一个四不像。

手机再次轻响。有短信。是胡。他的气息开始随着他的短信逼近，一点一点笼罩过来。

“亲爱的，你在哪儿？”

亲爱的。这个俗气的，被滥用的，让她嗤之以鼻的称呼，在这一瞬间击中了她心脏的软肋。她的泪终于落下来。

一起手就试图把事情顶到高潮。他是个老手。他太知道如何在女人这里走捷径。他对她是不可能认真的。她对他也一样。他们之间不可能有爱情。她什么都明白。他也什么都明白。他们彼此早就知道。从这个角度上看，他们是天生一对。

他一眼就看透了她。丈夫比他，差的不是一两个段位。丈夫看到她最不老实的时候是她和儿子在一起疯闹着摸爬滚打的时候。即使是那时，他也没有表示出太大的疑惑，最多也就是笑笑：“没想到你也这么活泼。”结婚十多年了，她在丈夫面前泄露的细节一定比在胡面前要泄露得多得多，丈夫却就那么一个词：活泼。

她突然有些恨起丈夫来。他真愚蠢。他怎么可以这么信任她的乖？他一点儿都不觉得一个女人这么乖是不正常的吗？

胡的短信仍在闪耀。“亲爱的”三个字桃花灼灼。

余真回了一个字。

“呸！”

8

晚饭后，余真到阅览室上网，特意搜索了一下胡的资料。在几篇记者访谈里，他很文学化地讲述了自己的成长经历：母亲是民办教师，父亲是农民，有一个妹妹在三年自然灾害的时候病饿而死。当他以优异的成绩考上县一中，雄心勃勃做着大学梦的时候，文化大革命开始，梦想破灭。回到农村。他的家庭因有一个台湾表亲而被定为历史不清白，从军、造反都没有他的资格。种田，修大坝，挖矿，砍柴……熬到1977年，恢复高考，他进了北大。从此宝剑出鞘，所向披靡。

他是一个少有的聪明人。当然。看他偷情的方式就知道。她拒绝了他，但他做得不错。从进攻到收手，他一点儿细节都不少，但也不浪费。小两轮的女人，八百块钱的本儿，连升三级的速度，迟早都会得逞的气焰……咄咄逼人，又切中七寸。主动，且有尊严。是的，他有尊严。——即使是偷情，也和尊严有关。

偷情。是的，这是偷情。她想偷情。偷情是一件羞辱的事情。是对婚姻的羞辱，对丈夫的羞辱，是对自己的羞辱；是自己和丈夫之间的互相羞辱；是情人对丈夫的羞辱，情人身体对丈夫身体的羞辱；也是情人身体对自己身体的羞辱……总而言之，就是羞辱。是的，羞辱。但她想偷情。她想要这羞辱。不，性本身对她不是第一位的。第一位的是：这是一件坏事。第二，他是个好玩的人。第三，此时的她恰恰就想做好玩的坏事。第四，她曾经是个无比好玩的人。但是，作为一个年过三十的已婚女人，她既不能杀人越货抢钱放火，也不喜欢嚼舌告密升官发财，她不能裸奔，不能发疯，不能骂人，不能打架。她能做的坏事，除了偷情，还有什么？

最合适的方式，也最让她愉快的方式，似乎只有偷情。

一切看起来都不错。可她却是这么渴望与一个老男人偷情。而她的偷情也许不同于任何女人的偷情。她想在这偷中把什么东西找到，同时再把东西丢掉。

回到房间，冲了个澡，电话响了。是胡。他问余真在干什么。余真说在看电视。

“看到我的经历了？觉得怎样？”

余真怔住。她上网时阅览室里并没有别人。

“你走后，我也去上网了。我们用的是同一台机器。鼠标上还有你的余温。”他笑。那他一定是查了她的上网记录。余真的脸烫起来。她还看了一些格调不高的花边新闻和色情图片。仿佛被他剥光了衣服，一瞬间，她想把电话撂掉。

“别挂。”他笑，“你看的那些图片太小儿科。回头我推荐给你几个料更全的网站。资源共享，好不好？”

“你也看？”

“我也是人啊。”

他们大笑。

他又问是否觉得他的经历很特别，对他来说，最大的财富就是过去的那些苦难。余真说每个人的苦难都是财富。他说那你也有财富吧，把你的财富亮一亮。余真说我不喜欢亮富。他叹口气说：“这就叫‘我在明处敌在暗’啊。”

他讲了不少自己的事。他讲的时候，她只是默默地听着。当然，她最感兴趣的，他讲得也最多的，是女人。

“没错。”他说，“我喜欢女人呢。从有性意识开始，我就对女人有着强烈的欲望。我的青春期有两大饿：一是肚子饿，二是肚子下面饿。可这两个问题都解决不了，还互相激励，共同折腾我。你在网上看到了吧？我妹妹就是那时候饿死的。那天你们吃红薯吃得热火朝天，问我为什么不拿一个，我不想说。就是那时候吃得太多了。蒸红薯，煮红薯，烧红薯，红薯干，红薯粉，红薯面，不仅吃红薯，还吃红薯叶。红薯叶吃得比红薯还多。你想想那是什么感觉。猪的生活。我妹妹六岁那年，我十三岁。爸爸妈妈去公社挖胜利渠，不准回来。我们俩就整天饿着。妈妈每天深夜会偷偷地跑到家，给我们煮一点儿野菜粥，带上她在工地省下的一个馒头。但我妹妹没熬过去。没熬过去。她死了，我们卸掉了她的小床，用床板给她钉成了一个薄薄的棺材，让她继续睡在那上面。她死的时候，我很难过，可我心里也有那么一点点不能说的高兴，我想，以后就不用给她分馒头吃了。我可以吃整个儿的馒头。整个儿的。

“我的学习成绩很好，但是‘文革’开始，一切都没用了。我回到农村。成分不好，什么风光的事情都没机会，我只有种地，砍柴，替我爸爸这个‘黑五类’扫大街。整整十年。这中间我结了婚，是二十七岁时结的。和一个寡妇。没办法，太想要一个女人了。那时候我很瘦，很小，很丑，我曾经留下来一张照片，自己都觉得自己猥琐。像一只老鼠。没有正经女人看得上我的。她们看不上我的原因还不只是我的外表，最主要的是我的家庭。没地位，比老鼠还贱。所以想多了，我就不想了。我只有自己躲在梦里，每天在梦里去想女人。如果偶尔有一次和真实的女人接触得很近，我就会很激动。我观察过夜晚的小鸟，它们总是紧紧地聚在一起。我曾经无数次地想，如果人要是一只只鸟就好了，那就会有人愿意和我挨在一起，给我的肌肤解解渴。后来，我主动请求去生产队喂马，你知道为什么吗？”

兽交。余真的脑海里一下子就闪过这个词。

“你是不是想到了兽交？”他“哗啦”一下子笑了，“别把我想得太可怕了。没到那份儿上。我喂马有两个原因，一是晚上多起来几次，好打发时间。二是想从马那里取暖。你知道吗？马腹部的皮肤十分细腻，温柔，缎子一样，特别适合抚摩，而且非常温暖。像装满了温水的保温袋。真的。就是这些马，陪我过了两个冬天。

“后来，我和马的秘密被马房隔壁的寡妇发现了。一天晚上，她来向我要盐。你知道吗？喂马得在草料中放盐的，这样马才能有劲儿。乡下人舍不得买盐，她就来找我要。看见了我这样，她什么也没说。那天晚上，我们就在一起了。她名声不好，但她真是个好女人。我们结婚之后，她一直很自觉地采取着避孕措施。她说她知道我不会长待，她看出我是个人物。她不想给我留任何麻烦。前些年她大孙子大学毕业，我给他安排了工作。

"第二任？你都知道了吧？第二任是我的大学同学，其实她人挺好的。就是事业心重，太好强，不怎么顾家。我们都自私，都想抓住机会进步，就不能容，不能让了。再加上有了婚外恋。呵呵。大家也都是很决断的人，离了就不会回头。也是那时候血气方刚，要是忍忍，说不定到现在也能过。第三任，婚外恋嘛，不多说了。现在这个，不漂亮，也不年轻，就是特别懂事，省心。感情嘛，多少也是有的，过这么多年了。"

余真又问他，人们传说他在外面彩旗飘飘，都快赶上联合国了，是否属实。胡沉吟片刻，没有正面回答。余真明白这沉吟等于已经回答过了。他说："后来，我经历过的所有女人，都没有马的皮肤温暖。有时候，我甚至觉得，我就是为了找到一个和马一样皮肤温暖的女人，才会这么不安分的——打住打住，"他回过神来，"这么聊下去我们都像朋友了，哪还能激情澎湃？快中你这个小鬼的计了！"

"领导讲话欲都很强的，惯性。"余真笑。

"你呢？"他话锋一转，"也有过不少男人？"

余真说她无从谈起。

"你这个不老实的家伙，应该也是有过很多男人的。"

呵，应该。但生活用一种荒唐挽救了我的另一种荒唐。或许，她该这么说？

“真的没有。”

“真假无所谓，反正你在这方面很有潜力。”

“谢谢夸奖。”

…………

这是北戴河安宁的夜晚，他们一直聊到深夜。快两点的时候，余真轻轻地打了一个呵欠，他马上道了再见。“你的呼吸很性感，你知道吗？”他最后说，“我要抱着你的呼吸睡觉。”

这个无赖，他要抱着她的呼吸睡觉。余真放下电话，久久地坐在那里。

在无数个夜里，她也是抱着一个人的呼吸睡觉的。那个人，不是她的丈夫。他的嘴唇是颤抖的，手也是颤抖的。整个儿的他都是颤抖的。他还那样轻轻地，轻轻地，摸了一下她的头……

抱着这呼吸，她感觉自己就要疯了。在这呼吸里，她常常“呼”地坐起来，把自己的夜晚砍成两段。丈夫问她怎么了，她说：“上厕所。”“说过多少次了，起床不要这么急，老了容易引发高血压。”丈夫嘟哝着翻身睡去。她看看丈夫的背，摸摸索索地来到卫生间，打开灯。灯光刺得她双眼剧痛，如那夜的路灯。在灯光中，在静静的夜里，她一坐大半天。听着抽水马桶滴水的声音，那么轻微，如永远也下不完的雨。

是的，她一直在自欺欺人。她从没有忘记那件事。她没有能力忘记。她一直在记着那个人。那个人走进她梦的深处，心的深处，思想深处，灵魂深处，骨头缝的深处，针挑不出，风吹不出，水灌不出，火烧不出，雨泡不出。她抱着他，一夜一夜。她把他抱熟了，抱成了一个亲人。而他之所以能成为她的亲人，是因为他对她做了最恶毒的事。他对她的恶毒，超过了她做过的所有的小小的恶毒的总和。他让她一头栽进一个漫长的梦魇里，睡不过去，也醒不过来。

手机铃响，是丈夫的短信。他问电话为什么占线。余真回说没有占线，只是电话没放好。她把手机贴近耳朵，想要离丈夫近些。再近些。刚才那个近在咫尺的电话他不知道。她内心近在咫尺的黑暗，他不知道。她不能让他知道。她只能自己看见。看见这黑暗。夜深人静的时候，这黑暗就潜伏在她的伤口。但她爱他。是的，她爱他。如果她的心是一个动物园，那她亲爱的丈夫，就是动物园的园长。

可她也无比清楚地知道：如果可以绕过十六岁的那个夜晚，她绝不爱他。绝不。

9

还有四天。余真明白，以后，胡的电话随时会过来。这个争强好胜的无赖，这个不服输的混蛋，在没有得逞之前，他随时会让他的电话像一把刺刀一样冲进她的耳膜，随时会让他的短信像苍蝇一样钻进她的手机，随时会让他的身影像石头一样砸进她的视线。

一切都像她预料的那样。他的频率和速度都在加快。他们的联系变得越来越密切。回到房间，他们就通电话。通常都是他说得多，她说得少。她喜欢听他说话。人多的时候，他们坐在人群中，握着各自的手机，用嘴巴说假话，用手机说真话。

“你做爱爱叫是吧？”

“和你有什么关系？”

“当然和我有关系了。你是爱叫吧？”

“你叫吗？”

“叫是女人的事。爱叫吧？”

“是。”终于正面他的问题。要不然他会一直问下去的。

“每次都有高潮吧？”

“讨厌。”

“快说。”

“是。”——其实不是。但她必须说是。她要维护面子。自己的，丈夫的，自己和丈夫共同的，面子。是的，这样无耻的聊天里，也还是有面子问题。

“最多一夜几次？”

“讨厌！”

“如果和我，我会让你每次都有高潮的。想要多少就有多少。”

“你批发高潮吗？”

“呵呵。差不多。我是个高潮批发商。和我做利润很高的，比八百多。”

“没见过你这么大了还这么无耻的人。”

“无耻等于无赖等于可爱等于可以爱等于可以做爱等于一定做爱。”

…………

她承认，自己最放荡的那一部分，在他面前完全裸露了出来。她喜欢他这样。是的，她喜欢。

“胡厅太忙了，休个假还得这么随时公务。”有人不失时机地戴帽。

“啊，是公务。”他说。微微着重了一下“公”字。这个流氓。

偶尔，余真也会合住手机。你在干什么？她问自己。海浪轻轻地吻着她的脚，沙子钻在她的趾缝间，隐藏，嬉戏。心里仍是有些喜悦的，而且随着他对她的骚扰，喜悦逐浪高。他对她的骚扰让她在惊异的同时也觉得默契。他们之间的语调现在已经是调情了。跟一个老男人调情，搁以前这是想想都会恶心的事，但对他，不一样。或者，因为他是厅长？地位和权势会无限增大男人的魅力值，也会增大女人对他们的原谅程度：这个男人，这个整天被群星捧月的男人，这个整天被别人仰视的男人，现在开始俯就她，他的地位和声望，让她不由得有一种暗地里的虚荣和骄傲。她是那样的人吗？

不。不是。她的喜悦与他的身份无关。她确定，她的喜悦，只是因为他懂她。似乎从一开始，他就是懂她的。懂她的前生今世。她和他，有某些气息是可以通过暗道直线相通的。虽然，她什么都没有向他说。

最后一次小组活动便是去滑沙。来到滑沙场，才明白此地的滑沙活动其实是三个步骤的游戏：第一，先乘缆车上沙山顶。第二，从沙山顶往下滑，滑到半山腰。如果愿意，可以步行上山继续滑，滑多久都可以。第三，滑够了再从半山腰坐着小车顺着钢制滑道滑到山底。

缆车是双人座的。胡排在余真身后，和她一个缆车。怎么就这么巧？余真前后看看，他们的次序是五和六。明白了：看似不经意间，胡已经精心数过了奇偶数。要是想算计谁，他一定能算计住。能被这样聪明的人算计，说实话她觉得高兴。

“昨天晚上想我了没有？”一上去，他就问。

“无耻。”余真白他一眼。

“耻是什么？是人们怕说怕看的那些面儿。为什么怕？因为它真。”

“那你待会儿对着大家说说你刚才说的话，我就服你。”

他的神情严肃起来——他有什么可严肃的？这个坏人。他说：“不要亵渎我的真。我对你的真，你知道就行了。不需要亮给别人看。如果把这真当成宣言去说，那才是真正的无耻。”他顿一顿，“我一直以为，论虚伪的技巧，我比得过你。论真的程度，你该比得过我。现在看来，虚伪和真，你都比不过我。”

余真笑：“最关键的问题仅仅是，我口才比不过你。”

滑沙板是竹子制成的，用光滑的那面挨着沙，涩的那面人坐。双手把住两侧的小扶手，脚蹬住前面的一个小坎儿，然后往下冲就是了。所谓的风险，所谓的刺激，比走在大街上还安全。所能想象出的最恐怖的事情，不过是从板上掉下来，栽到软软的沙子里，沾一嘴沙子。但大家还是惊呼。因为坐缆车上去时，坡度看着很缓。站在山顶往下看，就有些陡了。想到还要往下冲，就更觉得陡了。

没人先上。那个提议者也在解释说这里的情形和他滑过的不一样。

站在沙山顶上，余真一点儿惧怕的感觉都没有。这种活动之所以让人觉得危险，原因很简单：人被裸露到了外面。有一次从游乐场边路过，看到过山车上的人大呼小叫，丈夫问她如果坐了是不是会怕，余真说："当然怕。"但她心里想：有什么可怕的呢？这些危险都只不过是游戏，它蕴含的含金量，尚不如孤身走一段夜路。

她和胡几乎同时说："我来。"

余真第一个冲下去。胡第二。冲下去之后，他们相视一笑。胡突然在余真的脸上轻轻地摸了一下。

"真可爱。"他说。

"你干什么！"余真叫。山上那么多人都看着，他居然动手动脚。

胡笑起来："这有什么，让他们看好了。我是长辈对晚辈，多慈祥。你要再多嘴，就是你自己想歪了。"

这个无赖啊。

余真一共冲了三次。每次冲下去，都背着竹板，沿着沙山侧面搭建的一道木制阶梯往上爬到山顶，再唰地一下冲下去。这道儿全是沙子，得赤脚走，走一趟很累人。第二次往上爬的时候，还有四个战友。第三次往上爬的时候，就只有她和胡了。

他们直直地站在沙山顶上。皮肤被晒得油光闪闪，脸被晒得通红滚热。一望无际的沙海在眼前，背后是碧蓝碧蓝的大海。清爽骄傲的阳光无遮无拦地亲吻着他们的身体，一切都是那么简单。简单得不能再简单。

“在这上面做一次爱，肯定会很好。”他说。

她笑了笑：“得支个太阳伞。”

他在空中画了个圈：“同意。”

这次，他们一起冲了下去。他们风驰电掣般地向下飞驰。子弹一般。风在他们的耳边呼啸而过，流泻的沙子轻轻击打着他们的指端，他们冲下去，冲下去。半山腰的人们看着是那么小，那么小。

照片很快就洗了出来，他们一起冲的样子很狰狞，很像两个土匪。

滑沙过后，他们去一个名叫“集发生态农业观光园”的地方参观。倒也很有趣。可以看到各种花草的立体种植技术，也可以亲自采摘瓜果。黄瓜两块钱一根，西红柿一块钱一个，余真摘了一堆。有攀岩，蹦极，溜索，飞车冲浪，余真也一样没放过，还打了靶，撑了竹排，在农家动物园欣赏了一头拥有一千多斤瘦肉的母猪，观看了小猪洗澡，小鸡跳舞，小羊过桥，在农家饭庄吃了烀玉米、烤白薯、菠菜火锅。吃饱喝足，他们又去不远处的新新海底世界转了一圈，余真揪着据说是有了五百年寿命的大海龟照了一张三十块钱的相。照片很快被打印了出来，还过了塑，色彩俗艳得吓人。

揪着大海龟照相的时候，余真看见胡就站在不远处，对着一条长长的鳗鱼，偷偷地笑。

从海底世界出来，已是夕阳西下。余真买了一个小桶和一把小锹，坐在沙滩上挖沙，捡贝壳，找螃蟹。看见余真的样子，大家全乐，一行人公评她是整个儿休假队伍里玩得最尽兴的一个。

“你还有一样没玩。玩了才算完美。”胡凑到余真身边，轻轻地说。

“什么？”

胡笑了笑：“我。”

10

集体活动和小组活动全部完毕，休假到了最后阶段。大家都忙着购物和告别。余真除了吃饭和散步，基本都待在房间里，不出去。喧闹的知了唱着长长的歌谣。她的手机和电话在这喧闹声中，反而静下来。

面当然还是要见的，天还是要聊的，只是余真再也接不到他的短信，听不到他电话里的声音。让手机和电话消闲一下本来是她一直想要的，可突然就这么静下来了，她却是如此不能适应。她控制不住地去翻手机，查电话线。

手机和电话都似乎死了。

她想他。是的。她想他。以前，他的电话来的时候，她是兴奋的，愉快的，也是微微厌恶的。放下电话，她就会觉得自己的胃被撑得太饱了，直打嗝的那种饱。她得慢慢儿消化，一小时，两小时，直到下一个电话打来，似乎才算完全吸收好。而他对她的短信骚扰则是她手机里的阳光——夏日的毒太阳，一条条的短信烤得她出汗，快乐，也焦躁。她念叨着太阳落山，灼热的大地一点点宁静下来，清凉下来，暖淡适宜的小风，如锦似缎的天空。

这是她最惬意的黄昏。阳光的余温对她来说已经足够享受。等到余温渐渐冷却，他的又一轮太阳已经在她的手机体贴地升起。

现在，黑夜来临。他在吊她的胃口。他在饿着她。他正在用他的方式一点一点地击垮她。她知道。她什么都知道。正如男人对女人常用的那个词：泡。泡的道理和火候他都太懂了。浓泡，淡泡，深泡，浅泡，紧泡，慢泡，高泡，低泡，硬泡，软泡，酸泡，甜泡。现在，他用的是热泡之后的，冷泡。

他是一个九段泡手。而她也不是最单薄的一抹明前茶。有什么花招就使吧。反正是休假，闲着也是闲着，她愿意奉陪点儿眼神，好好看看。这个当口，谁熬不住，谁就得死。

最后一夜。吃过晚饭，散步归来，余真刚进电梯，胡也跟了进来。电梯里只有他和她。他们互相看了一眼。余真下意识地离他远了一点，双手把住扶手，缩在一个角落里。胡笑了笑。余真这才发现自己缩得不对。这几乎就是用神情在鼓励他了。他果然靠过来。不靠过来就对不起她的羞怯。

“你干什么？”

“你不是看见了吗？什么也没干。”他撑住那个角落的两边，把脸探过来，蹭了蹭她的脸，“电梯里能干什么呢？什么也干不了。”

他几乎是色情地重复着那个“干”字，音色缠绵，像一个情人在对她低吟。自己应该愤怒。余真知道。可她还是控制不住地要沉醉到这种声音里去。从一开始，他就是冒失的。她也是。他们彼此的冒失，多么合拍，多么真实，多么息息相关。

“我去你房间。”他说。

“不。”

“你来我房间。”

“不。”

“那你说怎么办？”

多狡猾。似乎他给予她的是多种选择，而实际上，他的目的都只有一个：他要和她待在一个房间。而这种繁复隆重的询问形式又决定着他们待的内容会是多么枪林弹雨，血肉开花。

“还是凉拌。”

“别这样。”他笑，“小牛，别这样。”他用嘴唇亲吻着她的头发，温热的呼吸一缕一缕地扑到她的头上，顺着头发又流下来，淋浴一样。他真是情场老手，太懂了。太他妈的懂了。余真伸出胳膊想要推他，他握住她的手。他确实让她无法抗拒。他知道怎么逗她。他叫她小牛。她喜欢这个称呼。他那么老。她喜欢他老。她喜欢他用他的老包涵她的样子。他的老让她放心。他的老像一片广场，可以让她随心所欲地撒欢儿。他是那么合适那么合适的一个人，可以让她自由自在地放毒。

她是坏。他们都坏。

余真绝望地看着电梯的数字往上蹦，身体里一些按捺不住的让她羞耻的想法也往上蹦：一，二，三……到了。

在提示音响的一瞬间，他的手在她的衣服外面揉了一下她的胸脯，旋转式的。然后他转身按住开门键。门外站着几个等电梯的人，有人向他们颔首致意，于是余真的嘴角荡出一抹微笑，轻声向他说了声“谢谢”。

“不客气。”他说。走出电梯，他一直跟她到房门口。他还是来了。执拗地，不能抗阻地，来了。

余真站立不动。

“开门。”胡说。

“不。”

“乖，听话。”

“不。”

“不听话会吃苦头的。”胡笑，“我会强暴你。”

强暴。他居然用了这样一个词。余真回头。胡惊诧地看见她脸上突然飞起的红晕，她急促起伏的胸脯，她炯炯有神的双眼。仿佛，有什么东西把她的身体叫醒了。是强暴那个词吗？他无意中一句粗鲁的挑逗对她而言居然真的是一种有效的催情？

“据说，很多女人都有过被强暴的幻想和渴望。当然是在安全的前提下。”他的声音轻如呼吸，“是吗？”

电梯铃响。又一批人即将从电梯里拥出。胡抓住余真手中的钥牌，打开房门。然后用脚一踢。门惊天动地地撞上了。

此刻，余真的愤怒也到了极点。这是她的房间。他凭什么？他真的想要强暴她吗？是，强暴这个词确实让她敏感和兴奋，她确实也经常幻想被强暴，甚至渴望被强暴。但她和别的女人不可能一样。强暴对于她们或许是好玩，是刺激——如他所言，在安全的前提下，是一种有劲的游戏。但她没有这个前提。她对强暴的幻想和渴望只是因为，她曾经被强暴过。那个最早在她身体里留下烙印的男人，冥冥之中，以他的方式决定了她对男人的认识方式。宛若一个从不知辣的人，突然被人揪住了脖子大灌朝天椒，她受不了。但在这受不了之后，这辣还是进入了她的饮食习性。她不得不铭记，不得不回想。

那个夜晚以来，她已经平安地生活了十六年，十六年来，她一直接着那个男人在强暴着自己。每天每天。时时刻刻。她终于把自己强暴得如此苟且，如此不堪，如此不能让自己忍受。不过三十二岁，她已经把自己的心强暴成了一把骨头。

至于身后的这个男人。他是谁？他算什么？他以为吊了她这么两天胃口她就会对他这套欲擒故纵的把戏抵挡不住？他果真以为她是那种半推半就的贱人？

他错了。她要让他知道他的错。那就让他来好了。让他来好了。让他来好了！！！

他来了。他不由分说地抱住她，开始撕扯她的衣服。哧！哧！她能感觉到她的裙腰被他的手撕出的一道道小口，有风从那小口里飕飕地蹿进来。

这个坏男人啊。

然后他想要扯下她的内裤。他抓住她的乳房。她咬他的肩，胳膊，手。咬她能咬的一切，他们两个如两头兽，不言不语，奋力搏斗，顽强抗争。她蹬，抓，踢，他抱，搂，吻，最后他的两只手像钳子一样掐住她的脖子，她像青蛙一样扑腾来，扑腾去，他毫不松手，就在她觉得自己就要投降的一刹那，她使出了最后的力气，把指甲掐进他的肉里。

他把她松开了。

她把他的手掐出了血。

他默默地看着她。他知道了：她不是在和他游戏。她也看着他，默默地看着他。

许久。

“过去，有什么事吗？”

“英雄不问出处。”

“小东西。”

说这话的时候，他轻轻地摸了一下她的头。当他的手离她的头越来越远的时候，她能清楚地感觉到有几根头发还在依依不舍地追随着他手指离去的方向。这种感觉是如此熟悉——那个夜晚，那个人离去的时候，也是这样，轻轻地，摸了一下她的头。

被拿走的什么东西，回来了。

她伏在胡的肩上，泪水崩溃。胡温柔地拍着她，没有趁机乱动。他真不愧是情场高手。他知道她此刻的泪水与他无关，不过是借他的肩膀一用。

11

后来，余真说想到老虎石海浴。在一群人的目光中，她和胡肩并肩走出了休假中心的大门。

“不怕别人说我们有染吗？”他问。

余真笑着摸了一下胡的脸。这可爱的人。染就染吧。有染。染。多好的字。男的染了女的，女的染了男的。你的名字和我的名字，你的身体和我的身体，你的一切和我的一切。如同，你的颜色和我的颜色：红和蓝染成紫，红和黄染成橙，蓝和黄染成绿，它们全搅在一起就染成了黑。

他们先来到一家小店，买了一套橙色的比基尼，那套比基尼的下摆镶着一圈太阳光芒般的花边儿。余真把比基尼穿在里面，来到老虎石之后，她把衣服甩在沙滩上，奔跑入海。海水巨大的浮力像托起婴儿一样，让余真轻轻地漂着。胡从背后轻轻地环住她的腰。余真闭上眼睛，任他把她带到深一点儿的地方，然后，胡轻轻地吻了她。她也轻轻地吻了胡。他们傻笑着，抓住粗糙的防鲨网，打秋千一般来回摇晃。

他什么时候能找到那个和马一样皮肤温暖的女人呢？余真想。一个老男人。可他也还是个孩子。

后来，他们去一个海鲜大排档喝酒，碰到一桌休假中心的熟人，那桌人拘谨地瞄了他们几眼，才过来敬酒。白的。余真照单全收。然后那些人丢下满盘子海鲜唯唯诺诺告辞。余真和胡继续喝。他们不断地碰杯，什么话也不说。

这一次，余真真正地喝多了。她先是笑，笑得肆意昂扬。接着是哭，哭得抽抽搭搭。然后她说她要吃冰激凌，必须是和路雪。吃过和路雪之后胡把余真送回到房间，坐了一会儿，抽了一支烟。他走后，余真脱光衣服，踉踉跄跄地洗了澡，刚倒在床上就接到了丈夫的电话。丈夫问她好不好。

“很好。我刚才还在浴缸里游泳了呢。”

“哦。”

“游泳的时候我在浴缸里撒尿了。”

“多脏！”

“你是说浴缸脏还是我脏？”

“那样容易发炎的。”

“我发炎还是浴缸发炎？”

“你喝多了。好好歇着吧。以后别喝这么多酒了，没出息。”

“快说，浴缸脏还是我脏？浴缸发炎还是我发炎？”

丈夫啪的一声挂断了电话。她接着又给胡打。

“我想你。”

“我也想你。傻丫头。”

“如果有一天，你找到了和马一样皮肤温暖的女人，”余真对着话筒大叫起来，“一定要告诉我！”

放下电话，手机响了。是董克。一听董克的声音余真就知道，他也喝多了。他们傻笑了一阵，然后，余真听见了哭声。董克哭得很痛。余真可以想象他的样子，一个大男人，张着大嘴巴，鼻涕眼泪一起流，要多难看有多难看。

“真真，对不起，对不起……”

“为什么？”

“……那天晚上，那件事……”

“什么事？”余真渐渐清醒。

“他是我哥的狱友，向我打听你，我当时根本不明白他要干什么，后来才知道。对不起，对不起……可我不敢告诉你，也不敢告他，我害怕……对不起，对不起……”

余真的手顺着电话线，一圈一圈地缠下去，缠下去。电话线如一条妖娆的蛇，尾巴藏在下面，芯子攥在她握着的话筒里。只有蛇身在她眼前晃着，晃着。

“董克，我想，”余真按住突突跳动的太阳穴，缓缓地说，“你是喝多了。好好睡吧。”

“……真真，这些年，我的心都没有安稳过……”

“睡吧。”余真说，“好好睡吧。”

“真真……”

“有什么事，明天再说，好吗？”

余真关掉灯，睁大眼睛，她看见沙发，电视，台灯，饮水机，茶几，它们一样样地从黑暗中显示出来。她从没发现，黑暗中的事物有这么多。

只有手机的彩灯还在闪烁。余真伸手，去关手机。她要把这唯一的亮关掉。她的手依稀碰到了什么。余真把它拿在手里。一只打火机。肯定是胡的。他刚才抽烟，落在了这里。

余真打了一下，蓝色的火苗顺畅地喷涌了出来。夜空一般纯净的蓝色。一瞬间，整个房间的重量，似乎都集中在了这一束光上。

余真关掉了它。静静地躺在床上。

她忽然觉得十分踏实。

明天。她想。明天董克应该不会再给她打电话。明天下午她应该会到家。到家之后，她要一个人上游乐场。她要玩那种“激流勇进”的水上游戏：在人工河道里缓缓地开着小船，然后小船慢慢爬坡，上了高高的水上阶梯，再怀着失控的巨大恐惧哗地一下冲下去，激起澎湃的浪花。她还要玩水上摩托，和一池子的摩托尽情撞车。她还要满身是水地去坐过山车。在俯冲下来的时候尖号，哀叫。之后她要在草坪上晒一会儿太阳，把衣服晾晾干。她记得有一块草坪上盛开着一种玫红的大瓣鲜花，她要在那里拍一张搔首弄姿的美人照。是的，美人照。

远处传来悠扬的钟声。余真一下一下地数着。钟声消逝之后，她突然微笑了。原来，已经是明天了。

锈锄头

1

石二宝被李忠民看见的时候，正坐在书房的地板上。一本本狼藉凌乱的书开成了一堆残破的花瓣，穿着黄马甲的石二宝是一簇奇异的花蕊。

可以确定，这些书很久都没有被读过了。每一本翻开，都会扬起一阵细细的灰尘。石二宝快速地翻动着书页，丢一本，拿一本，再丢一本，再拿一本，惯性的动作里，透着些心烦意乱。但他没有让手停下来。这本没有，下本或许会有吧？他想。但他马上又很果断地遏止住了自己的这种想法。这种想法是危险的。他很快下了决心：再翻十本书就走人。

当他翻到第八本的时候，感觉到了书房门口的呼吸声。

李忠民直直地站在那里，居高临下地看着石二宝。这个陌生的男人。这个男人很陌生。这个男人还在怔怔地看着他，脸上的表情仿佛在做梦，是李忠民的进入把他的梦打扰了。一瞬间，李忠民以为自己进错了门。他回头看了看，是，没错，那是玄关处的镂花窗。再往客厅那儿看看，也没错，那是他精挑细选的太师椅。沉闷的静谧中，他甚至听见了金鱼在电视机那边的石槽里吐泡的声音。

“你是谁？”李忠民问。

石二宝没有回答。他慢慢地，慢慢地站起来。

“你是谁？！”李忠民让自己的声音在尾部加上了叹、问号。他要严厉起来。这是他的家，他得拿出自己的威风。

“石二宝。”石二宝的声音很低，但还是像小学生回答问题一样，乖乖地嗫嚅了出来。石二宝一边说着，一边也让自己的身子完全地直了起来。他回来了。李忠民回来了。这个在照片里得意扬扬抱着女人的男人，他叫李忠民。

“你在我家干什么？！！”李忠民又加了个叹号。他愤怒极了。他当然有权利愤怒。这愤怒的感觉已经久违了。下乡的时候，有一次，他们知青点有一名知青从江西探亲回来，路过另一个知青点的地盘时被那伙知青劫了从老家带来的食品，两个点儿火并，有一个知青被打残了腿。他们所有的人都被抓走审问了一遍，他还被关了三天禁闭。那是他有生以来打架打得最尽兴的一次，也是愤怒愤得最尽兴的一次。打那以后，他似乎再没有了愤怒的机会。

石二宝终于完全清醒了过来。是啊，他是站在李忠民的家里。他站在人家家里干什么？他在这个屋子里没有任何权利。他该走的。马上走。

但是李忠民横在他的面前，把他的眉眉眼眼沟沟坎坎都看得一清二楚。碰到李忠民意味着什么？本来是入室盗窃，现在他已经是入室抢劫了。他走了之后李忠民很快就会报警，然后他会很快被抓起来，被判刑。再然后他的孩子们会很快失学，他的妻子很快会来探监，他们全家很快就会被村里人耻笑。从此他们就会在所有人面前低人一等，沦为贱民。

他镇定了片刻，也仔细打量了一下李忠民。心里很快踏实起来。这个男人看起来五大三粗，真要动起手，一定啥也不啥。城里人都这样。或许，把他打翻在地不比把三十本旧书在一分钟之内扎成“井”字形更难。而且，那个人，他多蠢。他在那里咋咋呼呼，居然手无寸铁。

他不能就这么走。他看着李忠民的口袋。既然，来都来了，碰都碰上了。

想了这么多，算起来也不过是一分钟的工夫。石二宝把手伸进工具箱里，取出了那把弹簧刀。然后，他试探着往前走了一步。李忠民随即跟着石二宝向后退了一步。石二宝再进，李忠民再退。他们一直退出了书房，来到了客厅。石二宝的脸色越来越平静，他几乎是含着一丝笑意看着李忠民。这一丝笑意让李忠民双腿发软，脊背发凉，他意识到了自己致命的错误。

“你想干什么？不要乱来啊。”李忠民压低声音。现在，他的形势已经由正当进攻退为正当防卫了。他喜欢看央视一套的《今日说法》，那里边经常会有一些用得着的常识。比如什么“夏季要防强奸案，冬季犯罪为侵财”，还有什么“男人如何不丢钱？出门只带一百元”之类的。关于入室抢劫似乎也有过专辑，是怎么说来着？好像是如果遭遇抢劫的时候周边无人就不要乱叫，免得对方激情杀人。“不死人不伤人”是评价自救行为是否成功的唯一标准。如果不死人不伤人，就可以给这个自救行为打一百分。

他要努力得这一百分。因为，如果得不了一百分，他也许就只能得零分。

“手机。”石二宝说。此时他欣慰地发现，虽然这不是自个儿家，但自己也未见得没有任何权利。这世界，只要谁占上风，谁就有权利。

李忠民把手机拿了出来。石二宝又让李忠民在餐桌边坐下，扔过来两条尼龙绳，让他自己从小腿开始，一截一截地螺旋着往上捆，一直捆到大腿处。捆好之后的李忠民看着自己的双腿，觉得很像自己食品公司做的那种粽子。奇怪的粽子。

然后，石二宝又让李忠民把固定电话线扯掉。李忠民蹦到电话边，照着做了。接着石二宝又让李忠民把手机丢到卫生间的马桶里去。李忠民说马桶会因此堵塞的，可不可以让他在洗面池里放满水，再把手机丢进去。石二宝想了想，表示同意。李忠民慢慢地蹦到卫生间。石二宝在后面慢慢跟着。李忠民的姿态很像一只蛤蟆。把脸颊肉都绷酸了，石二宝才强忍着没让自己大笑出来。在放水的时候，李忠民浏览了一下，没有可手的武器。有一瞬间，他甚至想把清水泼到石二宝的脸上，但他很快放弃了。以水为刀，那是电视里的武林高手才会有的功夫。他要做出来，只能是给石二宝洗一把脸。

“钱。”回到餐桌边，石二宝言简意赅地命令。李忠民把身上所有的口袋都翻了出来，掏出了所有的钱。钱不多，只有两千来块。他用得最多的是卡。

石二宝把钱卷进口袋，又指指玄关处的 POLO 拉杆箱。李忠民艰难地蹦过去，想要蹲下，却发现这只是一种理想。他的肚子阻碍了蹲下去的可能性。他又试了一次，还是没成功。李忠民朝石二宝恳求地看了一眼。石二宝走过来，把箱子拎到餐桌上。李忠民打开。里外都看一遍。箱子里其实没什么。尼康相机，三星手机充电器，软中华香烟，食品公司的一些文字资料，换洗的内衣裤，就这些。他的行李箱一向是回来时才最满，因为要给老婆和小青都带东西。

石二宝把 POLO 箱扔到地上。

“哪儿还有钱？”石二宝在空气中挥舞了一下刀子，“快说！”

“没有了。我从不在家里放那么多现金。就是有，也都是老婆放着。我不知道。”李忠民说得很诚恳。确实也是真话。如果有钱，他不会吝惜的。他想得一百分。为了中和一下没钱给石二宝的刺激，他向石二宝推荐了一些小青的首饰，说那些首饰都很值钱的。石二宝让他拿过来，他一蹦一蹦地挪到卧室，拿了过来。打开才发现首饰盒里什么都没有。大约都让小青带到欧洲炫耀去了。

石二宝把空首饰盒推到一边，两人相对坐着。沉默无语。石二宝知道自己该走了。多留一分钟就多一分钟危险。可他总觉得还有一件事没有办。什么事呢？

李忠民的目光跟着石二宝的目光滑过餐厅天花板上的吊灯，滑过两个装满红酒的清式立柜，滑过那一面特意做出来的惟妙惟肖的红砖墙，然后，停住。

石二宝想起来了。

2

临出门前，李忠民最后检查了一下那个中号POLO拉杆箱。这个拉杆箱是两年前在美国买的。货真价实。搭眼一看就比国产的那些山寨货好。小牛皮黑得纯正，滋腻，沉静细致的水波摔纹闪着一道道幽幽的暗光，如一只只暧昧的眼睛。扁圆的拉链头由拉孔开始呈坡面加厚，凝聚在拇指下的感觉如一滴丰盈的泪水。这么小的细节都设计得简约不俗，让人叹服。作为年过半百的成功人士，李忠民觉得自己现在是得注意这些细节了。再不能像那些二三十岁的郎当小子，拎着个百把元的旅行包就可以到处晃悠。拖沓的底气是青春。他只能堤内损失堤外补。这是没办法的事。幸好，他还有的补，也补得还算漂亮。

他拿出一支烟。其实他没什么烟瘾，可想到又要上飞机，他还是觉得应该抽支烟。他要去杭州参加一个食品行业的年会。昨天晚上他刚刚在网上看了一篇文章，说有科学数据统计，飞机失事的危险性其实很小，约为三百万分之一。以1998年为例，全世界的航空公司共飞行一千八百万次喷气机航班，运送人数约十三亿人，失事也才仅仅十次。李忠民用三百万除了一下三百六十五，得出结论，即使是他每天都坐一次飞机，那也得连续飞上八千二百年才有可能会不幸遇到一次飞行事故。而仅就去年而言，李忠民刚刚看过报纸，他所生活的这个人口大省，公路死亡人数就已经达到两万一千名，约为自有喷气客机以后四十年里全世界所有喷气机事故死亡人数的总和。看来人们对飞机的恐惧心理其实是一种直觉错误。也就是说，从统计概率的角度来讲，最需要防患于未然的恰恰是他天天使用日日信赖的汽车。

这么多年，李忠民每周至少要坐两趟飞机，早已经成了空中飞人。这些道理其实他早就明白。不过，明白是明白，每次坐飞机的时候，他还是略略有些紧张。他觉得自己的紧张是有道理的，以往没碰上不能保证这次也碰不上。谁知道那三百万分之一的概率是排在三百万的第七次、第十次还是第七十次？无论碰上哪一次，对他可都是百分之百。另外，即使从统计概率来看，他的紧张也有道理。要知道他是准备乘车去机场，也就是说，他面临的是一道数学题：汽车风险概率加上飞机风险概率，和总是大于任何一个加数。这也是李忠民要抽烟的理由。

这么算计来算计去的时候，李忠民知道自己已经有些老了。

一支烟抽完，李忠民又燃了一根。时间还早。

这套公寓是去年刚买的，四室两厅两卫，一百七十平方米。一进门就可以看到一个镂空窗扇，窗扇后一抹小白墙，上面挂着一幅斗方——“素心若雪”。自然是名家手迹。这是玄关处的用心。转过玄关，右手是一个小小的衣帽间，墙上镶着四扇玲珑剔透的木屏风，在屏风的间隙错落有致地贴着几个木制的雕花挂钩，屏风下是两条褪了漆色的红春矮凳。转过衣帽间就进了客厅，两米宽的大飘窗让整个客厅豁然起来。一对枣红色的太师椅和高脚茶几是必不可少的，然后是围着电视的几组沙发。沙发粗看很一般，细看就觉得有趣：纯木镶起了三面挡板，然后放上厚羽绒垫子，就成了。那纯木挡板是原色上了一层清油，厚薄还不一样，很糙，和电视墙边放的鱼缸交相辉映。那个鱼缸是个石槽子。石是青石，有不少的凹陷，凹陷里静着淡淡的灰尘。灰尘很薄，似乎用手轻轻一抹就可以抹掉，但等你真的去抹时就会发现，那石头原来很干净。灰尘只是灰尘的影子。

这个家平素没别人来。偶尔有客来的话，总要对这两样东西格外好奇，李忠民任由他们猜。当然从没有人说他老土，只有人说他前卫，酷。闹够了，他才告诉他们："沙发架的是牛槽，金鱼缸是马槽。"然后把那人引到餐厅，给他展示另几样东西。于是那人会惊异地看到，在一面特意造出的红砖墙上，几片黑瓦檐儿下，挂着一顶草帽和一把锄头。草帽自然是旧的，像是被雨淋过很久，泛着些霉黑。原本白色的带子也有些发黄，但是细看就发现每一个纤维毛孔都很清爽干净。锄头自然也是旧的，有些锈，斑斑驳驳地露出些钢的寒光。手把着的那块木柄起明发亮，一副历尽沧桑的样子。于是有聪明人就会问他是不是当过知青，李忠民呈现出赞许的微笑，道："是啊。十七岁那年。"

也有不够聪明的人会想到别的。一次，一个生意场上的朋友看到了这把锄头，没问什么，也没说什么。过了两天，给李忠民送来一幅名家的字。李忠民打开一看，居然是那首"锄禾日当午，汗滴禾下土，谁知盘中餐，粒粒皆辛苦"，那人要他把这幅字配在锄头边儿，还得意地问李忠民自己的悟性如何，李忠民只有宽容地笑："不错，不错。"

他当然没有把那幅字挂起来。配他的锄头？嗤！

他到杏河的时候，是夏天，干的第一样活是给豆地锄草。这种活不大，在庄稼活里是个零头，但对他来说，也是一门得好好学的技术。首先要分清草和苗。这不难。大豆地里的杂草是细长的，在大豆叶中很容易分辨，只要眼睛好使就行。第二就是锄草了。教他锄草的青年汉子是个本地农民，给他示范了一下，他眼看着那人直着腰，锄头在豆苗里很轻巧地左挥右舞了几下，就把所有的草都铲掉了。示范过后，那个人就三下两下地跑到了前头，只留他在后面慢慢地跟着。慢，质量还低，挥舞锄头却总铲不掉草，却铲伤了豆苗，最后只得弯腰用手把草拔掉。沉甸甸的锄头在他手里是一把钝剑，一根根杂草如同仙女，他的剑常常不仅够不着仙女，有几次还差点儿砍上自己的脚脖。休息的时候，他向师傅请教，那汉子笑着说武器不行打不好仗，他恐怕得换个锄头。他仔细观察了一下那个汉子的武器，果然发现他的锄头比他的小，而且磨得又快又亮，光可照人。师傅告诉他，小锄头锄草最得劲，不会伤到豆苗。收工之后多磨磨锄头，一定要把锄头磨亮，这样干活的时候不沾泥。锄头一沾泥还叫锄头吗？成榔头了。

他听了师傅的话，第二天，就换了一把小锄头。果然好使。闲下来的时候，他就一遍遍地擦锄头。把锄头擦得赛镜子。就这样，锄头成了他知青生活接触到的第一种农具。亮光光的锄头就这么照着他在乡下待了六年。去年，他衣锦还乡，回杏河省亲，特意从师傅家找寻了牛槽、马槽、草帽和锄头这几个旧玩意儿。马槽是石的，不用动。牛槽已经破得不行了，他让人照着做了一个。草帽和锄头也是原版，他只是让人做了一下消毒和清洗，然后就摆置在了小家里。每当他在餐桌边坐下，看着那把锄头的时候，就觉得吃到嘴里的饭显得格外香甜。没事的时候，他也喜欢坐在这里，抽支烟，想些往事。

3

四十二岁的郊区农民石二宝站在二楼和三楼之间的楼道拐角，眼看着李忠民出了门，噔噔噔地下了楼。李忠民路过他身边时，他忙不迭地往边上靠了靠，压低了头上的假耐克运动帽，很有一些卑怯的样子。这帽子是有一次他收废书废纸的时候，一个戴眼镜的女人免费给他的。质地不错，只是帽圈周围有点脏，他洗了洗，就戴上了。

他来城里收废书废纸已经三年了。三年来，他对这个行当越来越满意。他家住在离城三十里地的郊区。这些年，城市的版图就像他婆娘擀的烙馍，越来越大，眼看着就擀到了他们村口。他们村的地就卖得越来越多，分到他们手里的地就越来越少。从人均两亩五分到一亩九分再到一亩七分，现在只剩下一亩一分了。谁都知道这么减下去，种地只能勉强吃饱饭，儿子女儿的学费是一点儿也顾不住的。村里的人乌鸦般地拥到城里打工。他是个恋家的人，本不想出来，先是只在镇上摆了个修锁配钥匙的小摊儿，没想到生意不行。小镇人少，本来活就不多，两三天就和周边的人又混成了一家，东西就叫不上价，白搭个工夫。没办法，把摊子一收，就来到了城里。换了几样活计，末了就定了心收废纸。收废纸利润确实不错，收是六毛五，拉到收购站是七毛五，一斤能挣一毛。再加上主顾们搭送点，自己秤上再瞒哄点，一斤挣个一毛五毫无问题。一天最少收个两百斤，保底儿也能挣三十块。而且，他还能顺手干点儿别的——比如探探这位刚刚出门的男人的家。

这个刚出门的男人一看就是个不错的茬。住在这个小区里的人都有货——他们村的人都管有钱叫有货——这没的说。他四五十岁的样子，头发有些谢顶，肚子有点儿坡度，更是有货中的有货。还拉着拉杆箱，一看就是要出远门的样子，可没有送他的人，那证明是家里没人。不然像这种顶梁柱似的男人，好歹总会有个人送出门口道声再见的。所有迹象都表明，这个人走后，他可以进去干一把。

李忠民走了二十分钟之后，石二宝从三轮车的废纸堆下拿出一个小工具箱，工具箱里装着小铁锤、老虎钳、宽胶带、棉线、细铁丝、剪刀、弹簧刀、螺丝刀、创可贴，还有四五根三米长的尼龙绳，外加一件“小高开锁，低价五元”的黄马甲。这些行头足够他使的了。他提着工具箱，来到三楼，换上黄马甲，在李忠民的防盗门锁眼儿里鼓捣了五分钟，外强中干的铁将军被很顺利地打开了。进了门，石二宝先在衣帽间的春凳上静静地坐下，屏着息听了一会儿，除了冰箱的嗡嗡声，没有任何动静。然后他站起来，迅速地把每个房间都浏览了一遍。果然没有一个人。他松了口气。重又在春凳上坐下。他决定按照老规矩，先翻卧室，再翻客厅，接着翻厨房和卫生间，最后翻书房。

他不得不承认，会一门手艺真是不错。自从干这种捎带的生意以来，他还没有失过手。总结成功经验，倒有这么几条：一、他主次分明。既然定位是捎带干的业余工作，那就不能把活做太多。做得少了，被发现的机率自然就小。二、事前准备工作充分，最大程度地降低了风险。三、收尾干净。凡是做过活的那块区域，半公里之内半年之中他决不再踏进半步，彻底杜绝后患。这三条里第二条尤其关键，要讲究的地方很多。可以包括好几小条：比如，之前要观察仔细，尽量不遭遇人。不遭遇人叫入室盗窃，遭遇了人叫入室抢劫。性质不同，罪也有轻重。按抢劫算最少五年，按盗窃算多者三年，区别大着呢。他在收废书的时候，特意留了一本《刑法》，对这一部分仔细查过。又比如，如果真的不幸遭遇了人，尽量找个借口混过去。所以他准备有开锁公司的黄马甲。再比如，如果实在混不过去，就尽量安全逃跑。如果没有把握安全逃跑，就给自己创造条件安全逃跑。还比如，在创造条件的时候，尽量不伤害人。如果万不得已要伤害人，不要把人害死。总之，人不犯我，我不犯人；人轻犯我，我轻犯人；人重犯我，我重犯人；人死犯我，我死犯人。这是他给自己定的最基本的职业原则。他常常告诫自己说：石二宝呀石二宝，没人看着你，你可得自己看好自己。你要严格遵守这些原则，决不能疏忽。你是为了钱，不是为了进监狱。你要心底儿清亮啊。

幸好，他从业以来，干了十三起了，还没有遭遇过一次人。

每干完一次，他都要先洗个澡，吃三天素。吃素的三天里，他每天都要给自己饭桌上的观音菩萨像前上一炷香。这尊菩萨是他用五块钱请的。上香的时候他从不说话。其实他是想说点什么的，但他不知道自己该说什么。

4

三十五分钟后，李忠民又回到了家门口。他记错了日子。走到半道上，他听见出租车的随车收音机在播报天气，感觉似乎有些不对劲，连忙拿出机票对了对，又向司机求证了一下，原来是他把今天当成明天了。他随即让司机掉头，打道回府。以前出门有小青在，他从没有犯过这种错误，这次小青去北欧还没有回来，他自个儿收拾自个儿，就有些前后不搭了。

小青就是他的小。这个房子就是他买给小的一件大礼物。想起小青，他就想笑。这是男人一种不能说出口的美妙。比起很多他这种身份的男人，其实他一直觉得自己算是很规矩的了。有头有脸这么多年以来，他只有小青这么一个正经八百的小。于是这小也并不小，是另一个意义的大。他不会亏待她，就像不会亏待老婆。

他是 1972 年下的乡，1978 年底返的城，一起下乡的三十五个人里，他是返城的最后一批。回城的指标每一批都很少，人人都张着大嘴，看谁有本事抢到食。之前他也没少想办法：走路慢慢的，蹲下慢慢的，双膝被止痛膏贴成了惨白方块，汗毛都粘得比女人还光，这种症状可以冒充风湿性关节炎。照 X 光前在背上肺的对应处贴上锡箔，拍出片子的效果就是肺穿孔。或者体检前喝上一点儿碘酒，就能查出胃溃疡。他给自己定的理想就是胃溃疡。在乡下，吃不好容易得胃溃疡，是知青们最常见的病。他们三十五个人里头，真真假假的胃溃疡就有二十六个。但道高一尺，魔高一丈，总是瞒不过医生。要买通医生不是件容易的事儿。医生见的鬼怪多了，供品少了不行，供品多了他拿不出。管体检的医生还每年都换，喂都没法子喂熟。就这么一年，一年，阴错阳差到了最后。还好，终还是回来了。回来之前他去做了最后一次体检，真的患上了梦寐以求的胃溃疡。

回城之后他进了街道的食品加工厂，工作内容是把饼干装进纸箱里。一天，在一起工作的一个大妈说要给他介绍对象，其实前天他刚见过一个姑娘，听说他没有房子就把脸阴下来了。他有些心灰意冷。不想见。可大妈说那姑娘不会嫌弃他什么，也是知青刚返城。他就和对方约了在人民公园门口见面。见面的时候，她穿着一件深蓝色的对襟褂子，翻出一道白底儿红碎花的崭新的衬衣领。他穿的是一件旧绿军装，也翻着一道白色的崭新的衬衣领。不过这领子也只是一道领子。是假领子。那时候流行假领子，只做到领子下面第二枚扣子那里，胳膊那儿留两个圈，往里一套，领子往外一翻，跟真的一样。这种假领子还有一个好听点儿的名字，叫“节约领”。

他匆忙地打量了一下那个姑娘。皮肤有些粗糙，但脸还好，没有和他一起下乡的那些女知青那么黑。进了公园，他给她买了一支冰棍，问她在哪里下的乡，她说在茶店。她又问他，他说在杏河。茶店在省北，杏河在省南，应该是不同的地方。彼此问了些情况。她说她到知青点时是立冬时节，他们干的第一样活就是去挑河。那真是个下马威啊。从河里挑出了淤泥，再用小车推到坝上。自己装自己推，每车都五百斤以上，她力气小，推不了小车，就抬荆条编的大筐，一筐三百斤，一条扁担两人抬，装满筐抬上去，然后空筐返回来，一个往返一里路。几天下来肩膀又红又肿，第二天赶紧戴上了垫肩，很快连垫肩也被磨破了。然后，河越挖越深，运距越来越远，坡越来越陡，因为越往下挖淤泥的含水量越大，抬的分量也越来越重，脖子上用来擦汗的毛巾从早湿到晚，汗水还是顺着身子往下淌。手上的血泡磨破了，开始流血水，滴答滴答流一路。和汗水搅在一起，咸腥咸腥。

他给她讲的是扯秧头。杏河和湖北交界，属于亚热带，农作物一年两熟。收过麦子就该种稻子，下田插秧就是必修课。扯秧头则是必修课之前的必修课。如果秧头扯得好，秧苗头就是疏松的，拿在手上，像排好了队的兵，按部就班插下去，一个个就能朗朗利利地站到田里。如果秧头扯得不好，就成了乱麻秧，像扯牛肉一样难掰弄，所以他们也叫这“牛肉秧”。“牛肉秧”最是误时费力，在水里站半天还不能分出一棵。他学了很久也没有把秧头扯好，插秧苗的时候就吃亏了。那些手快的人把好秧头都挑走了，剩下的就都是“牛肉秧”。于是插得快的人挑走了好秧，如虎添翼，插得慢的人只有用赖秧，雪上加霜。更气人的是快的人插一会儿，歇一会儿，尽管轻松，却也故意不比你超很远，免得早早完工了还得帮忙后进。听他们在前面说说笑笑，那种难堪和委屈也如手里的秧苗一般，郁郁葱葱，纠缠不清。

讲着讲着，两个人就会心地笑。有点儿甜蜜的意思了。他们一起看着小鸟在树冠上飞来飞去，阳光从树叶的缝隙漏出来，斑斑驳驳，然而也还是能让人感受到这种零零星星的暖。

女人沉默了一会儿，叹口气道：“熬出来了。”

“是啊，熬出来了。”他也说。

女人突然把手捂到脸上，哭了起来。他想递块手帕过去，翻遍浑身上下却都没有找到。干坐了一会儿，女人仍在哭。他把她的手拉过来，上面全是湿漉漉的泪水。或者，还有鼻涕。他心里涌起一阵嫌恶。然而他又摸到她手指关节处和掌心里的老茧，那嫌恶便软了。两个月后，他们结了婚。

后来他知道，她那天翻出来的领子，也是节约领。

孩子八岁那年，他辞去了食品加工厂的工作，把临街的老房子打开了个门面，办起了自己的食品店，相当于现在的面包房。他使上了自己在食品加工厂学到的全部手艺，供应的有月饼、蛋糕、饼干、小麻花，生意很好。随着日子的更迭，忠民食品店的名字历史是：忠民食品老店，忠民食品总店，忠民食品连锁店，直至成为忠民食品有限公司；各色月饼的名字历史是：营养月饼，美容月饼，高钙月饼直至成为保健月饼；奶油蛋糕的名字历史是：美式蛋糕，法式蛋糕，欧式蛋糕，直至成为西式蛋糕。他的身份则由个体户变成了老板又变成了私营业主，直至成为民营企业家。现在，他的公司在省城有十六个直营店，在全省各个城市有二十个加盟店，还有一个食品配送中心和一个三万平米的原料加工基地。产品种类也由面点增加了肉制食品、速冻食品和休闲小食品。一年利润一千多万。

他成功了。他是个成功人士。人们都这么说。他听到人们这么说的时候，心里常常很迷茫。但是，脸上却带着确定的微笑。他知道自己必须得确定。不然会很傻。现在的世道，哪怕错，也不能傻。

5

卧室很大。只有这么大的房子才会有这么大的卧室。石二宝一眼就看见了一张宽展展的大床。只有这么大的卧室才能放下这么大的床。而这大房大卧和大床都属于三个字：有钱人。这张有钱人的大床靠着墙，安安稳稳地卧在房间中央。小岛一般。他进去过的所有城里人的家里，几乎都有这么一张大床。这种大床的规格是他熟悉的，宽约莫六尺，长约莫七尺。用城里人的话是宽一米八，长两米二。他细细地量过。一次，他在一户人家收购旧书，那个户主可能是要搬家了，说想把一张六成新的席梦思卖掉。户主跟石二宝商量，说省得再拉到旧货市场。旧货市场可以卖四百的，石二宝如果要就两百。石二宝犹豫了犹豫，终于决定要了。他的出租屋没地儿放。当天，他就把那张床拉回了老家。他把床在三轮车上捆绑扎实，吭吭哧哧地蹬了八个多钟头，一直拉到天乌隆隆黑，才把那三十多里路走完。那床太大太沉了，走着走着，好几回都差点儿把他和三轮车一起翘起来。他得一边儿使劲把车往下压，还得一边使劲儿让车往前走，累得手腕和肩膀酸疼。可疼着心里也高兴。床越沉他越高兴。床越沉证明用的木料越好，也越证明他收的家伙值。这床真是便宜啊。两百块钱，你说能买个什么？当年他结婚的时候，请的木匠打了一张四尺宽五尺长的薄片子木床，还花了两百三十块呢。他没舍得叫油漆匠，自己寻了亲戚家的一点红漆把床棱粗粗地刷了一遍，就这么睡了二十年。

这床还有什么可挑的？他不由得批评自己娇气：人家工厂都做好了，也油漆好了，连质量也让上一任给试过了，价钱也因此便宜了好多，什么都弄好了，往家里拉就有那么难吗？蚂蚁驮的不都是比自己身体大几倍的东西？人还不如一只蚂蚁？

拉回家里，他得到了全家人的表扬，说他会收东西。多洋气的一张床呀！老婆摸着这床，爱不释手。老婆拍拍儿子的头说："这床给儿子娶媳妇就满够。"他在一边瓮声瓮气地截住老婆的话："他长大了让他自己买，这床，我们睡。"那天晚上，老婆在床上翻波浪打滚，怎么也睡不着。他一沾上床就睡着了。几十年了，他没有睡过这么踏实的床。

石二宝揪过床上的枕头，把枕芯掏了出来。有的人家是会把东西藏在这里面的。他又把被罩捏了一遍，然后掀掉被单，一堆零碎东西跌落出来，有避孕套，有印着光身子男女的光盘，还有小得不能再小的女人的镂花裤头。他拿起来放在鼻子边闻了闻，蛮香的。裤头边还有一封信。粉红信封。石二宝打开，一张开满玫瑰花的硬卡片上写着几行小字：

> 亲爱的老公，还是不放心你呀。注意身体噢。实在想我的话，就看看这个小裤头。这是我昨天刚换下的，上面有我的最浓的气息。半个月我就回来了。不准让小弟弟犯错误，不然小妹妹饶不了它！

啧啧啧，够牙酸的。留的日期是前天。这么说两口子都出门了。按正常推理，他可以放心大胆地在这里干上一番细活。不过，他才不会那么贪呢。他不是正常行为，怎么能去适用正常推理？谁知道会碰上什么？万一人家请了看门的过来呢？所以，石二宝还是决定不超过自己给自己规定的安全时间：四十五分钟。这个时间也是他灵感所至。一次，儿子做作业的时候，他问儿子：你一节课多长时间？儿子说四十五分钟。他心里就定了。

他用床单把这些东西裹住，扔到一边，掀开床垫。这大红色的床垫一看质量就很好，再一细看，是玉仙牌的。他房东的电视里整天播着这个床垫的广告，一听到那个浪浪的女人声音用醉了酒的腔调慢慢地说："玉——仙——床——垫——飘——飘——欲——仙——"，他就知道本地的晚间新闻要开始了。

掀掉床垫，露出下面的四格暗柜。石二宝一一打开。两格放的是女人的冬衣，羽绒服、棉袄、保暖内衣，另两格放的是两床羽绒被。他一一查过，什么都没有。

头上出了层细汗。石二宝抓起一件内衣擦了一把。休息了一会儿，继续战斗。他打开一个床头柜，里面是卫生巾、卫生纸、手电筒、手帕纸、打火机，似乎是怕突然停电所做的准备。另一个床头柜里放的是一面小镜子和一条白毛巾。他把抽屉整个儿向外抽，抽到半路却抽不出来，再一看，有一个小小的锁眼。他心里一喜。有暗屉！三下两下把暗屉鼓捣开，却发现里面不是钱，而是一个男人的玩意儿，青筋暴露，昂首挺立。他吓了一跳，莫非是这家的女人把男人的玩意儿割了？他伸出手，摸了摸，塑胶的，假的。城里的女人用的是假的吗？难道是那个男的不行了？可怜人哩。他呵呵地笑起来。然后他把这个新鲜东西放到工具箱里。要是拿回家可以给老婆看个西洋景，不把老婆吓死才怪。

石二宝聚精会神地继续找着。每个古玩瓶的肚子，大衣柜里每件衣服，包柜里的每只包，鞋柜里的每只鞋……在那张芳香四溢的梳妆台上，他看到一堆漂亮的发卡，便一股脑儿地装进口袋。女儿肯定喜欢这些小玩意儿。梳妆台的抽屉里也都有暗屉，在一只暗屉里他找到了一些外币，花花绿绿的，也不知道是哪国的钱，想了想，各抽出了一张，回头给儿子瞧瞧稀罕。在另一只暗屉里，石二宝找到了几张存单，都是五万五万存的，加起来有四十五万，存单的名字都是王小青。该是这家的女主人。

石二宝捏着这几张存单。这就是四十五万？怎么看怎么像假的。他要是有四十五万，一定存成一千一千的，数上几个时辰，多过瘾！石二宝恨恨地想。他犹豫着该把这些存单怎么办。对他这种人来说，存单是最没用的。都有密码，取不出来的。不过寻思了寻思，他还是把存单放进了口袋里。我不取，你们总得挂失吧？让你们受受惊。谁让你们他妈的这么有货！

最后一个暗屉里是石二宝最亲切的人民币。有一千多块。石二宝卷起来，塞进了口袋。到此为止，他的心彻底舒坦起来。这一趟总算没白跑。这个暗屉里还放着一个户口本一样的暗红封面的小簿子，石二宝拿起来，金灿灿的国徽下是一行醒目的小字：中华人民共和国，接着是更醒目的两个大字：护照。打开，那个提拉杆箱的男人的面目赫然出现。他叫李忠民。

李，忠，民，石二宝念了念这个名字，用手戳了戳他的脸："你知道你女人用的是假玩意儿吗？"他又呵呵地笑了起来。

电视柜下是一摞影集。他看看表，已经过了十分钟了，他不能在这儿耽误太多时间。想了想，他决定抽查。下面取一本，上面取一本。他先打开下面的一本。第一张是一个小男孩的光屁股照，在“坐婆婆”里坐着，露着个小鸡鸡。然后男孩子渐渐长大，戴上红领巾了，双手拿着红宝书捧在胸前。再然后，几个毛头小伙子在一起喜眉笑眼地合影，背后是“上山下乡，大有作为”的标语……全是黑白的，老照片。他把这本合上，去打开上面的那本。

一翻开仍然是那个男人。小男孩的眉眼依稀还在，却都像发了酵的面，虚浮肥肿。再往后翻，一个娇俏的小女人抱着男人的腰，看起来是父女的年龄，却又亲热得邪性。石二宝突然明白：这是他的小老婆。好白菜都让猪给拱了！石二宝“呸”了一声，把影集合住，又想：那女人算是好白菜吗？他又“呸”了一下。

客厅里的沙发坐垫、靠背、茶叶筒一一看过，厨房里的锅碗瓢盆一一看过，冰箱里的冷冻格冷藏格也一一看过，卫生间的马桶水箱，洗面池下的储藏柜，都一一看过，没有什么。什么都没有。石二宝又看看表，已经过了二十分钟。没有多少时间了。他走向书房。书房里的书最麻烦，就是抽查也得耗上好一会儿。不过还不能不查，城里人会往这里边藏东西的。他收的不少旧书里都有东西。有的在里边夹钱，有的在里边夹照片，最有收获的一次是他在旧书里面找到一张活期存折。存折上的钱还不少，有两千多。只是没写着密码。不过，他想了又想，还是猜到了密码，提心吊胆地把钱取了出来。密码就是存折夹的那个页码，238，两个 238 连在一起，就成了。不然为什么会把存折放在那一页？他得意于自己的聪明。两千多，顶他收三个多月的废纸。怪不得人常说：书中自有黄金屋呢。

去书房的时候，石二宝顺便看了一下餐厅。餐厅的一面墙上镶着两格老式柜子，里面装满了高高低低的瓶子。石二宝凑近看了一眼。全都是酒。每一瓶酒和另一瓶都不重样，像是一群雍容高贵的模特在展览。放那么多酒干什么？能喝得了吗？石二宝觉得自己有理由纳闷。要是让他来收这些瓶子，一个也就是两毛钱。

然后，石二宝看见了那把锄头。他站住了，打开餐厅顶上的吊灯。他要确定那是不是把锄头。

果然是把锄头。很沉。挂在墙上有些显小，像玩具。拿在手里才显出了锄头的大。滚圆匀称的长木柄，手握的地方被磨光了，一摸就知道是被汗磨光的，丰沛润泽。锄面上的钢已经锈了，锈迹有些黑，有些褐，都是泥土的颜色。泥土中夹着点点的亮，如重重乌云中崭露头角的颗颗星星。石二宝抚了一下锄面，居然一点儿也不涩。他举起来仔细查看，发现上面涂了一层油一样的东西。涂这个干什么？是保护这把破锄头吗？一把破锄头，值得吗？草帽还能戴戴，锄头有什么用呢？乡下都快没有地种了，一个城里人，将一把锈了的锄头挂在这么齐楚的家里，到底想要做什么呢？

古怪的城里人啊。

要是有机会和城里人聊聊天的话，他得问问这个问题。石二宝想。他把锄头轻轻地靠在餐桌边的地上。

6

“李忠民。”石二宝喊。

李忠民一愣。石二宝居然知道他叫李忠民。是从电视上看的吗？这让他有一种莫名的满足。不过满足之后更多的却是深渊般的恐惧。这个石二宝，他到底知道自己多少底细？他到底想从自己身上敲多少？

“你怎么知道我的名字？”

石二宝深沉地笑笑。继续问：

“你是要上飞机吧？”

“唉。”

“怎么又回来了？”

“看错了日子，是明天的航班。”李忠民老实说完，立马就想扇自己嘴巴子。多好的机会啊，应该说回来拿东西，一会儿有人来接。

石二宝似乎看出了李忠民的懊恼。笑了笑。

“老婆什么时候回来？”

“一会儿。”

“李忠民，你老实点儿！”石二宝声音不高，但很有劲道，每一个字都长出了坚实的肌肉。

“真的一会儿就回来。”李忠民诚恳地说。

石二宝站起来，走到李忠民身边，狠狠地踢了他一脚。然后让他蹦到卧室，指着一个粉红色的信封，让他把那张卡片拿了出来。李忠民的心扑通一声沉了下去。他根本没有看见这封信。这两天他都住在老婆那儿。

“你还有什么可说的？”

李忠民沉默。

“李忠民。再给你一次机会，你要还不老实，可别怪我不客气。”石二宝背着手，踢踢脚边的锄头，“你给我说说，你为什么要在墙上挂把锄头？”

锄头。李忠民低下头，看着这把锄头。这个抢劫者居然要他讲锄头的事。当然，在素日的氛围里，这是李忠民最衷情的一个漫长谈资。但现在，此刻，他却不知道该从何说起。他不知道该如何才能熨展自己皱巴巴的几乎要抽筋的舌头，来平仄分明地回答这个如此休闲的问题。

一瞬间，李忠民的脑子里突然闪过小青的脸。

李忠民和小青认识是在一个饭局上。请客的是个小营销公司的老板，一直缠着想给他的新产品做企划。在饭桌上坐下，那老板才发现自己忘了带企划样品，便打了一个电话，让人送来。来送样品的人，就是小青。她慌慌张张地走进来，喘着气。胸脯一鼓一鼓，很丰满的样子。然而她的身段是苗条的。穿着一套月白的纯棉套裙，大约是坐久了的缘故，背上有些皱褶。头发梳的是最寻常的马尾，有些纷乱。看见一桌人都在看她，她的脸顿时红了。李忠民招呼她坐下吃饭，她看看自己的老板，老板也招呼她，她便坐下了。羞涩腼腆，却也很落落大方。

吃饭的过程中说起了当年下乡的事。李忠民乘着酒意，讲得兴致勃勃。他说自己插队六年多，天天最离不开的家务就是做饭，而所谓的饭，就是以贴饼子和熬粥为主，饼子的种类有玉米面、高粱面和山芋面，条件好的在玉米面里掺点黄豆和红豇豆，味道会更香些。粥的种类有玉米糙儿粥、高粱米粥、山芋粥和小米粥。那时农村没人烧煤，只烧柴火，柴火越砍越少，资源就很紧张，人们烧得就很珍惜。为了节省柴火，当地人的习惯大多是在熬粥的同时绕着锅边贴饼子。看着简单，做起来才知道真要是顺顺当当地做熟这顿饭，不是件容易的事。刚开始他们不得要领，出尽了洋相，要么是粥溢得四处流芳，要么就是锅边贴不住饼子，要么就是饼子不熟，或者是熟了太硬，啃到嘴里像啃砖头。经常是一个人连烧火带做饭，手忙脚乱，泪流满面，却还是吃不上应时可口的饭。后来在一些大嫂大妈的指导下，才掌握了一些基本常识，比如：先熬上粥，等粥开始咕咚咕咚地大滚起来——他们管这叫“开牡丹花”——再开始贴饼子。贴饼子时要把锅盖上锅盖，锅盖上放上一只碗。饼子熟不熟要看碗热不热。碗热了，饼子就熟了。再后来，他们做饼子熬粥的经验逐渐丰富起来，和饼子面的时候，他们摸索着放进一些苏打粉，贴出来的饼子就松软好吃了很多。饼子还被他们琢磨出了许多形状，星星月亮都吃进了肚子。粥也添了不少新品种，夏天放点绿豆冰糖，冬天放点花生红枣，红红绿绿的，好看，也营养。再后来，他们慢慢又学会了蒸馒头、烙饼、擀面条、包饺子……至今这些手艺他也没丢。刻到心里去了，想丢都丢不了。

主食报的是最寻常的米饭。盛装在精致的黑地金点儿镶福嵌寿的细瓷小碗里，越发衬得那米晶莹润白。他尝了一口就知道，这米是上等包装，中等资质，不如他那时种的米。于是他又顺理成章地讲起了稻田里的事。那是他们下乡的第二年，为了显示知识青年的能干，他们决定试种早稻。四月初的天，凌晨五点他们就起了床，真正的披星戴月。春寒残留，草叶上还下着一层蒙蒙的青霜。水是刺骨的冷，刚跳下水，就觉得脚成了别人的。可不干不行。所有的人都在田里，你怎么能站着？而且大话都说出去了，开弓没有回头箭。冰凉的水把腿肚子激满了青筋疙瘩，当然还有吓人的蚂蟥，无声无息地把嘴钻到小腿的血管里去吸血，等你觉得疼的时候，这些水妖已经吃得肚子溜溜圆。不能硬拽，那样会把吸盘留在伤口里，引起腐烂。唯一正确的办法就是用手拍，它一缩就会掉到水里，吃饱了早餐，再睡个回笼觉。他们呢？继续弯腰劳动，附带为蚂蟥们准备午餐和晚餐。

那一年早稻打出的米，特别好吃。他们都互相开玩笑说，他们这是在自己吃自己的肉。自己吃自己，还能不投缘吗？

还有水蛇。他两眼发光地讲起了水蛇。秧田里水蛇很多，冷不丁就会碰到一条，也会被咬一口。但没关系，水蛇没有毒。“泥蛇咬个斑，快把棺材办。水蛇咬个包，一边走一边消。”但只要是蛇，总是难讨人喜欢。想想吧，四五月的天，太阳慢慢爬上了山坡，水田映着天空，天面淡蓝，水面浅绿，有风吹来，如静静的海，一排年轻人，腰如弓，手如梭，尽管累，偶尔谁讲个笑话唱个小曲儿，还是会让人觉得风光旖旎。可突然间，恶煞煞地，就那么蹿出一条翠生生的水蛇，让一田的人都跳脚惊叫，秧苗撒落一地，泥浆从裤腿跃到衣领，一切都在惊骇和狼藉中黯然失色……

正讲着，桌上的人突然都去转脸看小青。他也看去，才发现：小青哭了。

那笔合同顺利签完，不久，小青就成了他的人。第一次好过之后，他把小青抱在怀里，问她为什么听着他的故事会哭。

“因为心疼你。”

“为什么心疼我？”

“因为你值得心疼。”

他抱紧她。她说的，字字句句都是他想要听的。是的，他是被她对他的心疼打动了。她的泪和老婆的泪还是不一样。老婆的泪是心疼他，然而更是心疼她自己。而小青，却只是为了他而心疼他。能被这么一个女人纯粹地心疼，他还犹豫什么呢？

好了之后，小青换了个公司，依然上着班。他没有反对。他也不想让她做金丝鸟，那样的女人容易病态，会越来越难缠。小青毕竟年轻，需要正常的社会环境，才能保持她的身心健康。她工资没几个，这当然是最好解决的事。他隔三岔五给她几个零花钱就是了。这几年，他少说也给了她五六十万，快顶上他再开一家新店了。他时不时地过来住住，对老婆说是出短差。要是去老婆那里住几天，他就不瞒着，对小青说是回家看看儿子。最近老婆不知道怎么听到了风声，对他管得有些紧了。他就把小青打发出国去了北欧旅游，想趁此收敛几天，好好陪老婆一阵，也顺便调养调养身体。养小也不尽是香美之事。钱是不吃力，可那关键的部位却已经有些勉强。毕竟不再是二十多岁的人了，就像那首歌里唱的那样：“我想去桂林的时候没有钱，我有钱的时候想去桂林却没时间。”力不从心的时候，李忠民常常觉得，小青就是他的桂林。

这栋房子是买给小青的，但还没有过户给她。不急。有的是时间。房子在他手里，收放就都在他。不过只要她表现好，他迟早是都要给她的。这是他在这件事上的良心。他不能离婚，小青终要嫁人。这算是他给小青的结婚礼。尽管小青没有离开他的意思，他也没有想到要她离开，但预备一下总没有错。话，他已经给小青说过了。要她自己看着拿主意，只要有合适的就找。他觉得自己这话讲得大方，事也办得大方。漂亮的开头他习惯给一个漂亮的结尾来配。

楼盘的名字叫红酒小镇。为了搭配这个楼盘的名字，他才刻意在餐厅镶了那两个仿古立柜，又买了那么多经典红酒。买的时候三千五一平米。不是很贵，但很幽雅，正是合适情调的地方。当初他相中这里，也是被报纸上的广告文案打动。那几句诗一般的说辞他至今记忆犹新：

沿着原木瓶塞探询生命真味
踏着葡萄根须回归生活真意
进入橡木桶深处涤净身心之尘
婉转高脚杯边缘品味心灵芳醇
——红酒小镇，仅限于你
二百八十六位懂得珍爱的生活大师

红酒小镇，仅限于你……这最后一句尤其切中他的心意。如果要赵忠祥来配音读一下，估计更是美妙无比。其他那二百八十五位怎样他没兴趣知道，他知道自己当然是无愧于懂得珍爱的。过去的鸡零狗碎，犄角旮旯，他都在心里记着，收着，放着，存着，时不时还拿出来翻晒翻晒。这由里到外的经意，由上到下的怜惜，由人到物的在乎，由虚到实的投入，能做到的人有几个？如果要说他还不懂得珍爱，那谁还算懂得？

7

石二宝从地上捡起了锄头。李忠民回过神来，微微地哆嗦起来。这个人要干什么？

“快说啊。你怎么有把锄头？”石二宝有些迫不及待。他把锄头放下，拎起了弹簧刀，然后用刀一下一下地敲着餐桌面，敲得李忠民一阵阵心悸。这桌子是“伦娜”牌的，据说是意大利进口的纯实木典范。两万一。餐桌上还放着一瓶红酒，是那天小青出国之前，他们喝剩下的。随着石二宝弹簧刀的节奏，红酒瓶子里的酒面轻轻荡漾着。

“你当过农民吗？”石二宝又问。

李忠民的心里突然闪过一道光。《今日说法》上也说过，如果面对比自己强大的犯罪分子，想要保住性命，最好的办法就是要让对方愿意和自己交流。但不要让对方感到你在拖延时间。一定要尽力以朋友的角度去理解对方，让他信任你。这个石二宝不断地给自己话头儿，看来是有机会交流。只要有机会交流，局面就有扭转的可能，他就有希望自己救自己。他庆幸今年回了趟杏河。有的说。

“我下过乡，当过知青。”李忠民终于开口了，“你知道知青吗？”

“知道。”石二宝说，“我们村里原来就有知青点。你在哪儿当的知青？”

“杏河。”

“噢，我知道杏河。天气预报常说那儿雨多。”石二宝眼睛一亮，“可当过知青和挂锄头有什么关系？”

“这锄头是今年我又回杏河的时候，当地的老乡送给我的。”李忠民说。

“你回去干什么？”

“我很怀念那段生活，很想念那些乡亲。”

“知青不是都觉得当农民苦吗？我们村的那些知青为了能回城，什么法子都想了。有些女的还和村里乡里的头儿睡了觉。”石二宝瞪大眼睛，“你还怀念？怀念什么？当农民有意思吗？”

“当时是觉得苦，现在想起来就觉得有意思了。”

“那是因为你回来了。你要是还在农村，你他妈的就不觉得有意思了！”石二宝说，“现在谁还愿意种地？种出来的粮食也都卖不上价，只够自己家吃，饿不死就算是好的了。要不然我也不会干这个。”

“你老弟说的是啊。”李忠民说，“所以看见你这不速之客，我起初是有点儿吃惊，后来缓过神就见怪不怪了。农民不容易。过去，城里人苦，农民也苦。现在，城里人都好过了，农民还是苦。要不，好好的，谁愿意离开家？你老弟又怎么会干这种提着脑袋的营生？”

石二宝不语，脸上十分阴沉，他的表情让李忠民有些怯。但他知道自己必须说下去。

“说老实话，二十多年前，要是不去当知青，我不会知道过去的农民有多不容易。今年，要是不回杏河，我也不会知道现在的农民有多不容易，也就不会去出这趟差去帮衬他们。”李忠民继续感叹，“不是有那么句俏皮话吗？‘苦不苦，想想长征两万五。累不累，想想革命老前辈。’要我说，这两句话就该是：苦不苦，想想农民如父母。累不累，想想农民更受罪。”

“杏河那儿，咋了？”石二宝问。

李忠民暗暗松了口气，开始说杏河的事。杏河县去年开始在全县范围内推行无公害大米，他下乡的那个点就是首批示范村。无公害大米说着容易，种起来难。要求四统一：统一供种，统一供肥，统一供农药，统一出售。种子是从省农科院的试验田里精选出来的最新品种，肥料是按专门的无公害配方施的肥，还加上了高微量元素化肥。尤其是统一供农药这一项，执行得格外严格。普通水稻有虫子的时候，都是打有机磷的剧毒农药，农药残留量很高。施氮肥的时候，硝酸盐的含量也很高，这些都会对人体产生很坏影响。无公害大米用的农药是生物农药，没有残留。这样的无公害大米，村子里一下子就种了两千亩，不承想种出来了没人要。北京和省城的市场都打不开。给人家看证书，人家说假证书很多，谁知道他们的是真是假？现在，八百吨大米都在各家各户的屋里供着，眼看就成了陈米。

“日他娘，哪里都这样。我们村今年也让种无公害麦子，现在我家还有两千斤麦子堆在厢房哩。”石二宝骂了一句，“你有啥好道道？”

李忠民向石二宝示意，要点一支烟。石二宝同意。拿到烟的李忠民捋了一下思路，再开口的时候，他已经十分镇静，简直有些神色从容，谈笑风生了。他说自己有个朋友开着一家很大的食品公司，那个朋友有很多食品业的同行，最近在福州要举行个全国的绿色食品发展高峰论坛，他这次出门就是想去和这个朋友见个面，让他和同行们想想法子，把杏河的这些个大米推出去，要么做成品牌，要么深加工做成米粉米线什么的，总之是先找几个渠道把米换成钱。

“唔。”石二宝表示赞许，“这个法子不错。”

“等明天我去开会的时候，把你们麦子的事也提提，要是有门路，就和你们上头联系联系。”李忠民吐了口烟圈，“你是什么村的？”

“新文县三里屯乡，”石二宝看了看李忠民，“我们那儿的人都种有这种麦子，你随便打听哪家都成。”石二宝顿了顿，“你费心了啊。”

“什么话？！这是我应该的。” 李忠民又点了根烟，给石二宝递过去，“我不是好了伤疤不记疼的人。在很多场合我都说过，没有农民的苦，就没有我李忠民的甜。没有在农村的那段宝贵经历，就没有我李忠民今天的好日子。说到天边我都忘不了这个。人得有良心，是不是？”

李忠民开始滔滔不绝。

8

“说起来，那时候的老百姓可真是厚道啊。刚到农村，没有地方住。我们三十多个知青被安排到了各家各户。说句不好听的话，老乡们都像娶媳妇招女婿似的，把最好的被褥给我们拿出来用，吃饭的时候，我们是头锅饺子二锅面，反正最好吃的，都是我们的。后来，上面给我们拨来了安家费，每名知青三百块，那时候已经是秋天了，地里的活忙得差不多了，生产队就开始张罗着教我们盖房子。队长先让人教我们脱土坯，那时候哪用得起全红砖？顶多是外面镶一层砖，是不是？脱好了土坯，又帮我们买了檩条、过木和苇薄。苇薄知道吗？咱们这儿过去也用苇薄吧？用芦苇编的大席，垫到瓦底下用的。等材料都准备好了，队长选了个日子，带着人就过来了，我记得老清楚，是十月初八那天开的工，生产队安排了十几个壮劳力，还有四五个村里最好的瓦匠师傅，我们几十号人一起放线，挖槽，砸地基，十间屋子一字排开，转眼间就砌出了地面。第三天中午时分，开始上檩条，按当地习俗上檩条要放炮仗，图的是吉利，主家得管饭吃，表示对大家的谢意。可我们刚到这儿，要什么没什么。怎么表示呢？后来我们生产队长就说话了，他说：'你们到了这里就是到了家，今天生产队管饭，我已安排了蒸卷子、白菜粉条炖豆腐，就当你们谢谢老少爷们了。'队长的话音刚落，我们这些知青的眼泪都唰地下来了。城里孩子娇气，这么大头一次离开父母。在这儿苦是苦点儿，听到的却都是暖心话，看到的也是暖心人，能不感动吗？

"那顿饭，我第一次看到了可以做几十人饭的大锅，第一次看到铁锹那么大的锅铲，第一次吃白色的肥肉片熬白菜，真香啊。后来才知道，这顿饭吃光了生产队的家底儿。他们也是百年不遇，吃这么一顿好的。"

石二宝咧开嘴，无声地笑了笑。

李忠民也跟着笑了笑：“我们住进自己的知青屋以后，才知道真正的苦日子来了。以后就没有再吃过肉片熬白菜，只有油星白菜。后来，油星也没有了，只有白菜。再后来，白菜也没有了，只有白饭配盐水萝卜丝。再到后来，萝卜也没有了，只有盐。再到后来，盐也没有了，只有白饭。再到后来，米也没有了……”

“那你们吃糠？”

“还有稻谷。我们就开始学着碾稻谷，把稻谷变成米。不自己干哪里会知道米是从稻谷里出来的？还以为米和面一样，都是小麦的孩儿呢。”

石二宝哈哈大笑。

李忠民没有笑：“我是真心感谢那几年的知青经历，学会了所有农活，锄地、割稻、耕地、扇谷、开苗、收拾棉花，我样样都行。我还当了两年多的生产队会计和一年知青队长。当了会计才知道，老百姓都对会计高看一眼，一是会识文断字本来就让人尊敬；二是各项分配都与会计一个人息息相关，生怕处理不好关系，被会计戳哄。你说，我怎么会干那种事呢。那两年里，我白天下地劳动，中午晚上和风雨天整理账目，每项支出和收入都弄得清清楚楚。除了做好会计工作，我还想出了一些提高劳动效率的办法，比如说秋后分粮食，以往的规矩是装进大袋子里，然后两人用棍子抬秤称，既占人又费劲，反复几次才能称准数。我想了想，建议用一只桶装满粮食，称出标准，然后用桶装，剩下的零头用小秤找齐就行了，一两个人轻轻松松就能把粮食分好。后来各生产队都陆续推广了这个方法。大伙儿都说我脑子好使，村里人没有不待见我的。”

石二宝点点头："你脑子是灵光。"

李忠民突然有些不好意思地摸了摸头："光说我的好了。其实我也干过缺德事。那是头一年夏天，还没有盖起房子的时候，队长让我们上山种玉米，说得把带去的种子种完才能收工。那个山头很大，我们一看就发愁了：这什么年月才能种完呢？想来想去，就想了个孬法，等熬到点儿了，就在山下隐蔽处挖了两个坑，把剩下的玉米种倒进了这两个坑里。盖上了土，大家使劲用脚踩，踩得平平的。为了更保险一些，我们几个男知青还搬来两块大石头压在上面。一路上，大伙都在笑，都觉得我们到底是知识青年，聪明！聪明啊。

"半个月过去了，大家把这件事早就忘了个一干二净。这天晚上，队长通知全体知青到大队部开会。一进会场我们就感觉到气氛不对，队长铁青着脸坐在台上。桌上摆着一堆下面是芽芽上面是玉米苗的种子团。毛毛须须的，看着就吓人。会议开始了，队长首先念了一段毛主席语录：'贪污和浪费是极大的犯罪。'紧接着发话：'你们这就是犯罪啊，孩子们。这个问题很严重。三天之内你们一定要给我个交代，这事不给处分是不行的。'队长的一席话，吓得我们大气都不敢出，好在会场就一盏煤油灯，灯光昏暗，谁也看不清谁的表情。后来队长挨个和我们谈话，谈了足有一个月，我们齐了心，谁也没有说。不能说，不敢说，也没脸说啊。最后大伙商量了一下，队长对我们那么好，我们也得给他个台阶下呀。大家就集体写了个检查。有道是法不责众，这件事也就这么不了了之。后来我们就再也不耍滑了。我们真是想破脑袋也想不出来，小小的几粒种子会有那么大的劲儿，能顶着石头长出芽？”

“我们村也有这事。”石二宝突然说，“我们村有一个人叫兰成，有一年春天用耧去耩芝麻，天下了小雨，他想趁墒耩，[1]又怕雨湿了种，就把草帽盖在耧口那儿。等耩完了一亩地，他把草帽一掀，看见芝麻一粒不剩，就可高兴，逢人就说自己技术高，耩的芝麻正正应。后来芝麻出来了，村里人一看，那块地只有地头儿聚了种，其他的都是光秃秃的。兰成想了想，才知道自己那天用的耧眼儿是耩麦子的，芝麻比麦子小，早就漏完了，他还不知道。还在那儿说嘴哩。他出了这么个笑话，我们村就有了一句现成话，你们城里人叫什么歇后语：兰成耩芝麻——正正应。”

两人一起哈哈大笑。

李忠民长长地叹了口气：“不到农村锻炼不知道，原来自己是条寄生虫，一直寄在农民身上。后来就想，既然到农村了，就好好学习好好作为吧。一是听从毛主席的教导，二是也有私心，想着说不定以后对一辈子都有益处。果然，我学会了做饭的手艺，一回城就到街道的食品加工厂找到了工作。当过了会计，自己开店就知道怎么走账。当过两年民师，知道了该怎么教育自己的孩子。当过知青队长，学会了最初级的人事管理……当时学到的这些，现在我还都用着呢。”

李忠民仰望着天花板：“我早想好了，等老了，跑不动了，我还回到杏河，回到我这第二故乡，再当几年老知识青年，凭自

[1] 趁墒耩，即趁着土地有湿度来翻地播种。

己这么多年积累起来的能力，能给老百姓办多少事就办多少事，好好报答他们的恩情。我把锄头和草帽挂在餐桌这里，就是想让自己吃饭的时候可以看到它们，想想农民。不让自己昧了良心。老弟你知道吗？今年我们回杏河的时候，唱起自己当年离开返城时编的歌儿，几十条汉子都哭了。”

李忠民轻轻地吟唱起来：

日月如梭，
弹指一挥间，
多少激情多少爱，
镌刻在我们的心间……

李忠民的眼圈红了。

石二宝默默地看着李忠民。在石二宝的目光中，李忠民的两滴泪努力地挤了出来。

“兄弟，你能给我拿条毛巾吗？”他问石二宝，“在卫生间。”

石二宝哦了一声，看了李忠民一眼，向卫生间走去。等他拿着毛巾从卫生间出来的时候，李忠民已经把红酒拿在了手上，看着酒瓶上的商标。

“把瓶子放下。”在离李忠民还有三四步远的地方，石二宝停住脚，警惕地看着他，“放下。”

“我想，和老弟你喝两杯。”

“我不喝这玩意儿。”石二宝说，“你还是放下吧。”

9

李忠民放下酒瓶。石二宝走过去，把酒瓶放在一个墙角。然后，他弯下腰，又将那把锄头捡了起来，握在手里。

一刹那，李忠民出了一身冷汗。

突然，石二宝朝着地板锄了起来。他前腿微弓，后腿微松，腰部微下，脑袋微低，姿势非常标准，优美，轻捷。仿佛他的脚下就是土地。是那片有麦浪金，棉花白，野菜香，蝈蝈唱的土地。是那片让他们脏，让他们丑，让他们土，让他们恨的土地。也是那片他和李忠民都曾经无比熟悉的，无边无际的，肥沃的土地。

锄头没有声音。因为没有挨着地板。

锄着，锄着，石二宝突然停住了。他把锄头立到餐桌边。

“其实，我一直可羡慕你们知青。我们村知青返城的时候，我十四岁，还在农村种地，看着知青们一批批地走，我就想，你们都能返城，离开农村，我啥时候能离开农村？”石二宝说。

“你现在，”李忠民小心地看着石二宝的脸，“不也算是离开了？”

石二宝笑笑：“我过这算啥？拼拼打打，提心吊胆的。也不是个正经事。混两年没力气了，还得回去。不过，我来到城里熬煎，就是为了让我的孩子好好上学，长大了彻底离开农村。”石二宝站起身，“我该走了。”

“等等。”李忠民说。他慢慢地蹦到卧室，找出两套没拆封的化妆品，“给嫂子用吧。”

“她不用这个。”石二宝说。

“要是有闺女的话，就给她用。女孩子都喜欢这些东西。”

石二宝接过来，装进工具箱里。他想说一声谢谢，想了想，还是没说出口。又想了想，他从口袋里把那四十多万的存单掏出来：“反正也取不出来，还是还给你吧。”

李忠民接过存单。小青怎么会存有这么多钱？他吸了一口冷气。

“你从哪里找到的？”

“梳妆台抽屉里的暗屉里。”石二宝说，“你不知道？”

李忠民沉默。

“这个女人，是个小吧？”

李忠民点头。

石二宝站了片刻，还是红着脸从工具箱里把那个玩意儿拿了出来：“她用这个，你知道吗？”

李忠民的脸暴红了。这个婊子！这个臭婊子！

“四十多万呢。你得干多少年啊。还是给老婆吧。到老了还是老婆贴心。”石二宝絮絮地说。

李忠民点点头。这时的李忠民看着真是可怜人呢。石二宝突然对他涌起一种由衷的同情。这个城里人其实不赖。要是环境和身份都不是眼下这样，他还真想再和他唠一会儿。——不过，他也知道，要不是眼下这样，这个城里人是不会和自己这么唠的。也许，这是他唯一一次和城里人这么唠了。石二宝有些恋恋不舍起来。当然他也很清楚，他是真的该走了。

他又想是不是让李忠民解开腿上的绳子，想了想，还是罢了。只要他一离开，李忠民就会报警的。他知道。他看过无数案例，无论当时当事人如何在现场委屈求全，只要危险一解除，他们都会报警。当然，他们是对的。报就报吧，总得让警察有事情做，只要自己能顺利逃脱。——因此，他还是不能这么走。他得把他的手也捆上，再把他的嘴也封上。不然，他不敢保证自己能逃得足够远。

这心里，还是没法儿踏实啊。

石二宝朝工具箱弯下腰。在弯下腰之前，他又抬眼看了一下李忠民。这一眼看得有些歉疚，有些软弱。仿佛在说 ：“兄弟，对不住了啊。”

李忠民被这一眼看得心中一凛，双手硬成了两个拳头。他知道，最后的时刻到了。

工具箱里的绳子和胶带没有被石二宝成功取出。他听到了一股风声，等他想抬头看的时候，他已经倒了下去。

李忠民又锄了一下。锄头下的石二宝随着李忠民的动作痉挛了一阵，彻底归于了平静。李忠民看了看锄头，很干净。没有沾上一滴血。

然后，浑身颤抖的李忠民握着这把锄头，号啕大哭起来。

指甲花开

1

小春就是不服气：为什么在整个村子里，小英家，小芳家，小秋家，小香家，只要有女孩子的家，就可以种指甲花，偏偏自己家就不可以？

指甲花多好啊。泼皮，结实，春天撒下种，风风雨雨的就不用再操心，不几天就出了两牙儿嫩嫩的翠苗儿，出了苗儿，就一天一个样儿，像女孩子的身子一般，葱葱茏茏，苗苗条条地，就长起来了。等到了初夏，叶子就抽得细细的，长长的，叶子根儿那里就打起了绿色的小苞，这时候，就该开花了。一开就是一个长夏，开起花时，白的，粉的，黄的，紫的，大红的……对了，还有两样儿女孩子们叫它们花花儿——花的花儿，有点儿绕口，开的是白底儿红晕和红底儿白晕的花，是最名副其实的花。这些花都是好看的。当然，更好看的，是这些个指甲花开到了女孩子们的指甲上。说来奇怪，无论什么颜色的指甲花，染到了女孩子的指甲上，都是一样的红。

好像是自打有女孩子以来，在这乡村里，染指甲就成了她们的必修课。课上了一代又一代，染法倒没什么大变。先把开饱的花儿摘了，在太阳下晒晒，去去水，然后放到碗里，加上点儿白矾，用蒜锤子捣碎了，一直碎成花泥，这就成了染料。至于包指甲的叶子，都说还是用指甲花的叶子最好，原叶配原花，染出的指甲最是漂亮，可是用它来包的人却少之又少。因用它包需要两样铁板钉钉的功夫：一是包的功夫。它的叶子只比柳叶大一圈，用来包指甲显得过于窄怯，容易让花泥跑出来，滴滴答答地蔓延一手。二是睡觉的功夫。即使好不容易用这叶子包好了指甲，睡觉时要是不老实，胡抓乱挠的，半夜里也很容易脱落，末了还是祖国江山一片红。因此，若是这两样功夫都平常的女孩子，是绝不敢用这叶子包的。通常用的都是豆角叶。豆角叶是圆圆的桃子形，叶面阔大厚实，韧性好，包起来最是趁手合适。包的时候，只需将花泥在指甲上按瓷实，然后将两张豆角叶交错叠放在指肚下面，自下而上，将指甲轻轻包裹起来，再将指尖外多出的那点儿豆叶尖儿朝里折下，最后用白棉线不松不紧地缠好，就算停当了。第二天早上，解开白棉线，摘下绿叶套，那鲜红的指甲出现在指端的一瞬间，如同一个小小的绚丽的魔术。

这是女孩子们特有的魔术，所有的女孩子都可以玩，小春就是不明白：为什么自己家就不可以？

“妈，种点儿指甲花吧？”

“不种。”

“为什么？”

“不为什么。哪儿来的那么多为什么。”柴枝淡淡地说，“你为什么生在这个家里？生在这个家里，就是不准种指甲花。记着，以后不准再提这个事儿了。”

不准提，心就痒痒，于是小春就一年一年提，一直提到九岁那年。那一年，姨夫老蔡死了，姨妈柴禾带着女儿小青回了娘家。她们来的第二天，小春就悄悄地央告小青：能不能让姨妈给说说情，在家里种些指甲花。

“我妈最讨厌的就是指甲花。”小青说，“你就死了这个心吧。”

后来小春才懂得，自己的妈妈，也就是柴枝，是招了养老女婿的。这养老女婿，就是爸爸。按常理，招养老女婿的往往都是家里最小的女儿，前面的姐姐嫁了，留下一个小女儿，招个女婿过日子，一根斜叉也没有，一个人影也不多，清清静静，安安稳稳。姥姥这一辈子没有男孩，就是两个女儿，大的是姨妈柴禾，小的是妈妈柴枝，招个养老女婿是最自然不过的事了。

平常日子里，柴家就四个人。如今虽然多了姨妈柴禾和表姐小青，添了些热闹，也没什么不好。现在，家里就爸爸一个男人，其他的都是女人：姥姥，柴枝，柴禾，小青，小春。可是——五个女人在家，每个人的手指都素白素白的，像什么样子呢？小春纳闷。她真是越想越不服气啊。

又一年夏天来临。村子里大大小小的女人们都开始染指甲了。小春只有看的份儿。她东家钻，西家跑，北街逛，南街瞧，去得最多的，是错对门的小芳家。她和小芳一般大，从不会说话的时候就认识，上了学又是同桌，老交情了。

每年夏天，小芳都要染指甲，雷打不动。给小芳染指甲的，是小芳的妈妈，柴枝叫她五嫂，小春叫她五娘。五娘是村子里头一个利落能干的媳妇，会编方方正正的大苇席，也会吆喝着三四匹大骡子犁地，会在红白事上当迎来送往的女知客，也会织各式各样的毛裤毛衣。当过生产队长，也当过妇女主任，农闲的时候，还是个有名的媒婆子，吃着男家和女家送的双份礼。她跟前三个小子，就小芳一个姑娘，就把俏心思都给小芳留着了。每年到了指甲花开的时候，她就把给小芳染指甲当成了一件正经事。不仅给小芳染，她自己也染，还给小芳的奶奶染。于是她们老少三个女人一出门，手脚就都是红彤彤的，和柴家形成了鲜明的对比。

吃过晚饭，写过作业，小春就跑到了五娘家，来看五娘染指甲。五娘这时候也已经刷完锅，洗过碗，将灶台收拾干净，也给小芳、自己和婆婆都冲了凉，抹了澡。手边再没有什么杂务，染指甲就成了睡前最后一件事。她先给婆婆染过，再给小芳染。五娘一边染着，小春一边问，口里的话川流不息：

“五娘，为什么不用布包？布不是更软和？”

“布吸花汁儿，不中用的。”

“五娘，这线是不是太松了？”

“太紧了不中用。血不顺畅，明儿指头就肿起来了。”

“五娘，半夜里想挠痒痒了怎么办？”

“那就痒呗。”

“那花泥要是跑了呢？指甲不就染不红了？”

“那就第二天接着染呗。”

“五娘，怎么不染食指？”

“染食指嫁得远。”

“谁说的？”

“老辈人说的。”

“怎么不染中指？”

“染中指找不到好人家。”

“也是老辈人说的？”

“嗯。”

“为什么脚指头就不论这个？”

“哪有那么多为什么。”五娘笑了，“真是话怕挖根，事怕掘蔓。”

“还有，我姨嫁得那么远，还嫁得那么不好，”小春仍旧自顾自地问下去，“是不是就是因为染过食指和中指呢？”

五娘不说话了，住了手，看了看小春。

“这孩子。”她道，“这孩子。”

“那你妈嫁得这么近，又嫁得这么好，不是也不染指甲？”小芳道，“女人嫁，和染指甲有什么关系！”

五娘呵呵地笑起来。又把脸朝向小芳：“这孩子。”她的口气里显然多了几分得意：“说得也倒是在理儿。早知三日事，富贵三千年。不过是人们嘴里闲了，拿花说个玩意儿话解闷，哪能这么当真啊。都这么当真起来，可还了得呢。”

2

日子是有脚的。在人身上有脚，在花身上也有。过了立秋，指甲花明明还艳艳地开着，那红却成了空的，染到指甲上怎么都不上色了。然后，花样子也渐渐地空了，开得渐少，渐败。秋分之后就开始打籽儿，霜降之前，籽儿就一个个结牢实了。

指甲花的籽儿也很有趣：如果不动它们，它们就严严地裹在一个绿色的圆团籽苞里，这个籽苞嫩绿嫩绿的，看起来像没开的花苞。采的时候，要格外小心地从籽苞根儿处下手，连带整个籽苞都采下来，这样就省事了。如果稍一粗鲁，触到了苞身，那可就难收拾了。籽苞在你触到的一瞬间便会爆裂开来，如一枚小小的炮弹，炸出了无数的籽儿。有的籽儿落到地上，有的籽儿落到花枝上，有的籽儿则落到你的手里和衣服上，而那张包着籽儿的嫩绿皮儿呢，也顿时蜷缩起来，如同一颗瘪了气的心。

那年，最后去小芳家看指甲花的时候，小春成功地采下了几个籽苞。她把这些籽苞在掌心里捻裂，看它们一粒粒地卧好，然后把它们包在一张作业本的纸里。

“你要籽儿干什么？你家又不让种。”小芳说她。

小春笑笑。没说话。她知道不让种。可她总能放在自己的枕头芯里吧？要是放在自己枕头芯里的话，这些指甲花在梦中也会发芽，开花，香到她的梦里来吧？

这些籽儿果然在她的梦里开了一冬天的花。第二年春天，她去菜地里帮妈妈搭黄瓜架子的时候，想起了那包籽儿，就悄悄地撒在了地边儿上。

后来小春才渐渐明白：自己这一家五个女人之间状态是有些奇异的。都是母亲和女儿好，姊妹之间却不怎么好。也就是说，柴禾和柴枝都跟姥姥好，每天早上，姊妹两个都要到姥姥床前问安，听她老人家安排一天三顿吃些什么，上午下午做些什么活计。姥姥要是换下了衣服，两个人都连忙拿去洗。远远听见街上传来卖豆腐卖豌豆糕的叫卖声，就赶快拿盆往外奔。姥姥牙齿不好，最喜欢这些软吃食……而姥姥呢，和天下的父母一样，虽说对姊妹两个都是亲，却还是五个指头不一般齐，多少要偏疼一个。偏疼的，自然是过得最不如意的那个，也就是柴禾了。这是应当的。自从柴禾回了娘家，不要说当娘的偏疼，就是村里人碰着了她，都要格外怜惜地议论两句：

“今儿看见她去菜地了。说是种豆角。”

“我也见了，那脸色比刚来时好多了。唉，受罪呢。”

“那天见她去小卖部买酱油，穿了件白底儿红花的褂子，看着胖了些似的，就是见人没话。”

“她当姑娘的时候就这样。话金贵。”

…………

说是偏疼，其实姥姥也没让柴禾多吃多喝，不过是每当有媒婆上门时，她把紧的两句话。姥姥总是说：“不成呢，让她再养养。”或者说：“一步错不能两步错，得细细法法的，挑个合适的人家。不急，不急。”这话说得都在理。一朝被蛇咬，十年怕井绳。对于守了寡的女儿，养养总是应该的，想再挑个好人家也是应该的。可是这些话，怎么说呢？听起来又像是推辞。已经这么大的女儿了，要养到什么时候？什么样的人家才是合适的人家？谁也不能打这个包票啊。于是，听多了就明白了：这是娘疼女儿的一种说辞，是怜惜女儿所受的苦，要多留女儿几日的意思。

其他的两对母女，柴枝跟小青好，柴禾跟小春好，都是不必说的。而姊妹之间呢，柴枝和柴禾之间却是淡淡的。小青和小春倒不淡淡，只是整天热辣辣地吵着架。架多半是小青提的头儿，自从跟姨妈回了柴家，小青就处处摆出姐姐的架势来，时不时地就要欺负一下小春。似乎不欺负小春就会被小春欺负，似乎不强硬在这个家就住不长。

“我家的枣树开花了……”放学路上，小春和同学们闲聊。

“是你家吗？那是姥姥家！”小青火急火燎地打断她。小春明白她的心思：如果说是姥姥家，那小青就和她的地位平等了。

“是我家！”小春说，“就是我家！收音机、录音机、台灯、电扇，哪一样不是我爸爸妈妈买的？”

“这些东西是你们的，房子却是姥姥的。所以还是姥姥家！”

要说，小青争辩得似乎也有几分道理，可小青自卫自护的神情还是让小春反感：住就住吧，又没谁要撵她们母女，这么整天拿话往外扛，不是心虚又是什么？

“姥姥跟我爸爸妈妈过，是我家！”

“姥姥也跟我妈过，是我家！”

“我家有爸爸，爸爸是男人，男人才有力气养家！”小春的嘴巴很溜，“你没了爸爸才回来的，自己都养不了自己，还怎么养姥姥！”

这下子小青没什么说的了，呜呜地哭着，先跑回家告状。小春一挨到家门口，就被柴枝摁着，一五一十地打了一顿屁股。

晚上，小春没吃饭。吃什么饭？气都气饱了。她跟姥姥打了个招呼，说去五娘家和小芳一起做作业，晚上就在那里睡，不回来了。柴枝知道她还在怄，含笑看着她小小的背影消失在大门后面。

一进五娘家的院子，小春就看见东厢房的窗台子上放着一个小小的白瓷碗，碗上盖着一沓鲜碧鲜碧的豆角叶，她知道：这一年的头茬指甲花又开了。她正赶上今年的头染。——都说头茬儿的花染出来的指甲颜色最纯正，像母亲怀的头胎孩子最聪明漂亮。小春掀开豆角叶看了一眼，可真不少，小半碗呢。

果然用不完。小芳和小芳奶奶都包过了，花泥还有那么一大块。

“小春，我给你包了吧。”五娘说，“放到明儿就得扔了，可惜哩。”

“五娘，”小春眼巴巴地看着那浓浓的花汁儿说，“你还是自己包吧。”

“那还用你说？我自然是要包的。只是我一个人也包不完。”五娘不由分说抓过小春的手，“我来给你包吧。”

“不敢。”小春说，“妈不让。”往后拽着胳膊，手指头却不听话地卧在了五娘的掌心里。

“你妈不让，我让。”

“那我妈要是打我呢？”

“我去跟她说。”五娘说，“不就是给妞妞染个指甲吗？我就不信我这张脸连这个都说不动。”

五娘开始给小春包了。知道是小春第一次包指甲，五娘就包得用心。她仔仔细细，精精腻腻。先是把花泥敷在指甲上，一点儿也不多，一点儿也不少。那感觉，润润的，凉凉的，真好。然后是豆角叶，像一个小小的绿色怀抱，稳稳妥妥地把指甲包住。再然后是细细的白棉线，一道道一圈圈，像绿裙子系上了白腰带。脚上十个，手上六个，一共一十六。小春看看自己的脚，再看看自己的手，这样子是有些奇怪的，然而也是好看的——还没有等到明天早上，光想就能想出这份儿好看来了。

晚上，小春住在了五娘家。她和小芳、五娘一起睡在了平房顶。她几乎没有睡着。不是怕掉下来，而是因为红指甲。她生怕豆角叶子会脱落，染出一身红。

乡村的夜晚真静啊。天空是深蓝色的大布衫，上面的小星斗是黄灿灿的玉米粒，蛐蛐儿啾啾地唱着，青蛙也呱呱地配着乐。东院的猪在打鼾，西院的老母鸡不时发出一声声轻微的“刺啦”响。这间平房下面垛着干草，冬天的时候，村里的人都要在床上铺一层厚厚的干草。这些干草洗三遍，晒三遍，躺在上面，身子一动，就会有一股清香汩汩地管涌出来……在小春无边的漫想中，露水悄悄地下来了，是一种无声无息的滋润，在这滋润里躺着，感觉自己一点一点地变成了一株庄稼……小春还是不知不觉地睡着了。早上一激灵醒来，小春连忙看看自己的手脚，还好，豆角叶都好好地在上面呢。

几个人都把手指凑到一起，比了起来，五娘的掉了两个，小芳的掉了四个。小芳奶奶和小春的一个都没掉。五娘拿起小春的手仔细打量，连连赞叹好看。“是好看。我猜小春的指甲染出来就会好看。不是我说，娘，”她把脸转向婆婆，“咱们上年纪的人，就是包得再服帖也不中。人老了，指甲也老了，不上色了。再涂胭脂再抹粉也是枉然啊。”——枉然。有时候，五娘就会用这些文绉绉的词。小春不由得笑起来。她也入迷地看着自己的指甲。红得不是很深，却是那么纯正，那么润亮，既照人的眼，又养人的眼。这红指甲红得多么俊！像课文说的那样：红得像宝石——不，小春没见过宝石，那就像刚洗过的红樱桃吧，或者是秋天成熟的枸杞子。

“我的也红呢。”小芳酸溜溜地说。

“你那染的也叫红？颜色都吃到指头肚儿上了。”五娘说，“你那指甲，叫屁红！”

几个人一起哈哈大笑起来。

3

第二天是星期天，不用上学。小春磨磨蹭蹭的，半上午才回到家，小青一眼就看见了她的红指甲，转脸就告了柴枝。她告状的时候，很知道该往哪里告。

“刮掉。”柴枝二话没说，就给小春递来一把小刀。

小春不接。小青伸过手，把刀子接过来，塞到小春手里。

“你要是不刮，我就替你刮。”柴枝说，“到时候，你可别嫌疼。”

小春拿着刀子，搬了张凳子，来到了大门底下。坐在这儿，她自然是有打算的：她希望五娘能从门前路过，路过了，看见她可怜巴巴的样子，就会问她在干什么。问明白了，就会去替她向妈妈求情，那她就能保住自己的红指甲了。

小刀子放在指甲盖上，小春舍不得往下刮。红指甲的光映到刀刃上，闪出一片惨惨的血痕，看着就心惊。小春的眼眶发涨，泪已经开始打旋了，手却突然被一双大手捉住——柴枝来了。她把小春的手按到自己手里，开始给她刮。小刀片很薄，被柴枝使在手里却是那样的重。

哧！哧！小春的左手大拇指指甲上，落下了两道白印儿。

“妈！疼！”小春叫着。其实不怎么疼。最让小春疼的，还是这刚刚染上的红指甲。

“妈，让我自己刮吧。”小春说，“我求求你。”

柴枝的手住了。“好好刮。刮干净。”她声音不高，却神情凛然。

柴枝进了堂屋。小春眼睁睁地看着柴枝进了堂屋，她放下小刀，一溜烟儿跑到了五娘家里。

“五娘，五娘！”小春喊。小芳说五娘不在家，去地里了。小春出来就往地里跑。柴枝已经追了过来，却追不上小春的小脚。小春拼命地跑啊，跑啊，直到看见五娘，一头撞在五娘怀里。

中午，五娘带着小春回了柴家，说事来了。她让小春在屋外躲着，小春哪里按得住？悄悄站在门边偷听。

“自古以来，哪家女孩子不染个红指甲？染个红指甲就犯法了？婶，”五娘叫着姥姥说，“你倒是说说看！”

“五嫂，我们家的事，你又不是不知道。”柴枝说。

“我知道。不就是为柴禾吗？”五娘扬起了声音，“柴禾——”

小春看见，姨妈从里间出来了。

“柴禾看不得红指甲，我知道。她为这个遭了罪，我知道。可怎么能这么死抱葫芦不开瓢？还祖祖辈辈不准染指甲了？还成了家规了？”

三个女人都沉默着。

“叫孩子染了吧。”柴禾终于说。

“这就对了。有些事，忌讳不如不忌讳。啥时候忌讳着，就说明啥时候还在心里熬煎着。啥时候不忌讳了，才是忘了。”五娘拍拍屁股站起来，“该忘就得忘。不忘就是跟自己过不去。”

小春的红指甲就这么留了下来，一留就留了一夏天。白指甲根儿每长出一点儿，她就连忙去找五娘，让五娘给她续上——好不容易得到了染指甲的权利，她可得尽情尽兴地染一染，不能浪费了。五娘给她染过了，她还会再挑一点花汁儿，放在食指上。食指慢慢地也红起来了。

“这傻丫头，莫非想嫁得远？”五娘笑。

小春不说话。她是想嫁得远。嫁得百里远千里远，到时候想染多少次红指甲就染多少次，想种多少指甲花就种多少指甲花，看妈妈还怎么管她！看姨妈还怎么嫌弃！

可是，姨妈究竟为什么嫌弃染指甲呢？这似乎是一个秘密。不过，既然五娘知道这个秘密，那这秘密肯定又算不上什么秘密了，只能算是一件事情，一件不想让小孩子们知道的事情。其实小孩子知道又怎么了？什么都不能当家做主，小孩子是最没用的，干吗这么防备小孩子？小春不明白。然而小孩子最旺盛的就是好奇心。有时候，瞅着了时机，小春就会拐弯抹角地打听。看见柴枝在剥花生，她慌慌张张地放下作业，蹲过来一起剥。

“妈，你和爸最开始是怎么认识的？”

“怎么想起问这个了？”

“说说吧。”小春说，“说说。”

柴枝说，村挨村的，又一起在镇上读过书，哪有不认识的。就像大麦认识小麦，棉花认识大豆，自然而然就认识了。

“爸比你大几岁？”

“三岁。”

“那和姨妈一样大？”

“嗯。”

“和姨妈同过学？”

“嗯。”

“那，当时为什么姨妈不嫁给他？”

柴枝停住手，仔细地看着小春的脸，在小春黑漆漆清亮亮的瞳仁光里，她微微笑了。

“要是姨妈嫁了你爸，生出来的就不是你了。”

“那，我就是小青？”

柴枝摇摇头，拍了一下小春的脑袋。小春忽然觉得自己的脑子有些漾，把原本想打听的话题都漾没了。没错，如果姨妈和爸结婚，生出来的孩子肯定不是她，也不是小青，想必是另外一个孩子吧。那会是谁？是男是女？会叫什么？莫非会把她和小青的名字合起来，叫青春？

后来，小青也跟着小春去五娘家串门，串着串着，就也染了指甲。她的指甲，染出来也是好看的，只是小春想起她当初告状的那个快捷劲儿，就看着不顺眼。

“你也染？”小春说，“我还以为你不喜欢呢。”

“喜欢倒是喜欢。”小青说，“就是我妈不喜欢，所以我不敢说喜欢。”

听她这么老实地招认着，小春倒心软了。

“哎，你知道你妈为什么那么讨厌染指甲吗？”

“不知道。”小青说，“她只说她一看见指甲花就恶心。”

“怎么会恶心？这么好看的指甲花，这么好看的红指甲，怎么会恶心？”

“恶心就恶心呗。哪儿来的那么多为什么。”小青说。小春发现，她说话的口气像极了妈妈柴枝。

在自家人这里是打探不出什么来的。小春明白了：要讨话，还是得从五娘口里去引。

“五娘，听说指甲花可以防蚊蝇，是吗？”

“嗯。还能治眼病呢。小芳小的时候，有一次被马蜂蜇了，我就用指甲花，加上白矾、黑炭，和青核桃皮，用擀面杖捣碎，包到指甲上，一夜就好了。”

“非得用擀面杖？”

“嗯。”

“为啥？”

“又来了，你这孩子又来了。”

“你知道得多我才问呢。”小春说。

“这嘴甜的。”五娘笑了，“有些老方子，祖祖辈辈传下来，不知道为啥，也不想为啥。山楂能开胃，橘子皮能消食，连翘能败毒，薄荷能清火，谁知道为个啥？”

“听说蛇也怕指甲花？”

“嗯。这个我倒是听过缘故。”五娘说。她说她也是听老辈人说的。说蛇们最先的老祖宗是有爪子的，爪子上都留有指甲，指甲可长，可毒，比蛇的牙还毒。玉皇大帝就想把它的指甲给掐了。它听说了，就赶快把指甲埋到土里，不想让玉皇大帝看见。可它哪里能斗得过玉皇大帝啊。玉皇大帝就让那块土变了性，把它的指甲给吃了，变成了指甲花。蛇躲过了天兵天将，把手一伸出来，却看见自己的指甲都没有了。藏爪子的地方长出了水灵灵的指甲花，它就知道，那就是它前世的指甲。后来，蛇就不能看见指甲花了，一看见就觉得浑身疼……

“五娘，”小春赞美道，“你说得跟真的似的。我的鸡皮疙瘩都起来了。”她把小脸凑到五娘面前，“那你说说，我姨妈到底是为什么不能看见指甲花？”

五娘沉默了。

“我哪儿知道。”她说。

“你肯定知道。全村人都说你是个百事知。”小春道，“你跟我说，我决不跟别人说的，五娘。”

“我叫你好说。我叫你好说。”小芳奶奶在一边笑了，“嘴皮乱翻，越说越宽。”

“说就说。迟知早不知，早知迟不知。早种一日，早熟七天。我不说给她，她这一辈子就不知道了？孩子懂人道，明事理，不都是从这桩桩件件的事上来的？话语一阵风，传传到东京。与其叫她长大了去东京听这话，不如我当下跟她说了，省得转样儿。”

五娘是从自由这个词，开始对小春讲的。

“知道不知道啥叫自由？一男一女，不经媒人，不经父母，看对眼儿了，喜欢上了，自己做主要成夫妻，就叫自由。”她叹口气，“你姨妈就是闹过自由的人。”她突然放轻了声音，小心翼翼地看了小春一眼，“你姨妈当年自由的人，就是你爸。”

4

最开始知道他们“自由”的，是两家的地。村和村邻着，地也跟地邻着。两人回乡之后，在紧邻的地里干着活儿，抬头不见低头见，面越来越熟，话越来越多，就“自由”了。后来被两家人知道了，柴家这边没什么，男方家里却不同意，死活不同意。

“为什么？我姨妈长得又俊，脾气又好。”

“唉，你奶奶说，会‘自由’的女子都不安分。还说，你姥姥这边的家世和他家做亲不配。”

“怎么不配？都是乡下人。”

“这个，不好说……”五娘看了婆婆一眼，道，“不知道。”

一年小，两年大。姐姐不出门，妹妹就跟着白耽搁。这边姥姥等了三年，看着没了指望，就不让柴禾再熬，想给她另说一家。周边村里却都知道了柴禾“自由”的事，名声传了出去，近处就难找，于是折腾了一场，在三十里远的蔡庄给柴禾另说了门亲，就是小春叫过姨夫的那个人，老蔡。订了婚，柴禾却拖着不嫁，意思还是要等“自由”的这个。订婚之后，老蔡经常过来帮忙干农活，按规矩，这是未婚女婿应该干的。那天他又过来帮着给玉米上肥料，晚上就住在了家里。当晚柴禾和柴枝都染了指甲，柴禾讲究，是用指甲花的叶子包的，说怕睡觉功夫不好，手乱动，柴枝就出了主意，把柴禾的手捆在了床栏杆上。没想到，半夜里，老蔡摸上了柴禾的床，轻轻易易地把她给睡了。

柴禾寻死觅活，不成。又口口声声说要告，传出去却让村里人笑倒了牙。乡里人土，他们的见识和白纸黑字的法自然有着黑黑白白的差别。在他们的意思里，老蔡没结婚就睡了柴禾，是不对。不过，怎么说呢？既然已经定了媒约，好像也没有什么大不了的不对。反正迟早是人家的菜，就让人家先尝尝呗。大家背地里说起来，是一边叹，一边笑的：“这个老蔡，霸王硬上弓，还真射着了。”于是劝柴禾的时候，也是一边骂老蔡，一边夸老蔡的：“他是可恨，猪狗不如，做出这等事来。不过，再想，迟早是他的人，也没给别人，给的是正主儿呢。生气是生气，骂是骂，打也该打，可真要告就真成了笑话。因此呢，一头儿恨着，一头儿还得想想他的好处。他虽然一时糊涂，却也是站有站相，坐有坐相，标标致致的一个孩子。家世也好。再说了，这事也看出了老蔡的心，他要不是心里真有你，怎么会去冒险做这进牢的事？虽是亏欠了你，以后让他一准儿对你好，就齐了。要说，老蔡也是良苦用心，断了你的旧念想，才好开始过新日子。”

怕柴禾还想着“自由”的这一头，就又送了些话出来：“你的身子给了老蔡，谁还肯戴这绿帽子？就是那个人不嫌弃你，想要娶你，你能忍心让他落得一世界人耻笑？”

柴禾无话可说。无话可说的柴禾就认了命，嫁到了蔡家，和老蔡过起了日子。过起日子来她才知道他心里的气憋了那么多，那么久，那么毒。他早就听说了她“自由”的事，若不是那天晚上他试出了她的初红，他是不会要她的。不过要了初红还远不够，他还要她的心。他三番两次要她给他晾心，要她把那个人翻出来，他要她朝他发誓：她心里再也没有那个人了。

她不说。她死活不说。她知道她就是说了他也不信。干脆就不说。——反正她就是说了，她自己也不信。

她不说，老蔡就打。她不让老蔡上她的身，老蔡更打。老蔡说：“人是苦虫，不打不成。”“娶来的媳妇买来的马，不让骑就是找打。”她就是找打。老蔡不仅打她，连带着也打孩子。因为打她她能忍，连泪都不落一滴。能忍就不解气。打孩子，孩子哭她就也跟着哭，看着还畅快些。

开始柴禾还三天两头回娘家诉苦，后来柴枝招的养老女婿——就是“自由”的那个人进了门，也许是怕留话柄，也许是不好意思给妹妹妹夫看笑话，她反而很少回去了。她像死在了蔡庄一样，成月成月没个消息。姥姥不放心，就派柴枝过去看看她的光景，看见柴禾，柴枝惊呆了：瘦骨嶙峋，浑身是伤。眼看就活不下去了。

柴枝让柴禾跟着自己回去，柴禾高低不肯。就这么煎熬了一年又一年，直到那年夏天，老蔡在房顶睡觉的时候摔下了房，死了。柴枝回来守寡，大家才都跟着长长地出一口气。

“五娘，”小春沉默了半晌，“我奶奶不是说我姥姥家和她家做亲不配吗？怎么又答应了？还让我爸来当养老女婿？”

“你姨妈出嫁的第二年，你奶奶就死了。”五娘说。

这事是有些复杂。小春再寻思也是糊涂：似乎是妈妈从姨妈那里抢走了爸爸，又似乎是妈妈替姨妈嫁了爸爸；似乎是老蔡从爸爸那里抢走了姨妈，又似乎是爸爸从老蔡那里收回了姨妈……有些头疼了。好在有一个事实是清楚的。老蔡死了就不说了，妈妈、姨妈和爸爸这三个人里，最可怜的就是姨妈。她嫁前受罪，嫁后受罪，老蔡不死是受罪，老蔡死了还是受罪。

小春的小鼻子有些酸酸的了。她想要把红指甲刮了，又实在是舍不得。于是开始格外注意不让柴禾看到自己的红指甲。见了柴禾就有些内疚，像欠了柴禾什么似的。没有法子，只得用别的方式来补救。头锅饺子二锅面，滋味最好。中午吃饺子。头锅饺子下出了两碗，她把一碗端给姥姥，另一碗分成两半，一半给爸爸，一半给柴禾。

“小春今儿这是怎么了？对我特别亲。”柴禾笑。

“你该和我爸一起吃头锅的。”小春说，“我爸还管你叫姐呢。”

柴禾不笑了，她轻轻地摸了一下小春的脸，眼神变得很怪，幽深莫测。

5

因着在五娘家格外乖巧懂事，小春就得了五娘许多夸奖。去得多了，小芳渐渐地就有些吃醋，和小春不太对路起来。在家里自然不会怎么样，在学校里就开始找小春的碴儿，时不时借她的铅笔，把笔尖给她掐折，借她的橡皮，又把橡皮弄黑。事情不大，小春就都忍了。可是那天美术课上，小春正画着一只漂亮的小鸡，小芳一个胳膊肘撞过来，小鸡嘴变成了小鸭嘴，小春就受不住，恼了。两个人哪哪当当地吵了起来。

“以后不准你再来我家！我不准我妈再给你染指甲！”小芳很解气地下了拒客令。

“不去就不去！”

“不去就中了？把你以前染的指甲花都还给我！”

小春简直要哭了。哪有这个道理？可话赶到了这里，要是不接也太没骨气。

“还就还！”

“什么时候还？拿什么还？”小芳咄咄逼人，“谁不知道你家不种！”

“那你不用管。我还你就是。这两天就还！”

放了学，小春再也没地方可去。拖着书包回到家，一面做作业一面发愁：说出去的话，泼出去的水，这指甲花是一定得还了。可怎么还呢？去挨家挨户借？有点儿太麻烦，也抹不开面子。到处借花，丢人败兴的，算什么事？可不借还真不行，五娘常说的那句话是什么来着？借债要忍，还债要狠。不仅还她，还要多多还呢。

正愁着，柴枝叫应了她，让她去菜地摘两个茄子回来。她磨磨蹭蹭地出了门，从一户户人家的门前过着，想着去哪一家借花——突然间，小春跑了起来。她甩开两只小胳膊，飞快地跑啊，跑啊，马不停蹄地朝村外跑去。

菜地并不远，离村口半里地的样子。那块地种的是玉米，在地头儿留了一块，种了菜。村里人的菜地都是这样，在离村子最近的那块地里选个地头儿。菜娇气，这么着是为了方便管理，也是为了方便吃。这边锅里正倒着油，那边去地里摘把菜，吃鲜吃现，是一点儿都不耽误的。

——小春想起了种在菜地里的指甲花。怎么就把那些花给忘了呢？她们都开了吗？妈和柴禾去地里会不会看见？看见了会不会给薅了？……想着想着，小春就没了劲儿，脚步慢下来。然而，此时，菜地也已经到了。

她一眼就看见了地边儿那些指甲花。

没想到，她们开得这么好。

一菜地的菜，长的豆角，尖的辣椒，紫的茄子，绿的黄瓜。她的指甲花种在地边儿，一色的红。或许是因为种在地里，气儿足，这些指甲花长得格外的高，花开得格外的盛。在田园淡淡的风里，这些花儿扬着笑脸，绰绰约约地晃着身子，妖妖娆娆地舞着胳膊。她们是不怕晃，不怕舞。看看她们的枝干，多么结实！多么粗壮！

有些地方还暴出了一根根的红筋儿呢。

小春的心，一下子便被这些花涨满了。多好的花儿啊。一共十八株呢。而她居然把她们都给忘了！真是该死！她蹑手蹑脚地在花中间走着，一株一株地看着这些花儿，又是惭愧，又是欣慰，又是难过，又是得意，看了这个看那个，看了那个再看这个，哪一个都看不够，哪一朵都看不够。看到后来都不知道该怎么办好了。

她小心翼翼地在花中间坐下来。现在，她可舍不得摘这些花了。把这些花还给小芳？才不呢。她又不缺，还了她她也不过是白糟蹋。那可要把自己给心疼死了。她承认自己小气。就让小芳骂自己小气去吧。为了这些个花，她认了。

夕阳的霞光映着小春的瞳仁，然后慢慢地从玉米苗的顶端湮没了踪迹。天越来越暗了，坐在花中间的小春，却不觉得害怕。渐渐地，她觉得自己也成了一朵花。常听姥姥说：风有风神，雨有雨神，雷有雷神，电有电神，河有河神，井有井神，树有树神。那这些指甲花，也该有个花神吧？指甲花的花神，该是什么样的呢？会有一副什么样的眉眼？穿着一身什么样的衣裳？她的指甲上，会不会也染着纯红纯红的红指甲？她要是说话，该是什么样的声音？

——哦，似乎有女人细细的声音从哪里传来了。小春打了个激灵：莫非是指甲花神听见了她的念叨，来见她了？她连忙抿了抿头发，想要站起来。转而又笑了：自己真是痴了呢。不过，似乎真的有女人的声音，这声音很熟悉，有些像妈，又有些像柴禾。妈在家做饭，那么肯定是柴禾了。小春想起来了：柴禾这几天和爸爸在玉米地里上肥料。

果然，又传来一个男人低低的声音，是爸爸。

小春站起来，想要出其不意地吓他们一下。她走进了玉米地。玉米地的光线已经很暗了，蚂蚱在脚边欢欢地蹦着，牵牛花的软蔓不时牵绊一下她的衣裳。小春轻轻地，高抬腿，低放脚。近了，近了，这声音越来越近了。

小春看见了爸爸和柴禾。

她没有吓他们。

小春一动不动，站了很久。直到爸爸和柴禾离开，小春还是站着，一动不动。

她被他们吓着了。

小春很晚才回到家里。回家后，小春就病了。她手脚上满是红疙瘩，浑身滚烫。谁问她什么，她的牙齿都咬得咯咯响，却是不说话。柴枝也叫来了五娘，请她再看看，五娘来了，后面跟着怯怯的小芳。五娘摸了摸小春的头，看了半晌，说是怕冲撞了什么神，让柴枝到了半夜的时候，在村子十字口烧些纸钱。柴枝应了。爸爸请来了卫生所的赤脚医生，给她查了体温，说是着了风寒，吃两天药就好了。又打着手电筒看了看她的喉咙，说她扁桃体发了炎，红得像开了花似的。

“像什么花？”小芳连忙问。

“指甲花！”五娘说。探身刮了一下小春的鼻子。

大家都笑了。

半夜时分，柴枝烧纸回来，小春还没有睡。她一把抓住柴枝的手，叫了一声“妈”，便呜呜地哭了起来。孩子终于有了声，柴枝这才把悬在嗓子眼儿的心放进了肚子里。

那天晚上，小春就在柴枝的怀里睡了一夜。睡出了一身的汗。

那天晚上，下了很大很大的雨。

6

小春一看就是有了心事，走路不再像小兔子一样蹦蹦跳跳了，也不怎么动不动就笑。话也少了。说话的时候，也不再像一架小机关枪，一梭子一梭子，铿铿锵锵地就把子弹打了出来，顾头不顾尾地乱说一气儿。她有些大姑娘的神情了。似乎比小青看着还要老成些。小青说她有些装，她不还嘴，没听见似的。这份不计较，更显得有了些大样。放了学，她也不再往五娘家里去，只是和柴枝腻在一起，递针拿线，嘘寒问暖，活脱脱一件小棉袄。

她的乖，让柴枝倒是有些不放心。

“怎么了？”柴枝偶尔会问，“春这是怎么了？”

“不怎么。”

“没事儿？”

“没事儿。”

然而，这不是没事的样子。小春对柴禾前些时的亲，很明显地又淡了下去。对爸爸倒比以往上心。爸爸出门的时候，她一定要问清楚去哪里。爸爸和柴禾要去地里，她如果在家，一定会跟去。如果得去上学，她就会央求柴禾留在家里，给她做最拿手的千层饼，蒸面条。对于她的这些小枝杈，大人们都是一副不着意的样子，该怎么还怎么。那天，小春中午回家，知道柴禾和爸爸又一起上地的时候，绷起了小脸，对柴枝道："为什么不听我的话？你为什么不和爸爸一起去？"

"我脚上长了个疔，疼。等消了再上地。"

"脚再疼也得去！"

"十七还想管十八？我就不去。"柴枝道，"怎么了？"

"你不知道吗？"小春道，"你不知道爸爸和妈妈应该在一起吗？"

小春的眼泪在眼眶里打转转了。

通常，柴枝夫妇都睡在东厢房，柴禾睡西厢房。姥姥睡堂屋东里间，小青和小春睡的是西里间。后来，姥姥的手脚没有以前便利了，夜里要喝口水解个手什么的，就需要人照顾。柴枝和柴禾就在姥姥身边加了一张床，轮流值夜。以前轮到柴枝值夜的时候，小春总是会从西里间跑过来，黏着柴枝睡。现在，只要轮到柴枝值夜，她就跑过来，撵柴枝走。

"妈，我替你。"小春说，"姥姥待我亲，我要伺候姥姥。"

"你太小。"柴枝瞪大了眼睛，"等你大了，有你伺候的日子。"

"我要是大了，还不知道有没有姥姥了呢。"

"什么话！"柴枝喝道。姥姥却在一边呵呵地笑了起来。

"大人嘴里没真话，孩子口里讨实言。"她一边咳嗽一边拍着小春的头，"叫她说。孩子大了。叫她说。"

"春，你还要上课，晚上睡不好，明儿就没精神了。"

"让我试试。"小春推着柴枝往外走，"让我试试。"

“孩子大了。”姥姥道，“是大了。”

睡了几晚，小春居然伺候得不错。渐渐地，小青和小春就开始轮班伺候姥姥。两个小女孩子都中了用，这倒是让大人们没想到的。

姥姥瘦弱，白净。头发在脑后梳成了一个光光的圆髻，用一个黑色的网罩网住，周周正正。夏天穿着的确良斜襟衫，春秋天穿着斜纹布夹衣，冬天是盘扣对襟棉袄。每天早上都要漱口，吃茶。茶渣滓倒在屋角的大缸里，说是存放到一定时日，就成了性寒的药，可以治烫伤。有一次，小青的手背被开水烫了个大泡，抹上去，泡果然立刻就小了。连五娘都说，姥姥话虽然不多，却是个很有见识的女人呢。

姥姥话不多，柴枝和柴禾却都听她的话听得紧。她说一是一，说二是二，姊妹两个从不敢违拗。上行下效，小青和小春在各自妈妈面前无论怎么撒泼耍蛮，在姥姥面前却是不敢的。姥姥却也不使她们害怕，她们说了什么不得体的话，姥姥也总是那句：“叫她说。孩子嘛，叫她说。”

开始值夜伺候姥姥之后，小春和姥姥的话渐渐地就多了起来。然而姥姥也还是不同于五娘，小春总多了几分小心。她问姥姥：为什么男人都要娶女人，女人都要嫁男人？姥姥说天地万物都有个阴阳。落到人身上，女人是阴，男人就是阳。自然要男娶女嫁。小春又问姥姥：姥爷什么样？姨妈和妈都记不得姥爷的样子呢。姥姥说姥爷死得早，他的模样连她都已经忘了。想了想，又说“左不过是男人样儿”。这回答小春不满意，又不好说什么。小春又问姥姥和姥爷是怎么认识的，姥姥说她小时候兵荒马乱地出去逃难，半路上碰见的，就过起了日子。小春道：“那你和姥爷不也是自由的吗？”姥姥道：“这个小闺女，连这个词都知道。啥自由不自由？不过是在一起搭个伴儿过日子罢了。”

“姥姥，你为什么不染红指甲？”小春终于问了她久已想问的问题。

“你不是知道了吗。我想着五娘都告诉你了呢。”姥姥说，“为了你姨。”

“我五娘说，我姨没出事的时候，你也不染。”

“年轻的时候染得太多了。”姥姥说，“染烦了。”

“骗人。”小春忽地坐了起来，“你年轻的时候不是在逃难吗？逃难还染指甲啊？”

“那有什么稀奇。”姥姥说，“有女孩子的地方就有指甲花。有指甲花的地方女孩子就要染指甲。”

那天晚上，是小青值夜。小春混混沌沌睡着了，喝多了水，她半夜起来想要小解。院子里很静。她没有开灯，趿拉着鞋出了门，想到院子里撒尿。从窗玻璃那里她似乎看见一个身影，由东厢房走向西厢房。肯定是爸爸。她知道。她打开门，走到院子里，看见西厢房的灯亮了起来，窗帘没拉严，在窗帘缝里，她清清楚楚地看见：爸爸和柴禾躺在了一起。

小春含着眼泪把脸转向东厢房。妈妈睡了。她想：妈妈什么都不知道。可她惊讶地看见：东厢房的灯也开着，柴枝正在走动，她拿起暖壶，正往玻璃杯子里倒着开水。

小春慢慢地退回到堂屋，在西里间躺下来。她数着姥姥的咳嗽声，一下，两下。而小青仍然沉沉地睡着。

“姥姥。”小春喊，“你要喝水吗？”

“不喝。”

“要解手吗？”

“不解。”姥姥说，“春，乖，睡吧。”

小春不说话了。她的眼睛盯着黑黝黝的屋顶。突然间，她号啕大哭起来。

7

过了几天，五娘来家里借簸箕，姥姥和五娘打了招呼，要她给柴禾说个媒。姥姥是在大门口和五娘打这个招呼的。声音不大，路过的人全都听见了。姥姥要放媒婆来提亲了。都知道这是个信号。这个信号一发出，就等于告诉人：这家女儿搁不住了，禁不住搁了，要打发出门了。

此后两天，柴禾的眼睛肿得像初开的桃花。

第三天晚上，该是小青值夜，姥姥却早早打发她和小春到西里间睡去了，说让柴禾陪她睡。她说她肚子受了凉，有些不舒服，怕起夜次数多，小青睡不好，耽误她明天上学。话是这么说，小春却有些疑惑：姥姥这一天哪一顿都没有少吃，肚子也没有咕噜咕噜叫，连屁都没有放一个，怎么就是受了凉呢？

小青睡得很沉了，小春还没有睡。现在她对夜晚的感觉很微妙了。她知道有些事要发生了，就在今晚。

钟敲过了十一点，堂屋正中的灯亮了起来，东厢房和西厢房的门依次打开，三个人的脚步朝这边响来。小春轻轻地在门帘边掀开一条细缝，看见姥姥神一样端坐在堂屋正中的太师椅上，柴枝、柴禾和爸爸进了屋之后，都像犯了错误的学生一样低着头站在姥姥身边。

“跪下。”姥姥威严地说。

三个人就都跪下了。爸爸跪中间，柴枝和柴禾各跪一边。

“你们都知道，我不是你们的亲娘。可从把你们姊妹两个捡回来开始，我就把你们当亲生待了。除了那层皮肉疼没受，当娘的该操的心，我都操了。我是什么都见过，都好说。” 姥姥说，“你们的事，我早知道了。你们也知道我早知道了。”

小春屏住呼吸，眼睛一眨不眨。

“原想睁只眼闭只眼就这么过，可现在孩子们都大了，恐怕也都有知觉了。瞒不住了。该有个说法了。” 姥姥说，“你们的事，你们自己说说该怎么办。手心手背都是肉。哪个我都想让过得好点儿。平日里手心看不见手背，手背看不见手心。今天手心手背都说说，把话说到明里。”

“娘，” 柴枝说，“你说。”

“我说，按正理，该柴禾出门，再走一家。”

三人沉默。

“要是，要是我们俩都愿意呢？” 小春看见妈妈柴枝抬起了头。

“你不委屈？”

“不委屈。”柴枝说，“姐姐当初的事，也是我的错。若不是我出主意绑了她的手，她或许就不会跟了老蔡……我也是有私心，怕她耽误了我……我没想到，姐会过得那么苦。现在的日子，是我该补给姐的。我愿意。”

“你不委屈？”姥姥又问柴禾。

“不委屈。”柴禾说，“我只是觉得妹妹委屈。”

“这么说，你们俩都愿意？”

“都愿意。”

一片静谧。只有时钟的秒针在一下一下地走着。嘀嗒。嘀嗒。

“你呢？”姥姥问跪在中间的爸爸，“两个人的命都在你身上。你是什么心？”

“我，也愿意。”

“那，你，”姥姥对爸爸说，“谁都不能亏待。”

许久，小春听见爸爸说了一个字：

“是。”

“那好。就这么过吧。”姥姥长长地叹了口气，“都是孽啊。”

姥姥仍旧那么郑重地坐着。一动不动。跪着的三个人也都一动不动。都如雕像一般。

不知道什么时候，小春感觉到了耳朵边有咻咻的鼻息声。她捂住嘴，转过脸。是小青。

当然是小青。她也醒来了，看着这一切。

两人都没有说话。

多年以后，长大成人的小春才明白过来：那个晚上，姥姥知道她们会偷看。她是故意要她们偷看的。

爸爸的话从来就是不多的。他下地锄草的时候就拎起了锄头，上房补瓦的时候就搬起了梯子。他该干什么就干什么，似乎是这个家的一道布景，一堵砖墙，沉默寡言，无声无息。即使面对两个小女孩，他的笑纹多了许多，话也是不多的。每天晚上，吃过晚饭，他就去外面走一会儿，回到屋里再看一会儿电视，然后就睡了。

他去赶集，买衣服，一定要买两件。柴禾瘦弱，衣服要小一号。柴枝胖一些，就比柴禾大一号。柴禾喜欢素的，就买净面儿的。柴枝喜欢艳的，就买花的。给两个大女人买完，再给两个小女孩子买。两个女孩子爱比较，所以一定要买一模一样的，让她们没个挑拣。——他是哪个女人都爱的。柴禾爱他爱得硬，是他的骨。柴枝爱他爱得软，是他的肉。开始时，骨头重，肉轻。随着日子的营养，肉也丰满起来了。骨上面就是肉，肉下面就是骨。骨肉不分。分不清，就都爱了。

这样一个男人，厚重，沉闷。似乎是最不懂风情的，然而两个女人都愿意跟他过，都愿意把一辈子的日子给他，小春再想不出他有什么好，能让妈和姨妈都死心塌地。但是，这个六口之家里唯一的男人，他确实是这个家的半边天——不，他是这个家的地。一屋子的女人，老老小小，都是云朵，他是结结实实的大地，擎着这些云朵。对她们来说，他和任何男人的意义都不一样。

当然，她的姨妈，她的妈妈，她的姥姥，也都和一般的女人不一样。家里的这些大人，个个都和别人不一样，使得她和小青这两个原本和别的女孩子们没有什么不一样的姊妹，也都有些不一样起来了。

几个人的心都是苦的，却也都是甜的。几个人的心都是薄的，生怕什么东西什么时候就塌了，却也都是厚的，知道有些东西什么时候都塌不了。几个人的心都是浑的，总有些东西看不清楚，却也都是清的，总是明镜一般。几个人的心啊，都是凉的，秋天一样的凉。却也都是暖的，春天一样的暖。

这是大人们的事，小春知道自己没资格发言，也发不出什么言。现在，在这个家里，她不知道该体恤谁了。谁都值得体恤，谁都值得可怜。可似乎又是谁都不值得体恤，谁又都不值得可怜。小春为每一个人难受，也为自己难受。她总算明白：有些事情还是不知道的好。但是，只要知道了，就再也不能装作不知道。

不过，话说回来，这样一家人生活在一起，看起来却又是一点儿也不低下。两个小孩子，三个成年人，一个长辈，怎么看都是平平整整齐齐顺顺的一家人。庄稼长得黑油油的，家里也拾掇得干干净净。一对大姊妹和一对小姊妹都格式得好好的，没什么可让人挑剔的。

然而这些都驱除不了小春心里的闷。这个家让她闷。于是当又一年夏天来临的时候，她就又把心思放到了染指甲上。放了学，小春就带小青去地里看自己种的指甲花。就在地里，不用白矾，也不用盐，更不用豆角叶，她们只是把花瓣揉碎，揉成花泥，然后按在指甲上，指甲居然也慢慢红了。染指甲的时候，小春把食指染了一遍又一遍。两个食指也慢慢红了。

她是真的想嫁得远。

8

那天一大早，柴禾就开始吐酸水，吐得黑天昏地。吐得很寡。吐过了，她就干活。又要吐的时候，她就住手。看得小青和小春都不忍心起来，跑过去问姥姥和柴枝。

“没事儿。”她们的嘴角都含着笑，“是有喜了。”

“什么是有喜？”

“就是怀了孩子了。”柴枝道，“你们给估摸估摸，是男孩还是女孩？”

“不是男就是女，反正就这两样。”小春对这个谜语没兴趣。然而她的回答还是让大人们哈哈大笑。

“为什么有的女人会生孩子，”小春倒是想起了这个问题，“有的女人却不会？”

“不为什么。”柴枝看了姥姥一眼，说，“有些花儿能结果，有些花儿不能。老天爷安排下的。”

转眼间，柴禾怀孕已经五个月了。“怀胎五，捂不住”。她出身子了，越来越显。她是不怎么出门，可是总有别人进家，因此是难躲人的，于是后来干脆也就不躲了。她大大方方地和人打着招呼，倒让那些人都没了话说。偶尔，她也去小卖部买个油盐酱醋，坐在门口吃爸爸从集上买回来的橘子和苹果，到卫生所让医生给她听个胎音。做这些的时候，她是很自然的。柴家的几个大人也都是很自然的，让人不好问什么，于是就有人去问小青和小春。

“你姨肚子里，是谁的孩子？”

“当然是她的孩子。”小春很厌烦这些打探者的神情。

“孩子的爸爸是谁？”

“等他长大了你们自己去问！”姊妹两个一起说。

讨了没趣，也就不再问了。都知道左不过是柴家的孩子。没了好奇心，见了柴禾就更加平和地说几句寻常话。

“几个月了？”

“小褥子预备下了没有？”

乡里人的眼睛就是这样。看着是明晃晃的针，这些针却都是虚的，不带线，只是那么亮亮地闪一闪。你若是不管它，它其实也就是扎一个小眼儿就过去了，不会让你疼。时间久了，这些针的光也就暗了下来。说到底，是各人过各人的日子，再说到底，柴家这几个人平日也都没有什么不好。人家家里的事，谁犯得着端起来砸到人家脸上？

乡里管计划生育的人也在村子里看到了柴禾，听说是个寡妇，就不知道该怎么处理好了。后来说去商议商议，到底也没见商议出个什么结果来。

怀了孕的人，肠胃是比素日有些娇贵的。柴禾有时候想吃烙馍，有时候想吃油食，有时候想吃饺子，有时候又想吃碱放得多的发面馍。她想吃什么，柴枝都随时给她做。包子的几样：豆包、肉包、菜包、糖包都做过，烙馍的几样：葱油饼、馅饼、煎饼也都做过，油食的几样：油条、油饼、菜角也都炸过。面条有手擀的，也有机器轧的，做过捞面、炒面、卤面。喝的汤类也是五味俱全：豆腐汤、胡辣汤、牛肉羹、醪糟汤、八宝粥、绿豆汤。有一次，她想吃柿子醋，柴枝特意进了一趟山，去给她买了回来。

日子是在吃食中过的。吃食过着人，人也过着吃食。就这么，一天天过了下来，预产期是腊月。离年不过十几天的样子。小春听见爸爸和柴枝商量着，说无论男女，就叫小新。

这一年的第一场雪是在小雪那天下的，下得特别地早，也特别地大。大得出乎人们的预料。下了两天之后，地面都冻得硬邦邦了。

其实，那天从小卖部回家的路上，柴禾走得很小心。但她还是摔倒了。

孩子没保住。都说“七成八不成”。这个孩子七个月了，按俗例是该成的。却没成。

“到底还是在蔡家吃了亏。”姥姥说，“地薄，不好存苗儿。”

都知道小月子该是和大月子一样看待的，对柴禾自然也都没有含糊。街坊邻居们都拿着鸡蛋红糖来瞧看，说着“有地有种，不愁不长庄稼”。一拨一拨的人来瞧看过，柴禾的脸色渐渐地红润起来了。

日子还是要往前过。正月十五元宵节，家家吃元宵。元宵是城里人的称呼，乡下还是称“汤圆”的多。有玫瑰的，枣泥的，山楂的，果仁的。“二月二炸麻花”，二月以后，蝎子、蜈蚣都出来了，二月二这天就吃油炸麻花，意思是咬掉了蝎子和蜈蚣尾巴，这样它们就不会蜇人了。二月初五，家家要吃凉粉，叫“溜光”，这时候已经有了春躁，天渐渐热了，吃一碗凉粉，神清气爽。三月三要吃煮鸡蛋，在这天吃一些煮鲜鸡蛋，孩子们就会心明眼亮。五月五吃粽子。八月十五吃月饼。十月一日是鬼节，吃饺子——第二天，柴枝生了个男孩。

孩子的名字，还是叫小新。

添人进口，是喜事，生男孩是大喜，生女孩是小喜。报大喜拿的是油条，报小喜拿的是油饼。因是养老女婿，报喜也只能是自家报自家。爸爸就买了油条送到姥姥跟前。姥姥也回了一身小衣服，还有半斤重的线蛋儿。这叫“长命线”，要挂在孩子床头，得年年用这个线团儿给孩子缝衣服，一直用到十二岁。当然现在都是买衣服穿。不过这个意思也还都有。

第三天是“庆三”，第七天是“头周”，第十天是“祝十”，满月是大礼。因是男孩子，要提前一天做。早上请剃头匠来给孩子剃了头，刚把尿布屎布都清洗干净，街坊邻居就都陆陆续续地来了。渐渐地，柴枝屋里就堆满了东西：衣、帽、鞋、袜、护襟、护牌、裤子、铺垫、斗篷，布娃娃、布老虎，鸡蛋、红糖、蛋糕，豆腐……席面很好。一般人家是八碗席：有冷菜两碗，每碗八片的红烧条子肉两碗，酥肉一碗，丸子一碗，粉条一碗、白菜一碗，若主家不带酒，这就是“平八碗”，有了酒的，就叫“硬八碗”，若是再多一大碗方块肉和一大碗杂碎汤，那就叫“硬十碗”。柴家的满月席，就是“硬十碗”。

柴枝坐月子，柴禾待女客，爸爸待男客。小青和小春只管在灶台那里吃着，不去坐桌。吃完了，她们早早地溜了出来。冬天里没地方可去，她们就在村子里闲逛。不知哪一户种的蜡梅，香气丝丝缕缕地传过来，两人找啊找，找啊找，到底也没找到是哪一家。

9

小新五岁那年，姥姥病了。乡下俗名叫“瞎巴病”，官名叫“食道癌”，说是晚期。到医院看了，受了一番罪，花了一番钱，最后还是让把人抬回了家。小青上了高三，不歇星期天，不能回去，小春高二，每个星期还能有一天回去的日子。每次回去她都值夜。她整夜不睡，坐在姥姥床前。

姥姥病了，小春想起姥姥好时的样子来。姥姥不会走路了，小春想起姥姥走路时的样子来。姥姥醒了，小春想起姥姥睡觉时的样子来。姥姥睡了，小春想起她醒时的样子来。

姥姥越来越衰弱了，但是看着很平静。精神好的时候，她还能和小春聊几句。

“小新的身量，跟个黑泥鳅似的，越来越喜人了。也不知道长大成个什么样儿。”

“男人样儿。”

姥姥嘴角撇了撇，笑了。

“也不知道小青今年能不能考上。”

“能。看她都没工夫回来看你，用功着呢。”

“费了多少心，费了多少钱，不用功可是没良心。你也一样。”

“我会用功的。”

“想考个啥大学？”

“医科大学。”

“中。给人治病，好。”

“姥姥，你可得活着，等我学成了，把病给你治好。”

“那可不中，赶不上了。”姥姥道，“想去哪儿上？”

“姥姥想让我去哪儿上？”

“去大地方吧。”

“北京？”

“好。北京好。早些年，叫北平。”

“哟，姥姥还知道北平？”

“嗯。去过。兵荒马乱的时候，去那里逃难。”

“姥姥到底怎么逃的难？逃难怎么过生活？要饭？给人家当丫鬟？还是去饭店洗碗？”

姥姥笑了。

“啥都干过。只要能活着。”她说，“给人家推过磨，走一天下来，两只脚肿得跟发面似的。给人家绣过花，活儿紧，绣了一天一夜，夜里舍不得点油灯，就在月亮底下绣……”

在月亮底下绣。小春难过的同时又突然觉得这情形中有着一种奇特的优美，有着一种不能克服的浪漫。可是，月光终究是勉强的吧？在月光下绣花的时候，朦朦胧胧地看不清楚，针会扎在指头上吧？指头会流血吧？那种红，只怕也会有些像指甲花吧？

又想起指甲花了。

姥姥去世之后，在她的紫漆匣底，发现了四张照片和两张发黄的纸片。照片都是黑白的。其中两张照片是单身照。一看就是姥姥年轻的时候。一张正坐，穿着斜襟大花长袄，下面是盖着脚面的裙子。袄襟上镶着一道阔大的缎子裹边，手里垂着一条丝帕。她的瓜子脸怯生生地朝着镜头，头发乌光水滑，脑后露出一点细细的簪子尖儿。她坐的是一张圆凳，旁边是一张圆几，几上摆着一盆样貌模糊的花。她脚下摆着的那盆花倒可以看得很清楚，骨骨朵朵，斜逸旁出，是梅花。另一张是侧坐的。侧坐本身就有些妖艳的意味，姥姥的模样更是妖艳：两个耳边儿都插着大朵的花，两缕黑发从耳下顺出来，有点儿披肩发的意思。她的左手拿着扇子，胳膊肘放在圆几上，右手拎着丝帕——这次姥姥的面容不怯生生了，她嘴角微微上扬，眼角也微微上扬，显然是在笑着。圆几上的花也换了，成了面目清晰的菊花，而脚下的那盆，换成了水仙。

还有两张照片是合影。一张是两人照。两个女子，一坐一站，一正一侧。正坐的就是姥姥。衣服也换成了旗袍。两人的旗袍是一模一样的，旗袍领子高高地竖着，颈项上都挂着白色的珍珠项链。另一张是四人照。两人坐在藤椅上，两人站着。没有圆几，也没有花。就这么四个人，把照片占得满满的。她们都认真地看着镜头，一副柔弱的，任凭摆布的样子。相比之下，还是姥姥看着特别些，她手里拿了一支长长的箫。指甲上一层匀匀的暗色——肯定是红指甲了。

两张纸片都很残破了。一张是竖长方形的粉红厚宣，抬头写着两个字：局票。下面用繁体字竖版写着：柴志通君请醉香院　柳月香　至四马路平王街口东福酒家　第一房间　侍酒勿延。

另一张是个横长方形的表格，内容如下：

姓名　柳月香

年龄　十九岁

籍贯　山西晋城

住所　桃园路二十六号

从业原因　贫

有无丈夫及亲族　无

是否自愿　是

由何处来　晋城

从业处阶　桃园路二十六号醉香院

谨呈

北平市警察局转呈

北平市政府

再下面是红红的指印和姥姥的一寸小照。照片上的姥姥仰视右上方，微微笑着，一派天真无邪。

这张表的签署时间是中华民国三十五年六月七日，表的名字叫《妓女请领许可执照申请书》。

10

在中医学院学习的第三年，小春发表了自己的第一篇医学论文。题目是《论指甲花的中医妙用》。

指甲花，拉丁学名：Impatiens balsamina L.

英文名：Garden Balsam

别名：指甲草、染指甲花、凤仙花（豫晋）、小桃红、透骨草、金凤花（潮汕）、白凤仙、灯盏花、急性子、洒金花（闽东）

科属分类：凤仙花科 Balsaminaceae，凤仙花属

植物概述：

指甲花，属凤仙花科，一年生草本花卉，产于中国和印度。

指甲花性喜阳光，怕湿，耐热不耐寒，适生于疏松肥沃微酸土壤中，但也耐瘠薄。此花适应性较强，移植易成活，生长迅速，一般很少有病虫害。花茎高 40~100 厘米，顶端渐尖，边缘有锐齿，基部楔形；叶柄附近有几对腺体。花大而美丽，或单瓣或重瓣，单瓣居多，重瓣的称凤球花。生于叶腋内。花色有粉红、大红、紫、白黄、洒金等，善变异。其花形似蝴蝶。有的品种同一株上能开数种颜色的花朵。据古花谱载，指甲花有 200 多个品种，不少品种现已失传。因其善变异，经人工栽培选择，已产生了一些好品种，如五色当头凤，花生茎之项端，花大而色艳。还有十样锦等。根据花型不同，又可分为蔷薇型、山茶型、石竹型等。指甲花的花期为 6 月至 9 月，结蒴果，状似桃形，成熟时外壳自行爆裂，将种子弹出。

繁殖：

自播繁殖，故采种须及时。以 4 月播种最为适宜，这样 6 月上中旬即可开花，花期可保持三个多月。播种前，应将苗床浇透水，使其保持湿润。约 10 天后可出苗。当小苗长出 2~3 片叶时开始移植，以后逐步定植或上盆培育。盆栽时，先用小口径盆，

逐渐换入较大的盆内。

药用：

【收制方法】夏季花盛开时采收，鲜用或晒干。

【性味归经】甘，温，微苦，有小毒。

【功能主治】指甲花种子含皂苷、脂肪油、甾醇、多糖、蛋白质、氨基酸、挥发油。亦为解毒药，有通经、催产、祛痰的功效。全草捣汁外敷，有活血化瘀、利尿解毒、通经透骨、软坚消积、祛风止痛之功效，亦可用于闭经难产，跌打损伤，瘀血肿痛，风湿性关节炎，痈疖疔疮，蛇咬伤，手癣，骨鲠咽喉，肿块积聚。外用亦可解毒。花瓣加些明矾捣碎后，可染指甲。

【用法用量】 1~2 钱；外用适量，鲜花捣烂敷患处。

【注意】孕妇忌服。

药方数则：

1. 毒蛇咬伤、腰肋引痛：指甲花全草 30 克，捣烂，冲酒服。

2. 风湿关节痛：指甲花全草 30 克，或加商陆根 15 克，猪赤肉适量，水炖服。

3. 闭经：指甲花 3~6 克，水煎服。或全草 15 克，水煎服。

4. 骨鲠：指甲花种子 3 克，研末，开水送服，或鲜全草捣烂取汁，约 1 汤匙口服。

5. 指甲沟炎：用鲜指甲花叶捣烂，拌红糖外敷。

6. 痈疖、乳痈：指甲花、扁柏叶各适量，捣烂，敷患处。

“柴春，你对指甲花怎么这么有研究啊？”有同学问。

“我们那里到处都是这花，从小就跟着这花长大，想不了解都不行。”小春笑道。

“这些花名儿挺有意思。喏，你听，急性子，像说人的脾气似的。小桃红，这味道像个姨太太。凤仙花，让我想起了和蔡锷将军英雄美人了一把的那个风尘女子小凤仙。还有这个，透骨草，又显得杀气十足，不过这个最酷，我最喜欢。你呢？你最喜欢哪个？”

“都好。”小春微笑道。

又过了很多年，小春早已经当了医生，成了市中医院的大夫。也结了婚，有了孩子。她轻易不怎么回老家，觉得莫名其妙的畏惧和羞耻。只是电话打得很勤。她曾经提出要柴枝跟她来城里住，柴枝不肯。小青的工作单位离中医院不远，两姊妹倒是经常见面逛街，说东说西，说狗说鸡，或者一起去看看小新——小新已经在城里读高中一年级了。

偶然，她们也会提一提乡下那三个人。

“也不知道他们怎么样了。”小青说。小春就明白，她和自己一样，应该很久都没有回去了。

突然，一间饰品店里传来一阵轻柔的歌声。似乎在唱着什么指甲花开。

“谁在唱指甲花开？”

小青笑了：“没有指甲花开。你是说《栀子花开》吧？何炅唱的。就是湖南卫视《快乐大本营》的主持人，对，周三他还主持着一个栏目，叫什么《勇往直前》。”

是的，那个主持人小春知道。瘦瘦的，小小的，长得很秀气，很中性。喜欢穿粉红、粉蓝、粉绿的衣服。他主持的节目小春也看过。《快乐大本营》，还有那个《勇往直前》。《快乐大本营》确实快乐，《勇往直前》却让小春觉得不够勇。要么是些蹦极、高楼跳，要么就是游乐场里的太空飞梭和激流勇进，都是高弹绳捆了一道又一道，安全系数百分之二百的游戏，根本不需要勇。真正的勇是面临一片黑暗的时候，还要跨出自己的脚。从这个意义上讲，活着的每个人，每天早上睁开眼睛，面对这个世界的时候，其实都很勇。

后来，小春把那首歌从网上下载了下来，歌名就叫《栀子花开》。

栀子花开，如此可爱
挥挥手告别欢乐和无奈
光阴好似流水飞快
日日夜夜将我们的青春灌溉
栀子花开啊开，栀子花开啊开
像晶莹的浪花盛开在我的心海
栀子花开啊开，栀子花开啊开
是淡淡的青春，纯纯的爱……

——这清甜的旋律映照着栀子花这样清甜的花，是对的。这旋律对指甲花很不适宜，小春知道。但她还是在这不适宜的旋律中落下泪来。

11

柴禾得的也是癌症，发现时也已经是晚期。宫颈癌，转移得很快。医生说这病根儿应该是早就落下了。“宫颈重度糜烂多年，最容易得这种病了。怎么早不来看？不是我说，你们农村妇女，就是愚昧。”

柴禾临死前又说了一些话。她是对柴枝一个人说的。

“……那个人，真是孽障。他对不起我，我也对不起他。那天，在平房顶凉快，离边儿很近。我本来想拉他一把的，后来不知怎么的，我就没管他。我眼睁睁地看着他掉了下去，想着最多不过是摔一下，却忘了，下面刚好是张青石桌子。”她笑，“一报还一报。老天爷不可欺。”

柴枝握着柴禾的手，只叫了一声：“姐。”

“一直没跟你说过，我出门之后，他找过我一回。为的是你提亲的事……你心里有他，不说我也知道。我跟他说，伤过一个了，就别再伤另一个了，替我照顾好你和妈，我也放心……”

“姐。”柴枝的眼泪落下来，“老蔡糟蹋你的那天晚上，我是知道的，可我……早就想说，可我一直没敢说。说不出口，没脸……”

“过去了，别想了。”柴禾嘴角有淡淡的笑意，“我死了，估摸蔡家人还会来要我的尸骨。不要让我回去。”柴禾顿了顿，“我生是柴家的人，死是柴家的鬼。”

果然，蔡家听到信儿，就托人来了，说既然两个人在阴间都是单身，不如阴阴阳阳都做夫妻。

“不中。我不能违拗我姐的意思。”柴枝一口就把来人挡了回去，“除非我姐活过来，亲口说她愿意。”

而在柴家这边，族长三爷也发了话，说一个寡妇，回了娘家，住也住了，死也死了，想怎么着也都怎么着了，有一条底线是绝对不能破的，就是不能入柴家祖坟。

一个要收，一个不留。这真成了一个难题。这尸首，到底该安置在哪里呢？大家都发愁着。都不知道该怎么办。柴禾的身子就在棺材里放着，是冬天，倒也没什么气味，不碍什么。柴禾的样子还是和原来似的，静静的。可是就这么放着，一天，两天，都知道不是个事儿。

那一天，五娘找上门来，在棺材旁边坐了一会儿，和柴枝拉了两句家常。

“你是能进祖坟的。”她说。

“我知道。”柴枝说。

“你招了女婿，女婿就是儿子，你是闺女，又是媳妇。进祖坟是应当的。”五娘又说。

“这我知道。”柴枝又道。

“你姐，要是和你一样，就能进祖坟了。”五娘又说。

柴枝的眼睛一亮。她起身，在五娘面前规规矩矩地跪下来。

“我替我姐给你磕头了。”她说。

柴枝夫妇找到了三爷。双双跪下。

“要是我能进祖坟，我姐就能。”柴枝说，“我和我姐都是他的女人。虽说我是过了明路的，但若要按实在次序，我姐还在我的前面呢。”

虽然在背后没少叽叽喳喳，但这事说到了桌面上，却让大家都静默了。说什么好呢？又能说什么呢？而且，再想想，柴枝讲的理儿，也是过得去的。

自始至终，男人都没说话。一个字都没说。他只是低头跪着，跪着，直到三爷亲手把他搀了起来。

柴禾的最后一件事，就这么有了结果。对此，村里人总结了三个字。

“都仁义。”

两天后，柴禾进了柴家祖坟。她被埋在了姥姥的下手。位置偏右。

失语症

1

离婚的念头像一只越长越大的鸟，早就展开了两个翅膀，在尤优心里盘旋。可是它飞不出去。尤优开不了这个口。无法开口往往有两种情况：一是没理由，二是理由太多。起初，尤优不清楚自己是哪个。后来她才明白：自己是二者兼有。而之所以既没有理由又理由太多，是因为她没有大理由，有的都是无数斑驳混杂的小理由。这些小理由虽然琐屑，却很壮实，而且四处蔓延爬动，咬噬得她浑身痛痒，让她越来越不堪忍受。

如虱子。

虱子的萌生是从李确踏入仕途之后。

当年，她和程意决然分手选择李确，与其说是迫于母亲的高压威逼，不如说是对母亲的隐蔽投诚。她的理智在母亲反对程意的同时，其实也早已开始悄悄背叛着程意：程意虽然浪漫，但是过日子就不太靠谱了。天天厮缠又怎么样？海誓山盟又怎么样？至情至性至真至纯又怎么样？拥抱着她吼叫着说绝不罢休又怎么样？仅仅是个被聘用的朝不保夕的健身教练而已。殷实的家业和优裕的工作是一幅厚锦，所谓的爱情不过是花。父亲去世之后，备受溺爱的哥哥尤良紧接着倾尽家里的积蓄成了家，她守着寡母过着孤女的日子，越来越看重的，就再也不是锦上的花，而是花下的锦。

相比于程意，李确的优势就是有锦。工作稳妥——云城市人事局公务员，性格稳妥——不苟言笑端庄平和，家世也稳妥——李确父亲生前曾任地方高官。稳妥乘以三，就是一幅三层的厚锦。程意的花她享用够了。现在，她需要的就是这锦。

“优优，这不是最后的晚餐。”吃分手饭时，程意手握筷子，如握一把刀，脸上的神情坚若磐石，“我绝不会放弃。”

“我们有缘无分，”尤优压抑着程意痴情让她心头泛起的甜蜜虚荣，尽量让自己显得沉静成熟，“你还是把我忘了吧。”

后来，李确从人事局调到政府办秘书科，又从副科长、科长、副主任到镇长、镇党委书记，两年前又回城当上了水利局局长，一路走来，步步着锦，直至在云城这个百万人口的县级市成为一个举足轻重的官场新贵，尤优才发现：他的锦已经让她越来越窒息。

李确对她是好的，但那种好是有棱有角、有边有沿、有分有寸的那种好。他觉得该让她知道的事：人情礼事，眉高眼低，他会不厌其烦地对她谆谆教诲。在这种教诲中，李确对她说的最常用的词就是两个：要和不要。要从猫眼里看清来客，不要随便开门；要仔细甄别一下来电显示上的号码，不要随便接电话，接了电话之后要过过脑子，不要随便说；如果送东西，除非他事先有叮嘱，否则不要随便接纳；有人朝她打听他，不要说得太多，最好能含糊过去；在任何场合都不要打听闲事，也不要传闲话……他觉得她不该知道的，就会对她严丝合缝闭口不谈，不让任何信息越出嘴唇半步。有时候尤优在外面听到什么风声回家问他，即使是路人皆知，李确也是那四个字："我不知道。"

"是人都知道！"尤优气愤至极。

"随你怎么说。反正我是不知道。反正你知道的途径不是从我这里来的。"

尤优静默片刻。

"我们是夫妻吗？"

"怎么了？"李确问。

"我们是不是最亲的人？"

"当然。"李确笑。

"那你为什么对我还藏着掖着？"

"就是因为我们是最亲的夫妻，我才不想让你知道那么多。这才是真的对你好。"李确说，"好奇心不要太强。这不是个优点。"

"在你的那些要和不要条约之外，我能做主的事情是什么？"尤优道。

"做好你的工作，当好一个家庭主妇，相夫教子，这就够了。"李确说。

"对你来说是够了，对我来说，还不够。"

"没办法，委屈一下你吧。谁让你是我的老婆呢。所作所为对我前途影响最大的那个人，只有你。"李确安慰地抱着尤优，"我知道你还记恨我停了你的那个舞蹈培训班，等退休了，我们好好办一个。”

“到那时候，恐怕我只能去练太极拳了。”尤优说。

在调进统战部工作之前，从师专艺术系毕业的尤优是云城市第一实验小学的老师，教两个年级的音乐，全校学生的体操，另外还在课外办了一个自己的小小实体——“优优舞蹈培训班”，专门培训小女生们的舞蹈——也就是在办舞蹈班的时候，尤优认识了同一个楼层的健身俱乐部教练程意。音乐和舞蹈都是尤优的特长，相比之下，舞蹈是特长中的特长。师专毕业时，全系汇报演出的舞蹈类节目都是她编排的。培训班一开班就招了四十多个学生，经过尤优的细心调教，孩子们表现都很出色，年终和文化局联办了一场专题汇报演出，震动全城。尤优的事业顿时风风火火，名声大噪。和程意分手、跟李确结婚后，李确通过关系将尤优调到了市委统战部，尤优本以为可以有更多的时间来办舞蹈班，不料却麻烦重重：李确介绍了不少领导的子女、外甥和侄女进来，学费全免不说，还都争强好胜。年终汇报演出，几乎每个领导的关系学员都要求上独舞，群舞里也要求站到最前排的“舞尖”位置。按李确的意思，是泥都上墙，抹匀便罢。可那些孩子的水平高低不齐，尤优实在无法一一照顾到。于是她不管不顾，按自己的意思排了节目。没过几天，李确郑重地和尤优谈心，说：“优优，停了吧。”

“为什么？”

“为了我。”李确说。他说尤优办舞蹈班太累了，他很心疼，这会让他在工作中分心；他说惹人容易为人难，本来是收人情的事反而成了欠人情，不划算；他说领导们的心都很骄傲，哪个他都得罪不起，整天为此提心吊胆，不如不做；他说有领导和他聊天时谈到政府官员家属做生意会影响官员的升迁，他如果还想进步就不能给人留把柄……

“我办班和你进步有什么关系？！”尤优诧异极了，“怎么会成为你的把柄？”

“我们不结婚，就什么关系都没有。一结婚，就什么都有关系了。”李确说，“你难道不清楚吗？你不是和我一个人结婚，你是和我的一切结婚。”

“既然这样，我们离婚吧。我不想和你的什么都有关系。”这句话突然从尤优的心头跃出，直奔向她的喉头。就要冲出去的一刹那，她起身跑到卫生间，吐了。

她怀孕了。

往往如此。每当她想要出口的时候，总有什么东西会把这句话给压下去，或者有什么东西会代替这句话顶出来：哥哥尤良的工作，同学想要一个额外的职称名额，朋友想要从银行贷款，同事买房想多压下几个点……都需要关系。都需要李确。李确不是她一个人的，渐渐以他为圆心，形成了一个无形的利益集团。无论情愿不情愿，她都被裹挟在了这个利益集团里面。这个集团的很多部分都和她丝丝缕缕粘粘连连，如果没有一把足够锋利的快刀，她就无法下手去斩断这团乱麻。有时候，尤优甚至暗暗期望李确能花心一些，能在外面有一个女人。为此她特意让自己神经过敏了很久。可是，没有。李确的身上从来都没有特别的香水味，连一根长点儿的头发丝都没有。李确这个稳妥的人，稳妥得使她找不到任何充足破绽能让她有力量提出离婚——李确除了工作忙之外，对她确实也还不错。再说，还有儿子。

尤优不知道自己什么时候能说出口。或许，永远都不会说出口了。

无聊之极的时候，尤优也会想：如果当年选择了吴可非，恐怕做个官太太也会比较有趣吧？吴可非是她的师专同学，个子高挑，性情机敏，言语诙谐。在学校时追过她，她对他毫无感觉，立马拒绝。毕业后两人都回到了云城，吴可非直接分到了市政府，和李确做过一段时间的同事，现在已经成了机关事务管理局局长，前些时和李确一起被提名成副处级干部后备人选。他左右逢源，八面玲珑，谈笑之中处理事情游刃有余，贪污受贿的笑话常挂嘴边，给人的感觉却是清爽无辜。他不像李确那样周吴郑王，如果和他结婚，或许会既不古板又不夸张，既疼她又懂她，既有原则又有情调……当然，也只是想想罢了。每当真的碰到吴可非，尤优表面上不动声色，心里却知道：作为同一年龄段和同一级别的地方官员，他是李确潜在的政敌，而她是李确的妻子，她对他，一定要撇清，再撇清。警惕，再警惕。

2

又下雪了。尤优坐在80路公共汽车上，拎着大大小小一堆袋子，看起来像个服装批发商。每年年末的这个时候她都要趁个双休日来省城“黄河路服装市场”大逛两天。一般是周五下午到，周日下午返回。住在姨妈家。正好顺便看看姨妈。

“真是搞不懂，怎么说都是一官太太了，出门还坐大公交，还来这种批发市场采购打折货。”表姐笑她，“是装穷还是会过？还是在我们这里也搞形象工程？”

尤优笑笑。不解释。有什么好解释的呢？她在省城打车，花的是自己的钱，那干吗要打？至于打折货，质量花色都不比大商场里的差，价格却要低上两三倍，那她干吗要和自己的钱袋过不去？要她主动去跟李确说报销的票和购物发票，那等于在用刀子割她的嘴。她决不沾李确这种光。至于官太太这个词嘛，她从来就都不觉得和自己有什么关系。什么是官太太？她忽然想起自己陪市委书记陈书记太太吃的那一顿饭来。那是陈书记刚到任不久，请手下的要员们简餐。因书记携带太太，要员们便也都带了家属。说是简餐，怎么可能会简？自是美酒溢杯，佳肴满目。但气氛是简的——和一把手吃饭，谁都不敢乱说，谁也不敢乱动。除了书记两口子，所有人的手机都自觉调成了振动。男人一桌，女人一桌。尤优冷眼看去：男人们围着陈书记，女人们围着书记太太。书记如同皇上，书记太太如同皇后。相比之下，女人这一桌要好些，不时有人说些家长里短，胭脂绸缎，还不至于太过冷清。忽然，书记太太伸手去拿水果的时候把手边的果汁碰洒了。坐在她左侧的财政局长太太连忙去扶杯子，坐在她右边的人事局长太太则连忙去擦桌上的果汁。眼看着果汁就要滴到书记太太身上了，坐在尤优身边的城建主任太太噌的一声蹿到了书记太太身边，把自己的袖子按了上去。而书记太太任由人们忙碌着，淡淡的面色里还隐约流露出些微不悦，连个谢字都没有。

那才是官太太啊。

而自己呢？尤优想起不久前自己去逛商场，水利局的一个副局长也和老婆在逛。和尤优邂逅后，副局长连忙支使老婆跟着尤优，但凡尤优在哪件衣服前稍稍一站，那个察言观色的副局长老婆都立即拿出钱包，摆出一副要付账的架势。尤优实在是忍无可忍，只逛了一会儿便借口有事匆匆而逃。

——不喜欢巴结别人，也不喜欢被别人巴结。尤优承认：官太太这个身份放到自己身上，实在是一种不折不扣的浪费。

当然，就是再没有官太太的意识，有一些身为官太太的光她也是不得不沾的：她常常免费坐李确的专车，时不时还会有超市的储值消费卡供她买油盐酱醋，过年过节的时候总有人送牛奶、饮料、水果、蛋糕和鲜花之类的东西上门。

"都不能久放，坏得快。"尤优看着这些东西就发愁，"还不如送个板凳呢。能多使两年。"

"嗤。"李确笑她，"收礼就已经过分了，还挑剔人家送得好不好。你可得在脑子里给自己绷根儿弦，别学那些官太太，自己被惯坏了，还连累老公犯错误。"

"你有成绩就是党给的，有错误就是我连累的？"尤优没好气，"我不敢当。"

但这些东西确实是尤优的负担。礼品数随着李确职务的升迁水涨船高，在李确当镇长的那一年就让尤优的心理容量抵达了饱和——家里的储藏间和二十平米的地下室全满了。起初她仔细查看着保质期，挨个儿送了朋友和哥哥尤良。后来尤良直接开车来她家拉，说是帮他们腾仓减压。李确知道后大为光火，说东西倒是无所谓，如此张扬的后果似乎是他收了无数礼似的，影响实在恶劣。以后通通内部消化。尤优说可以低价卖给小卖部和超市，李确更严厉地警告说早就有媒体报道过这种事，一旦被人发现，就是丑闻。于是尤优就只有更仔细地查看着保质期，把牛奶当白水，把果汁当茶水，有计划分步骤地慢慢享用。而其实她最习惯喝的还是白水。实在喝得恶心的时候，她也会趁着黑夜把饮料一点一点地丢在小区里的垃圾箱中。像做贼一样。

和尤优的心态截然不同的是婆婆。老太太当惯了老太君，对收礼很有心得。过年过节，从不急着买礼物。一次，老太太带孙子逛超市回来，儿子向尤优学舌："我想吃火龙果，奶奶不让买，说过两天就有送的了。"—— 一周之后就是中秋节。母子俩对待礼品的态度非常一致：自己吃，除了李正家，绝不外送。实在吃不了的，老太太就会毫不犹豫地把它们扔掉。尤优曾和老太太聊过，期望她能提供个比较好的渠道把东西送出去一些，老太太当即说："有些善心发不得。有些福气得留着。"尤优郁郁道："我姥姥说过，福气太多了也是罪过。"老太太向李确告状，说尤优咒家。尤优从此沉默。她知道如果自己再说这种话，在这个家里面临的将是更多的敌人。

眼看又是一个新年来到，牛、羊、猪肉自不必说，鸡、鸭、鱼、兔，肯定也是应有尽有。卤肉和炸丸子各一大筐，各种荤素饺子馅也必是色色齐全，蔬菜们一定会群英荟萃，水果们更是七彩缤纷：西瓜是红瓤黄瓤有籽无籽若干种，苹果是青的黄的、绵的脆的若干种，梨是酥的蜜的、新疆的砀山的若干种……储藏间和地下室里的中秋礼品经过四个多月的艰苦服用刚刚腾出的位置，很快就又得满满当当了。

前面的座位上有人在看报纸，报纸举得很高，大标题映入尤优的眼帘：市民政局给福利院老人送来“大红包”。如果可以的话，尤优想：我也真想把那些“礼”都送给那些老人啊。

旧雪不净，新雪又蒙，路面很滑。公交车开得很慢。将近下午四点，尤优终于磨蹭到姨妈家的小区。李确说车下午三点就过来接她。果然，一进小区门口尤优就看见小董在车边抽烟。小董原来给局党委书记马书记开车，后来李确调任局长，马书记力荐小董，说小董的技术好，在水利局快十年了也没轮到给局长开车，该给解决解决了。——给局长开车不仅是车好的问题，作为局长的贴身亲信，各种各样的好处也是很可观的。因此是一个紧俏的差事。李确看着老书记的面子，不好意思拒绝，也就用了。看见尤优，小董连忙迎上来接东西。从车里出来了一个人，作势去接尤优的坤包，尤优定神一看：戴着黑边眼镜，微微笑着的那个男人，不是吴可非又是谁？

“你怎么来了？”尤优诧异。

“接你啊。”吴可非说。

“那岂不是折杀我？”尤优笑，“到底是怎么回事？”

“我来办事，车坏了，趁李确的车过来，顺便接你。”他笑，“俺们乡下人，好久没进过省城了，想过过眼瘾。”

说话间已经上了车，出了城。吴可非和尤优寒暄了两句，便陷入了沉默。尤优也不再说什么。同学数年，他们是很熟的熟人，一向懒得多说废话。而那些不是废话的话，有司机在一边听着，也还是免了为好。

视线逐渐开朗起来。城外的雪意更浓。路面上的雪虽然已经被清扫干净，但都堆至了两旁，如厚厚的羊毛滚边。两边的田野由近及远，全都是一片皑皑白色。路边隔离带的树木枝杈上，雪在任何一个平处和凹处都白白胖胖地安卧着。都是雪。哪里都是雪。雪在这个冬天下疯了。为什么会有这么大的雪？想不通。这是老天爷的事。可尤优还是忍不住要想。她不由得想起曾经写过的关于雪的词句：千里冰封；万里雪飘；玉宇琼枝；粉妆玉砌；忽如一夜春风来，千树万树梨花开；晚来天欲雪，能饮一杯无……还有另类一些的：雪，你这虚假的纯洁。大地穿着孝衣，在和什么永别？

尤优摇摇头。仿佛要把最后一个句子从脑海中摇去。这是个凛冽的晦气的句子。车正在高速上飞奔，还是不要想了吧。

有短信进来，是一个房地产广告，尤优删掉。接着又是一个号码陌生的来电，尤优不接。铃声又起，是程意的电话，尤优再次挂断。她不能当着吴可非的面儿接程意的电话，她怕自己的声音会露出破绽。短信铃声再次响起，是程意："雪大路滑，注意安全。"

尤优微笑。昨天，她刚刚和程意见过面。

"谁的短信？谁的电话？" 吴可非的语调有些敏感。

"要你管。"尤优道。暗笑他的紧张。他有什么可紧张的？自己又不是他的什么人——但是，且慢，尤优的心突然一揪。他今天的出现还是有些蹊跷。到底是怎么回事儿？机关事务管理局那么多车，他到底为什么要单单趁李确的车？

她马上给李确拨电话。李确关机。

“李确干什么呢？”她问小董。小董不语，回头看了吴可非一眼。

尤优冰寒。把目光转向吴可非：“怎么了？”

“没什么。”吴可非迅急地说。因为过于迅急，反而显得心虚。他显然也意识到了这一点，口气犹豫起来，似乎这是个让话出口的契机，但这话又实在让他难以出口：“……有一点点儿事。”

“什么事？李确怎么了？”

“你要镇静。”吴可非的眼睛在镜片后闪烁着软弱的光，“你要镇静。”

“李确怎么了？”

片刻静默。

“出车祸了。”

尤优觉得自己仿佛被什么猛击了一下，向后靠去。停顿瞬间，又坐起来。

“他现在哪里？”

“梅新市二院。”梅新市是一个地级市，辖管云城。

“情况怎么样？”

“处理得很及时。”

“我问的是他的情况！”

“因为用了很多镇静药物，他现在……在睡觉。”

尤优沉默。

“医生说，”吴可非说，“应该没有生命危险。”

然后吴可非自顾自地介绍：就是今天上午，李确准备到各乡镇水利所拜年，小董母亲突然打了个很急的电话让小董回去，说他父亲突然被雪滑了一跤，可能是骨折了，得马上送医院。李确就给小董放了假，坐着局里的一辆破面包下了乡。返回途中，一辆小货车迎面而来，躲雪堆打方向时因为冻雪而失去了控制，车横到了路中央，李确坐的面包车也因为雪滑刹车无效，便撞了上去。司机撞断了鼻梁，头部外伤。李确的外伤无大碍，内伤却很关键：左脑外囊受伤出血，也就是脑外伤引起了脑出血。

尤优听着。似乎又没听。她的脑子里没有了清晰的意识。她把脸转向窗外，突然觉得白色就是刀刃上的寒光。再也没有比白色更狰狞的颜色了，她想。

“没事。你不用太担心。”面对尤优的寂静，吴可非仍旧空空地安慰着。

尤优持续沉默。吴可非今天的角色显然是工作角色，话语也都是工作话语。她知道自己和吴可非无话好说。她忽然想起，那年一个同事的丈夫车祸去世，李确的二哥李正因为在市交警队工作，第一时间知道了消息，就通知了她，她赶到医院时——也是梅新市第二人民医院，同事还没有到，她就在大门口候着，远远看到同事匆匆忙忙走来，她就开始颤抖。同事走到她面前，还慌慌地笑了笑，问她：“怎么样了？”尤优一把抱住她，说着：“没事。没事。”然后两个人便相拥痛哭起来。

没事。没事。她知道这是谎言，但她却还是不由自主地要这样说。用这样的词语来安慰对方，安慰自己，安慰那个巨大的事实，仿佛用一层轻纱来遮掩一个裸奔的人。那时候的她，人都死了也还可以对当事者说“没事”，吴可非的“没事”又能解析出多少真相？

电话和短信接二连三地进来，尤优都没有看，也没有接。她只想赶快飞到医院，看见李确。她知道这个时候吴可非的话不可信，任何人的话都不可信，最可信的，是自己的眼睛。

3

到了住院部楼下，李正已经在那里等着了。他的眼睛虽然红肿着，但是表情只是凝重和肃穆，并没有想象中可怕的悲怆，尤优稍稍放了些心。李正告诉她：老娘和儿子都已接到他家。他对他们撒谎说李确夫妇都已经去外地出差开会了。怕外人向家里打听情况，把家里电话拔了，说坏了。又派他女儿在家装病，他老婆陪着老太太带着两个孩子。“老太太一忙活，就顾不上寻思了……”

“李确呢？”尤优打断李正的话。李正说他住在神经外科308房，一会儿上去之后她得先到医生办公室一趟，和领导们见个面。

“他们见我干什么？”

“你是家属啊。慰问家属是例行规矩。”李正说，“他们等了很久了。有的领导还跑来了两趟。”

尤优无语。云城不过是个县级市，但是越到小地方，领导就越像领导。到了三楼，吴可非抢先一步出了电梯，喊道：“来了来了。”走廊里聚的都是人。凭感觉尤优知道都是认识的人，可她谁也不看，只是从人群中目不斜视地穿过，走进医生办公室，一股浓烈的烟味儿，领导们都站了起来，礼貌地，节制地朝尤优笑着。尤优走过去，一一机械地握手：副市长，副书记，副主任，副主席……两个大院的正职陈书记和范市长端然立于众人中间。陈书记高瘦白，范市长低胖黑，两个人站在一起，就像是说相声的搭档。

“李确是我们的好干部。”陈书记严肃地说，“我已经和院方打过招呼了，叫他们不惜一切代价救治李确。”

“现在运用的是这个医院最好的技术力量，措施很得当，你不要太担心。”范市长语调温和地补充。

“尤优，李确的抢救很及时，多亏了领导们的关心和爱护。”李正说着，几乎是恳求地看了尤优一眼。尤优知道：自己的沉默已经给他造成了极度的不安。

“谢谢。” 尤优生硬地吐出两个字，“我现在去病房。”

走到医生办公室的门口的时候，一个短发女人抓住了尤优的手。

“尤优，事情已经发生了，只有面对。”她说，“你一定要坚强。”

她个子不高，穿着黑呢子短大衣，很精干。尤优知道她是常务副市长苗青。苗青原来是梅新市教委的副主任，调到云城有三年多了，她刚来的时候，李确还在一个乡镇当党委书记，她不摸基层的行情，闹了几处笑话，被那些乡镇干部们到处传诵。最出名的一个典故是：几个镇长接二连三地去找她批经费，她叫苦道：“没钱啊，早就吃了明年的米啦。你们谁也不体谅我，只会一个一个来折腾我，都不知道我这儿的窟窿有多大。”这话被荤意双关之后，引为笑谈。李确看不过去，推心置腹地向她谏言，她先是大怒，反省过后便悉数采纳，并从此对李确另眼相看。

尤优朝苗青点了点头。

“谢谢各位领导，领导们都辛苦了，请回去好好休息吧。有什么情况我们及时向领导们汇报……”不用回头尤优都能判断出李正说话时的样子。他说出的每个字都和他的腰一样谦恭地弯着。

尤优一直走到308，推开了门。李确的呼噜声马上进入耳膜。他果然一副正在睡觉的样子。白色的被单盖着他的身体，只露出脸，头发已经剃光了，脑袋左边插着一根管子，管子连着一个软袋，里面都是猩红的血水。鼻子上是氧气管。手脚上全扎着针，挂着输液管。

病房里坐着马书记和小董，两人一起站起来。尤优俯身看着李确的脸。

“李确。”她喊。

李确的回答是一声声呼噜。看着李确仿佛酣睡的面容，尤优的心头突然涌起一个词组：我的男人。李确是我的男人。这个躺在病床上的男人，是我的男人，是和我结婚生孩子和我做过爱的男人。她这么想着，忍不住又喊：

“李确。”

“睡呢。”马书记说，“你先喝点水。”

“我不渴。”尤优说，“我要见医生。”

医生说出血部位不是很关键——大脑里没有不关键的部位，所谓的不关键只是相对而言。出血量也不能算少，目前是通过打引流管正在往外排里面的瘀血，下一步治疗要等过几天再做过CT之后才能确定。现在只能这样了。

“最重要的是出血要止住。”医生说。

“他什么时候能醒？”

“他现在是昏迷。”医生更正，“昏迷期一般都得三四天。”

尤优默坐至深夜一点，李正要尤优去睡觉，说马书记派四个人来轮班，加上他和她，一个家人配单位的两个人组成一班，每天分成两班轮值。因此尤优现在的任务是休息。他们已经在医院旁边的小旅馆定了房间。尤优执意不走，李正沉默良久，道：“去吧。以后的日子还长着呢。”

尤优起身，不再争执。

黑漆漆的天空，雪地却那么白。尤优小心翼翼地踩到雪上，每走一步她都对自己说：“不能滑倒，不能滑倒。李确还在病床上，我要是滑倒就不能好好照顾他了。”

走进小旅馆。她一进房间就扑倒在床上，泪水滂沱。畅快的哭泣中，她一遍遍地低声骂自己：“都是你，都是你。都是你害的李确。”——也知道这事其实和自己没关系，可她就是想骂自己。泪水里，无边无际的愧疚汹涌而来，离婚的念头再次显露，却已是尸横遍野。她知道：如果李确不出事离婚还有指望的话，此时她如果再想离婚，不但千夫所指，自己都得把自己杀死。

短信铃声响起，仍是程意：“是否安全抵达？睡了吗？”

程意在省城定居已经一年了，她和程意的偷偷见面也已经进行了一年。当年他们分手之后，程意失魂落魄地辞去了健身教练的工作，南下闯荡。程意告诉她：为了有一天能在给她爱情的同时也有能力给她足够的安全感，他这些年摸索了不少路，吃了不少苦，终于有了丰厚的积蓄，也有了足够的人脉，这些人脉里最重要的关系就是省里一个重要领导的公子。于是他衣锦还乡，和该公子在省城合开了一家高档健身俱乐部，俱乐部非常奢华，全是德国原装的进口设备。有很多高干子弟都是专属会员，某种意义上，他这里几乎成了一个变相的高级社交场所。

"那你就在里面找个公主或者格格，结婚吧。"

"曾经沧海难为水。"

"还是，让那水干了吧。"尤优笑。

"水自己不干，我也没办法。"程意的眼神执着。

尤优低头看着杯子："对不起。"

"孝字当头，我知道你当初也是不得已。其实，伯母也是对的。如果那时我们结婚，以我的状态，肯定不能给你幸福。"

尤优心头荡起一阵暖流。多年过去，激烈的程意也变得如此豁达，这是岁月的礼物。

"但是，现在我能。" 程意又说。

"可是，我已经……"

"你知道吗？"程意打断尤优，"没见面的时候，我很怕你会变成一个肥头大耳珠光宝气的官太太。一见面我就放心了，你还是以前的那个优优。"

"我不是……"

"我认为是。"

尤优微笑。不像个官太太。她喜欢这种赞美。

他们基本上每月见一次，尤优去省城的少，程意来梅新市的多——云城太小，梅新的安全系数要大很多。起初相见时也非常君子，无非是说说话，聊聊天，吃个饭，程意半真半假地和尤优开开玩笑。他从不急着让尤优表态。

“离婚是件大事，你又有了孩子。你一定要想好了再决定。我等你。”他说。

“谁说我要离婚？我和李确很好，不会离婚。”感动之余，尤优又为他的判断莫名其妙地赌气。

“你知道吗？这根手指用来遮眼睛最方便，”程意举起食指道，“因此有哲学家曾经说：自欺就是食指，是我们用得最多也最顺手的食指。”程意突然郑重道，“你和他之间，真的还有爱情吗？”

尤优沉默。这种问话通常都是女人的台词，被程意这么一字一字地问出来，总有些怪异。但也是沉甸甸的怪异，仿佛是秤砣在压着稻草。尤优意识的刻度在李确的名字里摇晃。还有爱情吗？这话多么残酷。但更残酷的还不是这句，而是：你和他之间，曾经有过爱情吗？

冰冻的记忆还是被一次次的见面捂热起来了。他们去唱过歌，去野餐过，也进行过几次当日即返的短途旅行。昨天，他们在程意的办公室喝着咖啡，程意忽然聊起了一些极细节的往事：“那时候，你喜欢用手拢头发，一拢，一拢，手指头像个小梳子似的。有一次，你有一个黑发卡没戴好，甩头发的时候落在了地上，我像宝贝一样把它藏了起来，现在还放着呢。是最普通的那种黑发卡，一面是平的，一面是波浪线，上面的漆都有些掉了……”

尤优听着听着，有些毛骨悚然，却又心旌摇荡。她窝在沙发上，神经渐渐松弛，感觉到程意的气息越来越近。然后，他握住了她的手。他的手很大，一根根棕黄色的指头，硬糙得像风干的柴禾。尤优的手衬在他的手里就像白玉一样，只是这玉是软的，绵的，暖的，润的。尤优突然发现，已经很久没有觉得自己的手是这么好看了。已经有很久，李确没有这么握过她的手了。仿佛在程意的手里，她重新生长了一遍自己的手。

然后，程意的吻就来了。在近乎麻木和迟钝的表情掩护下，尤优任由自己的唇舌开始了疯狂的漫游和奔跑：那里面有一座森林正被长风吹起，那里面有一个乐队正在琴鼓和鸣，那里面有一片繁花正开得七色缤纷，那里面有一条大江正吼得如狮如虎……

“优优，”程意耳语呢喃，“我们悠悠吧。”——“悠悠”曾经是他们之间的秘语。

“不，”尤优断然拒绝，“不好。”

——那是昨天。

尤优擦拭一下泪水，将程意的短信删去。想了想，又将程意的手机号从手机的电话簿里删去。如果可能，她恨不得也将昨天的记忆从大脑里删去。在这个房间里只有自己，即使如此，她也无比羞耻地觉得：哪怕只有一吻，自己昨天放纵的快感，也对不起李确今天的灾难。

4

已经是腊月二十三。二十三，祭灶官。年气越来越重了，来看李确的人从早上八点钟开始，川流不息。尤优知道：这些人都是来梅新市置办年货的。一向如此，村里的人去镇上办年货，镇上的人去县城办年货，县里的人来市里办年货。人们趁着办年货的时节过来看李确，公私兼得。

李确仍然在昏迷中。医生叮嘱说不要让人随便进病房，免得太多细菌交杂引起李确感染。病房有前后两条走廊，前廊供正常出入，后廊供洗晒采光。尤优和李正商量了一下，前后门都锁上，前门只对护士医生开放。后门只供自己人出入，对于所有探望病人的人，只让他们在后窗玻璃看一下。

“谁都不让进？”来人往往会问。

“是的。医生说的，怕感染。对不起。”尤优机械地重复着语言和表情。

“怎么一直在睡？”

“用了大量的镇静药，医生说这样会强迫他多休息，对恢复脑伤有好处。”尤优说。李正同她商量过，不能再用昏迷这个词了。说昏迷听起来很严重，造成的影响不好。

一天十九瓶液体。只要有片刻闲暇，尤优就会坐在床前，盯着输液管里的液体，一滴，一滴，又一滴。小小的药水的河在李确体内冲刷着，它们长着小小的牙齿吗？它们会吞噬掉那些可恶的病菌吗？事实上它们自己也是病菌，病菌和病菌打架，以毒攻毒，看谁凶得过谁……透亮的清水一样的液体在体内循环了一遭，成为尿液汇集在储尿袋里。尿袋鼓涨，鼓涨，快满了，尤优轻快迅捷地拔去下面的塞子，“哗”，温热的液体排进了便盆。只要尤优在，她绝不让别人碰尿袋和便盆。李确最污秽的东西只应该和她有关。她就是这么想的。

有人送东西，也有人送钱。送钱的人都是李确素日提过的比较亲密体己的人。他们将信封塞在尤优的包里，尤优没有点也没有看，更没有记名字。信封上肯定有送者的亲笔签名，没有人会愿意当个无名的送礼者。她知道。相比于送钱的，送东西的人要多一些。——置年货顺便给他们夹带一份？给现金还得找发票补账，不如东西来得利落，好交代。更多的人则是什么都不带。“听说还不能吃什么，等他醒了，看看他想吃什么再买。”有人这么解释。还有人说：“听说出了事，我们就慌了，先想着跑来看看再说。没顾上买东西。”

尤优一律表示感谢，然后将他们送走。也许这些理由是真的，但尤优知道要全去相信的话也未免天真得配不上自己的年龄。更大的可能是他们不想浪费自己的钱物。如果李确不再醒来，他们在丧仪上付一笔礼金就可一了百了。曾经，李确的一个领导车祸重伤，在医院里只熬了一夜。李确本来打算去买礼品的，第二天早上听说那人已经死了，便直接用白信封包了礼金去了火葬场。——当然，如果李确……他们也甚或就会根本不来。来慰问她这个没有用的遗孀干什么呢？

病房和前廊都不让放东西。尤优将东西归整在了后廊上。看着这些东西，尤优忽然想：如果李确不是伤了脑子，而是伤了胳膊腿儿的话，东西肯定会比现在多吧？伤重了收的东西少，伤轻了收的东西多——这一点儿也不奇怪。明摆着的：伤轻的话这个人还有用，伤重了这个人很可能就没用了。

尤优闷闷地看着这些东西。以前收的东西比自己想象中的多，尤优看着闷。现在收的东西比自己想象中的少，尤优看着也闷。为什么自己总是感觉这么闷？想了想，尤优明白了：以前李确当官，她是以老百姓的态度看待李确。现在，李确躺在病床上了，也许以后就不是官了，她又开始以官太太的态度来看待那些送礼的人。她的态度，总是那么不合适。和李确不合适，和送礼的人不合适，和官里官外的人都不合适。

不少看客的眼神里有忍不住的兴奋和好奇，有的甚至是幸灾乐祸。尤优的眼睛像雷达一样灵敏，她将这些眼神的成分一一分辨，储存在自己的内心。我要记住。她对自己说。可是，记住是为了什么呢？她不知道。她知道的只是：我要记住。我要记住。我要记住。

李正经常过来和她探讨病情。他们俩说话的时候，李正一定要把李确单位的人差遣出去。李正说："谁知道谁操着什么心。正是关键时候。"

"什么关键时候？"

"年后就要动李确他们这个级别的干部了。他还是副处级的后备人选。对了，吴可非也是。本来他们俩还有一拼……"

尤优沉默。动干部是官场常事。只要是个有点儿能耐的干部，就会不断地被人动。有时动得好，有时动得坏，有时动得一般，有时动得惊人。有时从平地登了天，有时从天上摔到了平地，甚至会直接摔到谷底里去。一般来说都是年后动干部。于是每到那时候，云城大大小小的机关就会雷隐隐，雾蒙蒙。

“年后动干部是不是就是为了年前收礼？”尤优曾这么问过李确。

“领导如果想收礼，随便找个由头就行，不在乎年节。”李确说，“我想更重要的原因是时间合适。上年度工作已经盘点结束，新年度工作还没有开始，春节大假之后换了领导，一切就都是新气象了。适应一段时间正好就能赶上春季的工作高峰。”

“可是煎熬得多少人年都过不好呢。”

“我提拔的这几次，你的年过得不都挺好的？”

尤优笑。她承认这些年李确虽然一帆风顺，官场对她来说却是个空白。一来是李确从不对她讲，二来对此她也没有任何探究了解的兴趣和欲望。

很快，尤优就发现李正往病房里带人了。她问李正，李正说都是领导，还有的是他最要好的熟人。

“遵守原则也得看情况。”李正说，“你说是不是？”

“只要是对李确好就得坚决遵守。”尤优说，“都什么时候了，还看人情！”

李正一语不响地离开，尤优听出了这沉默中的愤怒。李正在交警队的领导岗位工作多年，虽然在家里收敛了很多，但说话做事还是不自觉地会带出人民警察的强悍作风。但尤优也很决绝。为了李确，她绝不退让。哪怕是李确的同胞哥哥。

手机响了，是尤良，打电话问李确的情况。这两天他没少打电话给尤优，询问得很仔细，不厌其烦，似乎他是个出差在外的主治医生。尤良说自己工作很忙，过不来，只好在电话里了解一下情况，解解心焦。尤良在邻县一所乡卫生院当医生，一直想当院长，曾经跟尤优提过几次，要她和李确好好说说。尤良的业务水平不是普通的一般，一下班就知道推牌九，多多少少总要欠些赌债，为此夫妻两个时不时就会闹得鸡飞狗跳，实在是让人不省心也说不得嘴。因此尤优只是敷衍地提了提，李确便也含糊地应了应。后来尤良又提出想调回县局里去当个中层，李确也一直拖延着，对尤优说人要是不争气，安排的地方越好，将来丢的人就会越大。空空期待了很久，尤良才算是彻底明白了李确的态度，对李确连带尤优都心生罅隙，两家就此有些不睦。

“我也很忙。”尤优心烦着这种电话的负担，“你要是实在想知道，就在百忙之中抽出点儿时间亲自过来看看吧。”

下午的时候，尤良夫妇两手空空地来到。尤良问了情况，看了片子，说：“其实很严重。”尤优心里一沉，说医生说过不会那么严重，尤良哂笑道：“他当然不会说严重。那是为了给你心理安慰。”

尤良毕竟是医生。他说的应该是真的。尤优觉得自己的心直直地朝深渊里掉去。忽然想：他真是愚蠢。如果我是他，即使真的比较严重我也不会这么对妹妹说。我会用食指，用程意说过的那根善良的食指来遮盖一下妹妹的眼睛……尤优正懵懂着，尤良又问尤优需要他帮什么忙，是客套的语气，尤优又突然萌生希望，道：“你在这里待一晚上，教我一些护理知识吧。”尤良却又犹豫了，说单位还有事情没有处理完，必须得走。再说他老婆儿子都怕放炮，今天晚上祭灶，他得负责放炮。

“那你走吧。”尤优再也不看他一眼，转身欲进病房。

“优优，那些东西……”尤良有些讪讪道，“我有车。”

尤优用后背顿了一顿，关上了病房的门。手机一直在响，尤优挂断所有的来电，关机。心非常冷。尤优却简直想笑起来了。当然，尤良的无耻有他的道理：她不能把他怎么着。而李确单位的那些人之所以乖乖地听从马书记的指派在这里值班，就是因为李确是个能把他们怎么着的领导——是个可能醒来也可能醒不来，不过到底有可能醒来的领导。

手机如死亡一般平静着。尤优的心却闷得一节一节到了喉咙。她又打开手机：她想在此刻找个人依靠，哪怕仅仅是语言上的。她查看着手机里储存的号码，一页一页翻下去。同事，领导，邻居，会议上认识的会友，飞机上认识的飞友，翻到姓程的一列时，她又想到了被删去的程意……不，都不能说，不能说。说了又怎么样？即使是自己的亲哥哥，也连一个晚上都不肯调剂出来。——因为他除了很忙之外，还要负责放炮。

尤优再次关机。她突然意识到：自己已经没有了朋友。以前，曾经，她有那么多朋友，有那么多可爱的、有趣的、生机勃勃的朋友，但是，不知从什么时候起——也许就是从和李确结婚起，渐渐地，她的朋友越来越少，直至全无。有李确的缜密筛选，也有她的主动灭绝。因为她渐渐发现：即便是少女时代最清澈如泉的闺密，每隔或长或短的一段时间也都会有或大或小的事情来转托李确帮忙。更不用说其他所谓的朋友。如果说友情是一件华衣，李确就是衣服的主体，她不过是这衣服的一道蕾丝花边。既然如此，那就干脆把花边撕了吧，她喜欢简洁。

不久，李正赶到，批评她说这个时候关机极为不妥，会被人猜测李确很严重，这种猜测引起的影响也会很严重。尤优又打开手机，开始接电话。按照李正的吩咐，只说越来越好。当然口气要有所区分。对待高于李确的领导，是感谢的，恭敬的。对于平于李确的领导，是亲切的，松弛的。对于李确的下级，则是节制的，简约的。对于亲戚们，则是温暖的，宽慰的。一遍又一遍，不同的声音，不同的语调，微妙的谨慎的措辞……李正的手机也是一样。此起彼伏。看着李正憔悴的脸，尤优忽然想起那句最平常不过的俗话："打虎还是亲兄弟。"可这亲兄弟，打的是什么虎呢？

"哥，"尤优喊。她想说声谢谢，话出口的一刹那又消退了这个念头。对于李正，谢谢这两个字过于轻浮了。于是她道："那些东西，你看怎么办？"

"家里是没地方。"李正沉吟片刻，"处理给医院附近的超市吧。"

"李确以前说过……"

"是，我知道这么做影响不好。但是放在这里，影响更不好。"李正又想了想，"两弊相比，取其轻吧。"

第二天，尤优拿到了小董交来的第一笔款：三千六百二十七。她拿着这沓钞票，走进了医院对面的邮局。

5

因为插了导尿管，尿道口很容易感染，需要及时清洗。尤优按照护士教的，用棉签蘸着温水，慢慢地，轻轻地擦拭。尿道口分泌出的黏液却越来越多，越来越多。“怎么办呢？”尤优问，护士说：“可以冲一下。”

李确仍在睡着。睡得那样沉，连给他最敏感的地方冲洗他都不知道。塑料布铺在他的臀下，护士用针管抽了温水，尤优扶着李确的阴茎，护士一遍遍给李确冲着，有水珠落到了尤优的手上和李确的大腿上，护士给尤优递去毛巾，尤优把水珠擦干净，然后护士继续冲。尤优的脑海里控制不住地闪现出她和李确一幕幕做爱时的情景。这是男人的命根子，这是男人的标志，男人以此成为男人，女人以此成为女人。初历时尤优以为它是丑的，后来才感觉到它的美。而现在，它柔软，无助，黯淡，清洗过后甚至还有些肮脏。它还可以吗？尤优的心一阵深痛。也许对于李确这个奇妙的器官来说，性爱已经成为难以企及的高端游戏，它主要的功能就是排泄出黄澄澄的尿液，让李确能够膀胱舒适，安然入眠。尤优又不合时宜地想起有一次在歌厅唱歌，一个男同事点了《把根留住》，一个看不惯他的女同事马上叫服务生：“我要《一剪梅》。”——没有比这更刁钻的接曲了吧？

“你笑什么？”护士问。

“没什么。”尤优诧异。自己笑了吗？她想了想，又说：“李确要是醒过来的话，肯定觉得你在身边挺不好意思的。”

“病人在我们眼里从来都不分男女。”护士说。

清洗完毕，护士上卫生间洗手，尤优把被子给李确盖上，掖左边被角的时候，突然，李确伸出左手，轻轻地握了握尤优的手。尤优几乎是惊喜地去看李确的脸，他已经睁开了眼睛。他的眼神很亮，却是有些滞的那种亮。

尤优连忙俯到他的脸上。

“李确。”尤优喊。

李确点点头，从喉咙里吐出了气息：“优优。”

尤优的眼泪一下子涌出了眼眶。在心上最悬的那点儿东西，眼看时时都会把自己的心砸得一团模糊的那点儿东西，终于放下了。她知道，哪怕李确将来残废，将来要坐一辈子轮椅，她最想要的那点儿东西，保住了：她的李确神志还清楚，还有记忆，还记得她的名字，这是最重要的。这不至于让他以前所有生命的影像成为空白，而只要以前的不成为空白，以后的也不会成为空白。“记忆没有任何力量。”——这是谁说的话？有时候，记忆就是全部的力量。

然后，李确不再说话，他左看右看，最后他只看着尤优，非常认真地看着，探询地看着，很明显地在等着尤优说什么，尤优明白了：李确在等她解释。解释自己为什么躺在这里。他还记得出事之前的事吗？他除了自己的名字之外还记得多少？

“我们哪一年结的婚？”

“1995 年。”

尤优落着泪笑了。

“你，有病了。”尤优说，她轻轻地抚着李确的额头，“咱们啊，有病了。”

她一五一十地给李确讲了起来，讲了积雪，讲了车祸。李确摇摇头，笑着，听着。很快，李正和局里值班的人也过来了，大家你一言我一语地和李确讲着。可以看出，李确还接受不了这么多的信息，他看看这个，看看那个，听了一会儿，似乎很累，然后双眸一闭，接着睡去。

尤优只觉得自己浑身的骨头都松了。是微松，松了一节。就这也好。然后她也倒在另一张床上睡去。三天了，她一直没有真正地睡着。

她是被李正的电话吵醒的。李正告诉她：“马上收拾一下病房。苗市长和两个老一都要来看他了。”尤优马上明白他说的是陈书记和范市长。等她打仗似的将病房收拾齐整，两位领导已经各自带着秘书和司机到了。院长和副院长也闻声过来，顿时浩浩荡荡站了满屋子人。尤优将矿泉水一瓶瓶打开递过去，陈书记和范市长一边接水一边分别和尤优握手，陈书记问尤优：“醒过没有？”

“醒过来两次。”李正马上说。尤优看了李正一眼，明白了，补充道：“刚刚半小时前还醒了一次，说了几句话，又睡了。”

“哦？”陈市长饶有兴味，“说了什么？”

“他问自己是怎么回事，我告诉了他。我还特意考了考他我们是哪一年结的婚，他的答案非常标准。”

陈书记和范市长朗声大笑，满室皆欢。

“他还提到了工作，说恐怕要耽误一段时间工作了。”

“什么工作！”范市长大手一挥，“他出事就是为了工作，现在嘛，把病养好就是他最重要的工作。只是这段时间要辛苦你了，好好照顾我们李确。治疗费不用担心，我和马书记说了，水利局下属这么多单位，还供不起一个局长看病？李确的身体你也不用担心，他年轻，肯定扛得过去，是不是陈书记？”

“当然，”陈书记说，“我也出过两次车祸，比他的还要严重。结果出一次就被提拔一次。我看，李确也是到时候了。”

众人知趣地又笑。

他们走后，李正表扬尤优，说她悟性很好，很知道该怎么应付场面。尤优自己也惊奇自己，仿佛是无师自通似的，就替李确说了谎。也许，这算不上说谎。如果李确正好醒来，他一定会这样表态的。尤优确信。

6

有时候醒来，李确的眼睛亮晶晶的，像个孩子。有时候醒来，李确的眼神又非常空茫，像个老人。可以肯定的是，李确清醒的次数越来越多，清醒的时间也越来越长了。他一段时间一段时间地清醒着。慢慢地，也能坐起来了。清醒的时候，他基本不说话。坐起来后的第一个动作就是去找自己的右臂。他的右臂因为脑部瘀血压迫的缘故不能动。完全不能动。李确就拿着自己的左臂摸着自己的右手，一根手指一根手指地反复数着，反复看着。医生过来查房，从口袋里拿出一个尖利的叉子一样的东西使劲儿挖他的右手心，他“吱吱”地号叫着，下意识地将右手臂蜷缩起来。也只是在这种强刺激的情况下，他的右腿才会蜷动。平时就那么一动不动地在那里待着。对于右侧的肢体，护士通通称之为患肢。她们嘱咐尤优：多按摩他的患肢。睡觉的时候，不要压迫患肢这一侧。在给他扎液体的时候，也尽量不要扎在患肢上。

“只要会动，不就能证明将来没问题吗？”尤优问。

“不一定。这只是强刺激下的反应，不是自主运动。”医生回答。又朝李正和尤优笑笑：“你们不是说要保命吗？现在，我肯定他没有生命危险了。”

第六天，李确头部的引流管和血袋终于被撤掉，看起来没有那么瘆人了。李正也才把老太太接来，告诉了她真相——老太太在家里早就急得跳脚，已然是瞒不住了。看到母亲，李确清晰地叫了一声：“妈。”

老太太落了泪。

儿子也过来了，怔怔地看着李确，仿佛不认识了一样，又仿佛吓傻了一样。尤优把他推到李确跟前，李确伸出左手，摸摸儿子的头，笑了笑。他的右面部肌肉像石头一样僵硬，嘴角看起来明显歪斜，笑过片刻，一丝清亮的口水从他的嘴角缓缓流出。

时满一周，李确的输液量由十九瓶减至十一瓶。医生说李确该插胃管了。插上胃管给他输送流质，用食物补送营养要比用药物补送好得多。

尤优没想到胃管的下法那样直接，看着医生将一根长长的管子朝他的鼻子里插去，他挣扎着，仿佛被电击着了似的，但他挣扎得是那么无力，无效，无用。管子还是斩钉截铁地插下去。插下去。插下去。插下去。插下去。医生插管的速度很快，在尤优眼里却漫长无比。李确终于安静下来，尤优却早已经偏过了头，大口大口地喘着气，泪水从眼眶里憋了出来。她抬起胳膊蹭掉，不让任何人看见。在李确昏迷的时候，这些折磨都不算什么吧，但是现在李确醒了，这些小小的折磨也醒了。

接着尤优就学会了用胃管给李确打饭，医生说会有胃出血，叮嘱尤优，每次在给李确打水和打饭之前，都要先抽一下胃液，如果有咖啡色的絮状物出现，那就是胃出血了。尤优问为什么会胃出血？医生说：一、脑部出血之后，胃部很容易就会出现应激性出血；二、下胃管给胃造成的创伤一般会让胃稍微出血。

于是就先用温水抽胃液。胃液是透明的，尤优放了心，开始给李确打小米粥、大米粥，加上芹菜汁、果汁。有时候是鸡蛋花，牛奶。有时候是面条。每次给李确打饭的时候，他都不说话，只是睁眼看着。尤优说："吃饭了。"然后便用针管打给他。不经过味蕾的研磨，食物在这个过程中没有任何可以享受和品味的因素，只是充饥，但吃还得吃，打还得打。尤优还特意买了特粗的针管给他打面条。打过之后，将胃管用纱布扎好，对他说："扎好咱的大象鼻子啦。"——都是笑着做的，也是笑着说的。

天仍然不时下着小雪，尤优打发李确吃了饭，自己再去外面吃。在医院西侧的一个小巷里，卖着各种各样的吃食：米线，烩面，炒凉粉，炒面，包子，烧饼夹肉，饺子，胡辣汤……尤优踩着积雪，一步一步地朝那些小摊走去，小贩们都热情地招呼着尤优："来点儿什么？""进来坐吧。"

走在这里，谁知道我有一个病人呢？谁知道我的丈夫正重病在床呢？谁知道我这样一个笑着的女人在想着什么呢？马上就是春节了，这些为了赚钱而在街上做着生意的人们，这些笑着招呼我的人们又都在想着什么呢？尤优慢慢地走着，朝他们笑着，无边无垠的寂寞在心里铺开晕染。

——尤优的笑确实多了起来。尤其是在人前。尤其是人多的时候。也不知道为什么要笑，就只是一种强烈的意识：必须笑，一定要笑。只有笑才最适合。她笑着接人待物，笑着和医生护士寒暄，笑着跟相邻病房的人打招呼……她也越来越能吃了，那天，李正去吃早饭的时候，问尤优给她带点儿什么。

“一屉包子，两份小米粥，一份豆芽菜，一份腌萝卜条。”尤优说。

“哦。”李正看了尤优一眼，“是得多吃点儿。”

尤优笑笑。李正一定在心里骂她没心没肺吧？这个女人，丈夫重病在床，她早饭还有心情吃这么多。“可我就要吃。”尤优对自己说，“我就要吃。我要多多地吃。我绝不能让自己在照顾李确的时候倒下。粮食会通过我的肠胃化成力气，支撑着我。我再去支撑我的李确。”我的李确。我的李确。她在内心重复。是的，是我的李确。她从没有如此真切地感受到：李确此刻不属于工作，不属于职位，只属于她。这个最弱最弱的李确，这个破绽百出的李确，此刻，只属于她。

按照习俗，大年初一之前都得洗个澡，用来除去一年来的积尘。大年三十上午，尤优抽时间回了趟家，洗了个澡，换了换自己的贴身衣服，简单看了看儿子的功课，又搜拣出儿子近期要穿的衣服，说 ：“你过年穿不上新衣服了，没时间给你买。”

“没关系。爸爸生病了，要花钱的。”儿子懂事地说，“总共要花多少钱？”

尤优想解释一下不是自己家拿的医疗费，想了想，还是觉得不解释为好 ：“不知道，要爸爸出院的时候才知道。”

“那已经花了多少钱了？”

“大概三四万吧。你打听这些干吗？别管那么多。”

“报销吗？”

“你爸爸是在工作岗位上负的伤，当然应该报。”

“应该报？那就是说，还没有报？”

“你刨根问底的干什么？”尤优真是奇怪这个九岁的孩子，“你不用操心。”

“妈妈，”儿子沉默片刻，又说，“我不太喜欢吃肉。”

“怎么了？”

“你以前老是给我买鸡腿，其实我不太喜欢吃。我也不太喜欢吃排骨。你往后少给我买吧。一星期吃一次就行。”他顿顿，“最多两次。”

尤优抱紧儿子。

“还有，金针菇又贵又不好吃，我也不想吃了，以后也不要给我买了。”

尤优痛哭起来。

“妈妈，别哭。”

尤优将满是泪水的脸贴近儿子，狠狠地亲吻着。

婆婆说要她上街买些鞭炮和春联。鞭炮要买一万头的，“去去晦气。”

尤优怔了怔。已经有很多年，她没有买过这些东西了，都是李确的司机或者办公室的人买好送到家里来的。她环顾了一下冷冷清清的家，往年这个时候，即使只有一个老人在家，家里也有一种丰足和满乱，现在，只有一个老人而已。

她带着儿子上了街，刚买了一副春联就发现儿子不见了，想去找又不敢找，只好站在原地等着，儿子终于姗姗出现。她狠狠地打了一下儿子的头，问他哪里去了，儿子噙着眼泪道：“妈妈，我去问了问别人买的价，你的春联买贵了。你买五块，人家三块五都买了。你得跟人家搞搞价。”

除夕之夜，短信爆满，尤优不回复，通通删去。程意的短信她多看了一会儿，也删了。但那几个字还是深深地印在了她的记忆里：

“春天如爱，爱如春天。春节快乐！”

仿佛确实如此。因此，爱和春天是一样的短暂啊。尤优想。

十二点钟敲过，全城鞭炮骤响。尤优独自站在医院空旷的花园里，和着震耳欲聋的炮声，冲着深蓝的夜空声嘶力竭地长啸了一声：“啊——”

7

李确能朝窗外的探望者们挥手致意了，来看李确的人也越来越多。有的是第二次来，第三次来——几乎都拎着东西了，也都表示想跟李确说说话。但这不过是十天时间，还需要格外小心。尤优便不同意。然而还是有特别强势的人硬闯进来。一次，有个人几乎是挤进了门，到床边大声地和李确寒暄，尤优怒目着他，直到他讪讪离去。李确点着尤优的额头，说："凶。"

"生怕你不知道他们来看过你似的。"尤优道，"真正为你好的人，不会进来。"

李确笑笑。

大年初五那天，梅新市的百货大楼全体商品打三到五折，来看李确的人也多到了顶峰。正赶上医生给李确下了张 CT 单，去拍 CT 的时候，李确躺在推拉床上，帮忙的前呼后拥，如同伺候皇上出巡。有一些人只能勉强搭上一只手。上电梯，下电梯，从这个床移到那个床上……走廊上的行人纷纷驻足，议论："是谁家的亲戚，怎么这么多人啊？"

谁家的亲戚呢？尤优自问。她跟在队伍的后面，茫然地，微笑地走着。

做梦一样，和尤优早已毫无联系的一些人都过来看李确：小学同学，初中同学，高中同学……曾经的班花同桌已经彻底成了黄脸婆，离了一次婚又结了一次婚，做了后母。让尤优曾经动过一点小春心的数学课代表也成了一个大腹便便的中年男人。最让尤优意外的是高一时的班主任也来了，他说他多年前也遭遇过一次车祸：他骑摩托车被一辆卡车撞到，他后座上载着的人死了。

对他们的到来尽管感到意外，尤优还是客客气气，礼数周全。心里虽然也不时泛起微薄的感动，但最强烈的还是厌恶：她厌恶这种不着边际的安慰。她打心底里不希望他们来。一来无用，二来要应酬，再就是她不愿意欠他们无谓的人情。她在处世经营方面一向疏淡，不相信自己会有这么好的人缘。那么这些人到底为什么来？想来想去，最主要的由头或许就是：这件事的主角是李确——堂堂的水利局局长，车祸受到重创，这种本埠新闻的后续报道多少都会令人有些好奇。另外一些由头就是借此积累一些交情：万一他将来好了呢？万一他好了之后还是局长呢？万一以后用得着他呢？……是这样吧？所以她厌恶。当然，她知道精明、势利、算计等中也有厚道和善良，但是厚道和善良夹杂在这些东西里，也让她一起厌恶。

没多久，姨妈又打电话说要和表姐一起过来，尤优不让。姨妈已经年过七旬，再这么过来，她还得担心她。姨妈却执意要来，尤优终于崩溃，滔滔不绝地斥责道："你们来干吗？来干吗？我知道你们想要尽尽你们的心，可是你们只想尽你们的心，想过我吗？你们要来了我还得接待你们，我多累你们知道吗？你们就想尽你们的人情，没有想到我的感受！人怎么都这么自私啊？怎么什么时候都想的是自己啊？"

姨妈被吓住了一样，说那就不去了。尤优道："你好好的，让我放心就行了。"

姨妈乖乖地说："知道了。"

放下电话，尤优眼睛一阵酸涩。但她没有哭。

很奇异的，李确在关键的时候总是表现得很好。一次是苗市长过来。

“最近怎么样？”她问。

“可以。”李确说。

“要安心养病，不要担心工作。”

“好。”

李确的话不多，但字字都答得有劲道。最后苗市长走的时候，他的口齿格外清晰地说：“慢走。”

“我看你快好了！”苗市长惊喜地说，“好好养着，再见！”

“谢谢！再见！”

苗市长走了，李确久久地沉默着，终于问尤优：“谁？”

“苗市长。”

“哦。”李确恍然。

“不认识了？”

“认识。名字，不行。还有，谁？”

尤优明白他是在问其他来过的人，于是尽力搜刮自己记得的：赵局长，秦局长，武局长，薛局长，金局长……

“陈？范？”

“来了。”

李确点点头：“半个月，上班。”

“什么？”尤优瞪大眼睛。

“上，班。”

“不行！”

“你不懂。”李确的眼神突然变得鲁直起来，如同湖水干涸，露出了凄厉的湖底。他白了尤优一眼，想说什么却说不出来，就指了指自己的头。

“头发？”尤优愣住，“会长出来的。”

李确摇头。

“想戴帽子？觉得冷？”

李确依然摇头。

尤优似乎明白了什么：“怕自己的位置保不住？”

李确满意地点头：“要占。”

这样坦白，这样赤裸。如果不是他的神志还没有完全恢复，以他素日的低调和内敛，他是无论如何也说不出这样的词的。尤优既难过又震惊。

“别想着这个了。”尤优终于说，“身体是个一，其他都是零。你先把身体养好再说。”

“那，就，迟了。”李确吃力地说，“傻！”

然后他要过自己的手机，用左手熟练地开机——尤优都要怀疑自己的眼睛了，这么重的病，几乎没有妨碍他使用手机的流畅性。手机仿佛是他的另一只手。然后李确拨通了手机，对着手机响亮地叫道：“陈书记，你好，我是李确！”——那声音如此明晰，如此正常，仿佛他以往的病态都是一种假象。

尤优看着他，如同看着一个奇迹。

“……我很好……谢谢领导关心……我半个月……能上班……对……对……好……好……谢谢领导……再见……”

放下电话之后，李确的额头满是汗水。

李正过来，李确已经睡了，尤优马上把李确刚才的表现告诉了李正，李正道：“胡闹！还不会下床走路，就想去上班！”寻思了一会儿，道，“这样也好，让领导知道李确没有那么严重。

等我和主治李确的副院长说一声，他和陈书记是党校同学，说不定陈书记会问他李确的情况，让他只能朝好处说。没办法，必须得全力以赴，好歹熬过了动干部，李确就能松了劲儿好好治疗了。”

又垂着头垂了半天，道：“李确努力了这么多年，这个节骨眼儿倒了霉，咱只能尽力，不能让他功亏一篑。”抬头看着尤优，突然笑了，“他在领导们面前表现得这么好，也算争气，是不是？”

尤优无语。

“还有，我明天开始给医生们送过年礼，院长就不送了，主治的副院长、科主任、主治医生、护士长，一共四个，分别是四千、三千、两千、一千，一共一万。你觉得怎么样？”

“好，我明天就取钱给你。”尤优说。

沉吟片刻，李正要尤优去超市给李确买拖鞋和袜子。

“医生说要穿了吗？”尤优惊喜。又有些疑惑。李确不是还不会下床走路吗？

“肯定要穿的。”李正说，“肯定。”

尤优明白了。李正这是在用鞋子给李确“冲喜”。他要让鞋子和袜子给李确带来一个确凿的盼头。

“好。我现在就去。”尤优勉强笑笑，走到卫生间。看着镜子里的自己。她看到自己的眼睛里满是陌生的东西，让她觉出隐隐的恐怖。

偌大的超市里，这边是五块九的七匹狼棉袜，那边是十三块八的洁婷卫生巾，这边螺旋楼梯式的衣架上是色彩缤纷的花雨伞牌内衣，那边化妆品展示台上是玉兰油琳琅满目的赠品……尤优在人潮中站立着，觉得自己离周围的人是那么远，离这个超市是那么远，离这个世界是那么远。她握着一双深灰色后包跟的男棉拖，终于泪如雨下。

8

李确的语言越来越显示出了问题，最主要的问题是两个。一是用词错误。要电视机的遥控器，他说是要电脑。要碗，他说是筷子。要枕头，他说是被子。大方向是对的，就是精准程度不行。叫最熟悉的人的名字，也得要想半天。常常看着尤优叫“妈”，过后马上自己明白过来，但下次叫的时候，还是脱口而出。二就是逻辑混乱。哪怕再短的句子，等他说出口也都变成了无序倒装句：“纸，给我，优优。”“水，优优，我要。”

“脑外伤并发症。”尤优去问医生，医生回答得很干脆，“他脑出血的点儿恰好在语言中枢上，肯定损伤了一些语言神经。”

“多长时间能好？”

医生笑笑，沉默。

“能好吗？”尤优自觉退步。

“一般来说，随着时间的推移应该会好转一些，但是好转到什么程度很难预料。听说如果进行那种专业的语言康复训练，把握可能会大一些。”医生看着尤优的脸色，“术业有专攻，这方面我是外行。网上有相关信息，你可以查查。”

果然是术业有专攻。网上资料显示：做语言康复训练最好的地方是中国康复研究中心，在北京。尤优上网查出电话号码，打电话过去咨询，一位姓李的教授告诉她：他们在全国各地培训了很多语言康复训练师，梅新市第一人民医院康复分院有一个姓杜的女医生就在他们那里培训过，做得很出色。他们直接去找杜医生即可。尤优马上又查得杜医生的资料：毕业于省医科大学，除了曾在北京进修过语言康复之外，还曾经在日本专修过言语和听力康复。现在是市第一人民医院康复分院任听力语言科副主任，副主任医师，带有研究生。

尤优很快和李正商量了一下，立马带着李确的片子去找杜医生。他们到的时候，杜医生正在给病人进行训练。他们等在训练室门外，清晰地听到了整个训练的过程。听来无奇，就像妈妈在教小孩子说话。杜医生语调安详，耐心地数落她的病人："鸡蛋碰石头的后半句是什么？是什么？自——不——量——力！下次问你的时候，别再说跟我说'一——碰——就——碎——'，好吗？"

尤优忍不住笑起来。

"有那么好笑吗？"李正不满地看了尤优一眼。尤优顿时明白了他的弦外之音：真是个没心没肺的女人啊。

和她的资历比起来，杜医生显得很年轻，三十五六岁的样子。鼻子略带些鹰钩，有些异域风情。头发烫的是不大不小的卷儿，看起来更像个外国女人了。她的神情非常自信，很喜欢笑。也许是职业的关系，她很爱说话，都显得有些饶舌了。病人结束训练，她跟人朗声道着再见，道完再见又道拜拜，然后将那人叫住，纠正他的发音。再重复告别的过程。送走了病人，她一转脸就训旁边的实习生："你们怎么老问一些没有质量的问题？我们的语言训练是说废话吗？”

看了李确的片子，仔细询问了李确的语言情况，她马上起身：“我跟你们去二院看看病人，他现在的情况应当马上介入语言治疗。越早效果越好。”

“可是我们那边的治疗还没有结束啊。”李正说。

“没关系，我可以天天去。”

“太好了，我们车接。”

“没车的话我可以打车，”她笑，“不过你们得报销车费。”

“杜医生，他会说简单的话，为什么还是叫失语症？”在车上，尤优问。

“失语症是指由于神经中枢病损导致抽象信号思维障碍，从而丧失了一部分或者是大部分口语、文字的表达和领悟能力的临床症候群。患者虽然失去了一部分或者是大部分的语言能力，但并没有完全丧失，所以叫失语症。”杜医生认真地向她解释，“如果完全不会说话，那就不叫失语症了。”她有些天真地笑起来，“那叫无语症，也就是哑巴。”然后她又告诉尤优，失语症分很多种：运动性失语，感觉性失语，失读症，失写症，还有命名性失语症。按照他们介绍的情况，命名性失语症这一款肯定已经是李确的了。

到了医院，和李确聊了一会儿之后，杜医生当即下了诊断，说李确是运动性失语症和命名性失语症并存。前者的症状是损伤了表达的逻辑性、流畅性和丰富性，后者的症状是损伤了对事物命名的准确度、精微度和记忆力。幸运的是受损程度比较轻，应该能康复得比较理想。她告诉尤优，从明天起就开始正式治疗。

“按你说的，如果康复得比较理想的话，会是什么情形？”

送杜医生出门，李正在走廊上叫住她，“会不会影响他的工作？”

“要看个体情况而定。”杜医生的眼神非常坦白，“我的病人康复之后，几乎都换了工作岗位。能胜任原职的人，只有百分之五。”

尤良又打电话问李确的情况，尤优回答冷淡。尤良无视她的冷淡，顽强地又提出了要李确帮他调动的事，意思是李确很可能出院之后就保不住职务，不如就趁现在，一来别人会格外看重一个病人的面子，另外是有权不用过期作废，赶紧给他解决了算了。尤优的太阳穴怦怦地跳着，脱口而出道：“你虽然这么想，别人却保不住会那么想：他这个样子，很可能也干不长了，干吗还要给他人情？何况现在李确的语言状态很不好，恐怕词不达意，反而会误了你的大事。你还是另想高招吧。”尤良顿时暴怒道：“你夹枪带棒的，是什么态度？别人家里有个官，不知道能捞多少好处。我是早就该得的，却得不到，用李确的面子不过是给我一个公平，就这么难吗？我要是提拔了，日子好过了，能不想着你们吗？我是你哥哥啊，你懂不懂什么叫亲情？”

尤优把电话挂断。是，我是不懂你所谓的亲情——亲情这时候过来挑我的刺！亲情在我最需要的时候，让医生出身的你在医院陪我一天你都不肯，因为你很忙，因为你的老婆儿子不敢放鞭炮！

尤优非常恶心。非常。

所谓的兄妹亲情，从来没有让尤优觉得安全，觉得温暖。在她还是个小孩子的时候，就很少能感觉到哥哥是个依靠。自从上了班，更是这样。从她开始赚第一个月工资起尤良就开始向她借钱，直到李确病前。她曾经还抱有幻想：幻想他总会长大，等到他长成长兄如父的时候，他总会主动代替父母的一部分职能来爱她。——不，她会挣钱，她不需要他给她钱，只要他不向她借钱就属万幸。她只要他能偶尔关心关心她，打个电话问一下寒暖。但是，没有。他的电话从来都是因为有事，从来都是在提要求。尤优忽然明白自己原来是这么怨恨尤良。没错，就是怨恨：如果不是尤良的缘故，她或许不会觉得一个男人的稳妥那么重要。——甚至如果不是尤良，她就不会和程意分手，和李确结婚。

9

程意发来短信，说他要过来。尤优算了算，也是，他是该过来了。已经有将近二十天，他们没有再见过面。除夕之后，他又发来几次短信，她也没有回复过。他后来的语气都有些焦虑了。

那就见面吧。了断。必须了断。已经一年了，享受了一年，也煎熬了一年，又碰上了李确这个坎儿，是该了断了。

程意预订的约会地点是在梅新市最好的英锐宾馆，房号是606。以前他们在梅新市见面都是在咖啡馆或茶馆。这次为什么要定在宾馆？难道上次接吻之后，他以为会有什么进展？想到程意兴兴头头的样子，尤优突然觉得十分难过。他没想到自己是打着结束的牌吧？但她不想把李确的事情告诉他，不想。她非常清楚：这是自己的事情，这是自己的家事，和程意没有任何关系。

程意穿着一件银灰色的休闲毛衣，起着暗花，郑重中又带着一种活力。她进门之后，他就伸开胳膊抱住了她，然后想要亲吻，尤优不肯，说："我想喝水。"程意轻笑："先喝我的水。"唇便压下来，尤优想说不要，却挣不开。她抬眼看见程意火热的眼睛，那么健康，那么澎湃，突然就感到自己内心有什么东西在坍塌开来，于是任他吻。他一直把她吻到床上，开始解她的衣服，她才开始抗争。最后他终于停手，笑道："你的防御战争又取得了阶段性胜利。"

"程意，"尤优看着程意的眼睛，"我们分手吧。"

"这话你曾经对我说过一次。"程意敛住笑容，"我不想再听到第二次。"

"但是我必须说。"

"为什么？"

"不为什么。"

"你必须说。"程意抱住尤优，死死地，"别说你对我没感觉。我不傻。"

尤优沉默。

"说！"程意命令。

沉默。

"李确发现了？"

尤优继续沉默。忽然想：如果李确有能力发现，那倒好了。

"那也没关系。"程意以为尤优已经默认，"正好可以帮你斩立决。和他分开吧，你已经凑合得可以了。孩子不要担心，我会对他好的……"

“李确……在医院。”尤优理性决堤。艰难地说完，她靠在程意的胸前，号啕大哭。她知道程意是自己的初恋情人，现在又是自己的婚外情人，无论如何对他讲述李确的事情是最不合适的。可是，此刻，她别无选择。她不能选择。在这个世界上，他就是她最亲的亲人。当然，李确也是她最亲的亲人。她在一个最亲的亲人的怀抱里，为另一个最亲的亲人泪流成河，而这两个最亲的亲人又因为她而不共戴天。这是荒谬的，但她觉得又无比自然。

程意轻轻地拍着尤优的背。不知过了多久，尤优收住了泪。

“过去了。过去了。最坏的时刻，已经过去了。”程意像抚摩一只小猫一样抚摩着尤优的头，“他现在不是越来越好了吗？”

“是。”尤优又想哭了，“可不知道将来会怎么样。”

“肯定也会越来越好。相信我。”

“我们之间，”尤优道，“还是到此为止吧。”

“优优，不要因为他的意外而愧疚，这和你没关系。”程意缓缓地说，“你需要我，我也需要你。我们都是受苦的人。不过受的苦不太一样。让我们共苦吧。”

尤优忍不住再次啜泣起来。程意低头亲她的泪。“我爱你。”他说。然后，他又亲她的唇，亲她的耳朵，亲她的脖颈，亲她的手、手臂，再然后他站起来，把她抱到床边，掀起她的衣服，亲她的乳房。没有病的身体多么好。没有病的气息多么好。不在医院多么好。不守着病房多么好。在这清新温暖的房间里多么好……尤优一边知道自己要崩溃了，一边又觉得程意带来的一切是那么好，同时也知道自己该拒绝。程意想做爱。是的，他想做爱——那就做吧。尤优突然想。守什么呢？有什么好守的呢？她想起病床上李确的身体，那曾经和自己做过爱的身体。人活着是多么不容易，李确不容易，眼前这个男人不容易，自己也不容易。谁都不知道自己面前是什么。那就去做吧。她对自己说。既然都是在受苦。既然这是苦途中小小的欢乐。

但是，尤优停住。

“程意，”尤优说，“我真无耻。你不觉得我很无耻吗？”

“不。”程意坚决答道。

尤优把脸贴在柔软的被罩上。

“优优，你不想吗？”程意替尤优把身体盖好，“没关系。”

尤优沉默。程意不说话，任由尤优沉默。

“这么多年过去了，我们都变了……”尤优终于说，“我不能相信你的爱。不知道为什么，我就是不能相信。”

“可你想相信，是吗？”程意受伤地沉默了一会儿，终于俯身贴着她的脸，“不然你不会一直和我见面。”

“……是的。”

“那就相信吧。”

尤优沉默。

“你呢？你相信我爱你吗？”她终于问。

“我相信。”程意不容置疑。

尤优看着程意：“你也经历了那么多的事情，为什么还能相信？”

“就是因为经历了那么多事情，我才更要去相信。因为我知道，去相信，我的心可能会死。但不相信，我的心就一定会死。”程意的嘴角微微抽搐着，“我太想相信了。太想了。我一定要相信。尤优，就让我相信吧。”

尤优沉默。在她的沉默中，程意开始给尤优穿衣服，从里到外，一件又一件。

尤优默默地看着程意。程意笑了。

“别那么看我，我决不勉强你，也决不乘你之危。我给你叫点儿吃的。你泡个澡，垫垫肚子，回医院去吧。我不想让你身在曹营心在汉。”他贴贴尤优的脸，“我会经常过来的。有什么需要的地方，尽管说。”

尤优顿了顿，轻轻地抱住程意：“谢谢你。”

10

大年初十这天，李确的身体表现让尤优一喜一忧。喜的是他在李正和小董的搀扶下下了床，走了三步。他的右腿明显发软，仅仅三步，他的额头大汗淋漓。忧的是这天中午抽他的胃液时，发现了咖啡色的絮状物：他的胃出血了。随之他排出的大便成了黑色，更证明了胃出血的症状。

尤优马上让人去叫医生，医生迅即带着一个护士过来给尤优示范如何进行胃冲洗。尤优正记着动作要领，手机响了，是吴可非。他说是问候李确的，李确手机关着，他就打到了尤优的手机上。聊了几句，尤优告诉他说李确胃出血了，自己正忙着给他冲洗，吴可非先是一惊，然后叹息说自己忙，没时间，不然就去看他了。尤优听着就不耐烦起来，语气僵硬道：“谢谢。非常感谢。就这样吧。你那么忙，别耽误你的重要工作。”吴可非诧异起来，说：“对我有情绪？”尤优道：“哪敢有什么情绪？领导肯腾出时间打电话来问候就已经很好了，我不知趣点儿我说什么？”——自己也觉得自己像只刺猬。吴可非无奈道：“尤优，你还是那个脾气，真是被李确给惯坏了。那你让我说什么好？说我有的是时间，就是不想过去？”

尤优沉默片刻，挂断了电话。没错，她就是觉得那些客气话太假。和好听的客气假话相比，她更愿意听难听的真话，哪怕是吵架。“宁和聪明人吵一架，不和傻瓜说一句话。”她想起这句老俗话，忽然觉出了它的精辟。闷了这么多天，她多想和人吵一架啊，可是正因为聪明人太多，满世界都是聪明人，因此没人和她吵架！

第二天上午，苗市长给李正打了个电话，询问李确的情况，紧接着李正一五一十地向尤优转述了苗市长的电话。

苗市长道：“听说李确的语言问题很严重？”

“不严重，正在进行针对性很强的语言训练，很快就会正常。”

“听说他的胃出血了？”

“您怎么知道？”李正看了尤优一眼，马上说，“已经不出了。好了。”

“好了就好。”苗市长说，“陈书记都知道了。这种来得快去得快的无谓消息你们还是控制得严密一些，免得领导们跟着操心。”苗市长顿了顿，“你知道，马上就到关键时候了，不要让这些东西影响领导们的判断。”

“苗市长对李确真是好啊。”李正说，“尤优，你说话要注意一些。昨天我亲耳听见你对吴可非说李确胃出血了。”

“我是说了没错。”尤优涨红了脸，觉得自己委屈，“我怎么知道他会朝范市长说？”

“他们俩都是副处级后备干部人选，李确的状况越差，竞争力就越小，他就越有希望。这你都不明白？”

“那，万一要不是吴可非说的呢？小董也在。”

“不管是不是小董，吴可非都不能不防。”李正说。

尤优来到走廊上，不假思索地给吴可非打了个电话。她知道自己很可能冤枉了吴可非，可她就是想问个清楚。她克制不住自己的这个念头，什么警惕，什么防备，去他妈的吧！她就是要和这个聪明人吵一架，哪怕他把她看成一个傻瓜！

“不是我，尤优。”电话里，吴可非的声音里有着细小的疙瘩，却还尽量保持着整体语调的润滑。尤优知道：他在忍耐自己的诘难。“我知道你怎么想的。可我和李确再有利益之争，也不会趁他这个时候落井下石。一来不是我做人的原则，二来我也犯不上，三来也不见得有作用。”

“那你说是谁？”

“不知道。”吴可非说，沉默了一会儿，再次开口，“应该是那种认为这么做很有用的人，且对他有直接利益的人。”

“我不会猜谜。”尤优道，“直说吧。”

吴可非又沉默片刻。

“李确和苗市长很近。”

“这我知道。那陈书记呢？”

“我不知道。应该是不远也不近。”吴可非说，“不过，我听说，马书记的爸爸和范市长的爸爸是老战友。我还听说，”吴可非顿了顿，“李确现在的司机原来给马书记开过车。”

晚上，小董过来值夜班，李正过来，说自己手机没电了，借小董手机一用。很快，李正回来了，阴沉着脸，把小董叫了出去。很久，小董脸色苍白地回到了病房。

“你对小董说了些什么？”尤优问。

“我对他说：你以后就铁定不指望李确了？要是李确还能干呢？你就不给自己留条后路？马书记给你什么好处，我都能让李确给你。我对你要求不高，只要你不再对任何人说李确的咸淡话。”他看着尤优，“我已经向医生请示了，他说明天就可以给李确拔掉胃管。”

“好。”尤优说。

李确的胃管去掉之后，慢慢地喝了第一口水，说：“真舒服。”

这一天，李确第一次架着尤优的肩膀上了卫生间。

又过了三天，李确走到了走廊上。护士见了李确纷纷笑着打招呼。

“李确，可以啊。”

“李确，不要累着了，慢慢来！”

无论是多么年轻的护士，对李确都是直呼其名。李确都很乖地答应着。

第五天，医生下了做高压氧舱的通知单。李确坚持要走路去。高压氧舱室在病房楼的后面，走过去大约有五百米远。李正不同意，要他坐轮椅，李确坚持不坐，最后尤优想了一个折中的办法：

派人推着轮椅跟着李确，一旦他体力不支，就让他坐在轮椅上。

轮椅是从隔壁病房借来的。用了一次之后，小董讨好地说："干脆我们买一个吧，随时可以用，多方便。"

"什么意思？"李正怒目圆睁，"这个东西我们也就是现在偶尔用一下，谁会长远用它？犯得着买吗？！"

小董吓得灰溜溜地躲了出去，背着李正，尤优和李确四目相对，做了个鬼脸。

11

探望者太多，语言训练很难不受干扰地进行。能够行走之后，李确每天坐车去杜医生那里做训练，顺便也看看街景。语言训练的房间很小，也就是十平米左右，素白寡净。一桌三椅，杜医生和李确对坐，尤优打横旁听。最初只是认物。杜医生拿一个大大的本子，一页一页掀开。

"这是什么？"

李确挠着头，想了半天，只是抱歉地笑笑。

"蔬菜的一种。黄——"

"瓜。"

"对了。"杜医生合住书，"再给我说几种蔬菜可以吗？"

李确思寻良久，继续笑笑。

"没关系，我们一起再来说说这个。白——"

"菜。"

“茄——”

“子”。

“豆——”

“角。”

……只是半个。不能完全想起，又没有完全忘记。这就是李确对事物名称掌握的现状。都说这样的病人会损伤身体的一半功能，从李确的情况来看似乎确实如此：右脸颊，右胳膊，右手，右腿……就连词语都是一半。尤优忽然又想：他的性能力呢？会不会也是一半？发病这么多天，她给他清洗了这么多次，没有见过一次勃起。难道……

尤优晃晃脑袋，摇走自己的浮想。继续倾听。

“这是什么？”

“轮船。”

“好极了。轮船在哪里航行？”

“水里。”

“哪些水里？”

“河。”

“只有河吗？还有哪些水？”

沉默。

“江，湖，海。可不可以？”

“可——以。”李确慢吞吞地答应着。

“当然可以了，是不是？水有很多种呢。比河水小的呢，有溪水、塘水、泉水、池水，比河大的呢，就是江水、湖水和海水。你喜欢比河小的水还是比河大的水？”

“大的。”

“当然，当然要喜欢比河大的。水面越来越宽阔，视线越来越宽阔，心胸也越来越宽阔，多好啊。”

是啊，多好啊。就像那么多人，那么多条路好走，为什么一定要做官？为什么？尤优听着，想着，记着，神思慢慢地晕染开来。

突然，尤优听见李确不以为然地笑了：“这，有用？”

“哦？没有用吗？这都是你日常生活中经常要用的啊。”杜医生说，“我知道你们这些当惯了领导的人是怎么想的，你们会想：这和我的工作有什么关系啊？没错，这些训练看着是和你的工作没关系，可是你知道吗？和你作为一个平常人是有关系的。只有先做好了一个平常人，你才能做好一个领导。如果你觉得这些没什么，好，你顺顺溜溜全给我答好了，我就不跟你费这个事儿了。”

尤优停住笔，想起有一次她跟旅行团去韩国旅行，团里有一个秃头男人，据说是一个刚刚退休的厅级领导。大约是很不习惯没有下属伺候，他总是一副无所适从的模样，无论是买东西还是看景点都东张西望全无主意，最经典的是那天在一个地摊上，团里的人纷纷购买韩国的筷子，秃头男人突然从口袋里拿出一张银联卡，用浓重的方言对老板说：“恁这儿刷卡中不中？”成为全团人一路的笑料。

杜医生的课程看似安排得很随意，但过一段时间就能感觉得到她的训练程序非常严密：名词训练，动词训练，连词训练，词语逻辑训练，词语联想训练，短句训练，句式变换训练……

“李确，随便给我说出十种水果的名字吧。”

“苹果。”李确说着回头看了尤优一眼，朝尤优一笑。尤优明白：他在说她的苹果脸。尤优的心一热。

“还有呢？”

李确摇头。

“那说说交通工具吧。说说我们日常的交通工具。”

“车。”

“对。什么车？”

“汽车。”

“什么汽车？”

“小，汽车。”

“还有呢？”

李确沉默。

“公交车，自行车，三轮车，是不是？”

“是。”李确道，“只坐，小汽车。”

杜医生笑了：“是，你们这些领导啊，从来不摸三轮车，长年不坐公交车，早就丢掉了自行车，是不是啊？”

李确也笑。

有时候，看李确的语言状态不错，杜医生也会让李确来一段自由发言。

“说吧，说说你是怎么得病的？也就是你得病的过程。”

“我，我们的病……”

“不是我们的病，是我的病。”

“对，对，是我们的病……”

——杜医生说过：比较轻的失语症患者就是这样，基本的词汇和语法虽然都有，但是因为缺失对虚词、代词和冠词的运用，说话的时候一来往往语言瘦干，构成电报式语言。二来会很容易陷入语言重复，即一个词或音节说出后，会强制地自动地进入下次语言产生的过程。

尤优静默，看着笔记本上的横格。

“是我的病。说：我，的。”

“我，的。”

…………

12

给医生们的过年礼由李正送出去之后，按照李正的计划，尤优负责送第二次的巩固礼，就是送超市卡。范围要比李正送的稍广一些，额度要比李正送的稍低一些，有的三千，有的两千，有的一千，有的五百。送的过程是难堪的。尤优从来没有给别人送过礼——这种有意识有目的的送礼。她没想到会是这样。她想起那些给自己送礼的人，不，准确地说，是给李确送礼的人。在李确的默许下，过年过节，她常收的就是这种超市卡。除了这些，她还会收到一些专门给她准备的女性礼品，比如首饰、香水、口红、丝巾、化妆品、美容卡。当那些人把这些东西硬塞给她的时候，尤优的第一反应当然是拒绝，但对方那么顽固地要给她，推让之中，仿佛尤优是他们的敌人，是他们必须要攻克的一个堡垒。推让了一会儿，尤优就甘拜了下风。她承认她受不了这种折磨：

接受是一种羞辱，推让也是一种羞辱。为了让这个漫长的推让过程赶快停止，尤优就收下了礼品，于是尤优又感受到了一种更大的羞辱。她为对方难堪，也为自己难堪。一瞬间，尤优心里淤积了一堆肿块，难过极了。

现在，尤优也加入到这个行列里来了，她完全明白了当初给李确送礼的那些人的感受。她多么想对方赶快收下，赶快收下，赶快收下！

还好，基本都很顺利地送出去了。除了两个人。一个是针灸的胡医生，她说："我是借调。别这样。"意思是自己现在还经不起犯任何错误，必须小心行事。尤优也就罢了。另一个就是做语言训练的杜医生。杜医生挺着鼻子，躲着尤优的手，看也不看尤优一眼，特别高傲地说："我只看病，只收一节课三十块钱的训练费，其他的东西一概不收。这是我的职业道德。你放心，我一向对所有的病人都一视同仁。"

尤优又仔细观察了一下杜医生，她的神情确实是明朗而又骄傲的，有一种奇异的纯真和大气。这真是一个奇迹。尤优想。在这样的环境下，不收礼简直是一种勇气，而她居然做到了。尤优不由得对她肃然起敬。当然，她知道自己也没有资格鄙视那些收礼的医生。自己勾引人家在先，再去谴责人家，自己都觉得自己不厚道。不过她还是更喜欢杜医生。她知道：那些收礼的医生和自己一样都是人，而杜医生，她接近于神。

探病者送食品的高峰过去之后，送鲜花的就越来越多。护士说病房空间有限，而且花香会对空气造成影响，不允许在病房里摆放鲜花。尤优就把花都堆到了后廊上。有些非常漂亮的花篮，尤优直接就送到了护士站。这些漂亮的小护士，这些青春如玉的女孩子，整天待在医院这样的地方，当着所谓的白衣天使，看着一茬一茬的人在眼前生老病死，伟大和勇敢这些词且不谈，最起码是一件残酷的事。尤优觉得：从某种意义上讲，她们的工作比殡仪馆更残酷。殡仪馆是一切都结束了，是安宁的余韵和收稍。而这里的一切都是正在进行时，是乱七八糟的现状，甚或说是高潮。——即使是余韵也是余韵的高潮，即使是收稍也是收稍的高潮。尤优怀疑：这些阅尽世态的女孩子的心，比她们的面容不知道老了多少。

她们应该多看看花。

满是鲜花的后廊，成了这个病区的一道风景。经常有病人推着轮椅过来看花，惊喜地闻着那一股混合的并不新鲜的花香。尤优的事情便又多了一样：整理这些花。她把那些枯萎的花都抽走，只剩下新鲜的。又把那些花少的花篮打并到一个花篮里去，或者合并同类项：将康乃馨和康乃馨插在一起，将百合和百合插在一起，将满天星和满天星插在一起。为此又买了两三个花瓶，天天换水。

“你这些花篮还要吗？”一天，邻房一个双鬓斑白的老太太走过来小心翼翼地问。

“不要。你要你就拿走。”尤优说。

“那就太感谢了。”老太太说，“你们家人是当官的吧？”

尤优笑笑，不知道该怎么回答。

“要不怎么会有这么多人送花。”老太太自顾自地说着，“往这花篮里衬一层塑料彩纸，用来放糖果可喜兴着呢。”

“阿姨，”尤优说，“你喝牛奶吗？我这里有，给你一箱。”

“我不喝牛奶。喝不惯。”老太太说，“一喝就拉肚子，消受不起呀。”

闲下来的时候，尤优就一个楼层一个楼层地逛着，只当散步。各个楼层有各个楼层的内容，有些像超市：蔬菜区，水果区，洗化区……而在这里，五官科，牙痛的人张开大嘴。妇产科，女人褪下裤子，展示隐秘。被命令接受打针的，露出臀部黄白的皮肤。做心电图的人，一张漫长的窄纸上显示出神秘的波峰曲线。眼科的患者将眼睛放在复杂的镜器下，小儿科里，孩子们在哭泣，玩耍，连伤痛的表情都是那么新鲜和生机勃勃。而在老干部病房里，一切都是肃穆的，沉寂的，洁净中也蕴藏着死亡的气息。或强或弱的心跳，或红或黑的肺叶，X 光下白森森的骨骼，B 超液透视出腹腔里的山川沟谷。手术室，医生手握寒光凛凛的刀，无比冷酷，却又无比慈悲。此时，他是魔鬼，也是上帝。他是地狱，也是天堂。

304 病房昨晚送来了一个病人，今天早上就抬了出去。尤优看着花格子被单裹着的那具身体，默默地被他的亲人们推送远去。走廊里不知不觉出来了很多人，大家目送着那个人。后来她知道：那是个年轻的男人，才二十七岁。有一个面颊粗红的农妇一样的女人拿着塑料的小便壶和脸盆，身边的男人让她把这些东西扔掉，她不肯 ：“都是钱买来的呀。”

307 病房经常传来“啪，啪”的声音，像是乡村女人在捶衣服。李正出去看了看，说 ：“是 32 床在拍背。”

“哦。”尤优说，“拍得也太勤了吧？”

“可是我听说，这个病区所有的病号里就属那家护理得好。你该去学学。”

那是个很瘦的女孩，是从邻县的乡下来的。她说她妈妈身体一向很好，突然就犯了病，开始病情并不严重，他们在县医院治疗，妈妈恢复得很快，后来因为天气变化，妈妈感冒了，同时肺部粘连感染，发了高烧，病情迅速恶化。来到这里已经又住了三个月了。因为妈妈的病，她婚事暂停，在县棉纺厂的工作也丢了。

“你拍得是不是太频繁了？”

“我生怕她肺部再粘连。在县里住的时候，要是医生早告诉我这么拍拍就不会粘连的话，妈妈也不会再受这么长时间的罪。”女孩苦笑着说。

“就你一个人照顾吗？你爸爸呢？”

“他还得招呼家里呢。”女孩子说，又指指外面走廊上一个正抽烟的男孩子，“他可顶事了。婚事得往后拖，可一点儿也不埋怨我。他说，谁没有爹娘啊，谁的爹娘到老了不生病啊。”

“人家这么通情达理，你可得对人家好。”

“我跟他说了，等我妈稍微好些，就跟他结婚，啥彩礼也不要。”

在杜医生那里做训练的时候，尤优有时候也不旁听，她在医院里逛。康复医院里最多的就是轮椅。中心花园里，经常有一些人坐着轮椅在那里聊天。那天，尤优听到他们在比较各自的轮椅：“海天”的材质比较轻快，“新世界”的坐起来相当舒服，“康美”的脚踏板设计得不错，“迅驰”虽然笨些，却是很耐用的……

一个身体胖胖的中年女人，说自己的轮椅才花了四百多块钱，仅仅是个进价，因为自己的侄子有门路，能买到便宜货。其他的人一片赞叹和羡慕。

尤优默默地看着这一切：能走路的人比的是鞋子，站不起来的人了，坐在那里还要比轮椅。为什么要比呢？活着就要比吗？尤优不懂。本来她以为自己已经快老了，李确生病之后她才发现自己其实是个老婴儿，身体已经长满了皱纹，脑子里却还是那么恍惚，迷惘，虚弱，对这个世界一无所知。

13

每天晚上，李确都要念几段课文。是儿子的旧语文课本，杜医生说小学生的旧课本最好：字号大，语言规范，内容健康，读起来朗朗上口。

开始是短的词语：绿色。邻居。田野。美好。丑恶。故意。经常。反正。永远。瞬间。

然后是长一些的，最多的是成语：合抱之木，生于毫末。信言不美，美言不信。千里之行，始于足下。

"祖宗。"李确念完，说。

尤优笑。她明白李确说的是老子。这些话都是老子说的。老子姓李，可不就是李确的祖宗吗？

再长一些就是对联和古诗。

"松竹梅岁寒三友，桃李杏春风一家。"

“飞流直下三千尺，疑是银河落九天。”

再复杂一些的就是诗歌和课文了。

“曾是妈妈怀里，欢唱的黄鹂，曾是爸爸背上，盛开的野菊。捉一只蝴蝶，能编织美丽的故事，含一片草叶，能吹出动听的歌曲。挖一篮野菜，撑圆了小猪的肚皮。逮一串小鱼，乐坏了馋嘴的猫咪……哦，乡下孩子，生在阳光下，长在旷野里……”

“真好。”读完了，李确由衷地赞叹。

尤优起身给李确倒水。有人敲门，尤优打开，门口立着三个穿着黑棉袄、蓝棉袄、灰棉袄的老头，一个提着一只鱼鳞袋，一个提着一个塑料袋，里面装着杀好的鸡，还有一个提着一壶油。也不和尤优打招呼，看见李确就叫着：“李书记！”夺门而入，坐在李确床边就说开了。说他们在山上，不知道信儿，是下山串亲戚才知道李确受了这么大的罪。鱼鳞袋里装的是上好的山核桃，鸡是山上地道的柴鸡，油是自家油坊出的小磨香油。“都是补身子的，让你媳妇好好给你做。”黑棉袄老头说。听着听着，尤优就明白了，这是李确原来当党委书记的那个镇上的几个村支书。那个镇有三分之一的地盘是在山区，这些支书都是从山上下来的。

“从山上下来挺快的。现在我们那里也通公共汽车了，票是贵了点，四块五，不过山货好卖了，也不在乎票钱了。要不是你在那里帮我们可劲儿修路，那还是老日子，不中呢。”

“去年我婶犯了急病，我小子三下五除二开着个小四轮就把她送到了镇医院，她得了条命，没少念叨你的好。”

“我一个人，哪修得出，路，还是大家，凑钱的，凑钱，出工的，出工……”

“咦，要不是你领头，谁能组织起恁大一个工程？为我们村修路，我们再不凑钱出工，那还算个人？”

…………

热火朝天地说了将近一个小时，三个人才依依不舍地离去，临走前往尤优手里塞了一把钱：“这是我们的一点儿心意，不多，你看着这大城市里有啥时兴的东西给我们李书记买些，我们不懂，也不敢乱买。”

尤优推辞着，李确也斥责着他们，他们却逃也似的跑了。尤优数了数，一共四百五十块钱。

“一人凑了一百五？”尤优笑，“有零有整的。”

“容易吗？自己家的，闺女，添了孩子，当姥姥姥爷的，去给外孙子，看钱，最多，也不过才，五十。”李确说。沉默了半天，又说：“我都离开那里，四五年了，他们可以，不来的。”

尤优看见：李确的眼睛湿润了。

出了正月，李确已经恢复得有模有样了：双腿在楼梯上上下自如，胳膊已经能够平举，手部的力量也已经恢复到以前的三分之一，可以和来访者潇洒握手了。不过，语言在各项机能里还是属于最落后的部分。书面阅读虽然进步不小，但口语表达状态却极不稳定。状态好时也不能顺如丝绸，状态坏时更是磕磕巴巴。

这一天，马书记走后，李确的脸色很难看。

“怎么了？”尤优小心翼翼地问。

“出院了，我得。”

“医生还没说呢。”

“市里，马上要开，水利工作大会。年度的。出席，发言。我必须得。”

尤优给李正打了电话，李正赶过来，三人商议。动干部的风声越来越紧，这个会开得真是要命。如果李确不参加，那就等于说默认自己目前还是没有正常的工作能力，只能把机会让给马书记，给范市长以口实，让自己处于劣势中，会很被动。而一旦参加就必须得发言，一年一度的大会，李确的语言又是如此不稳定的状态，怎么能够保证百发百中，万无一失？若有任何差池，都会功亏一篑。

“我，上。”李确道，“一定。”

还有十五天时间。而杜医生说，十五天时间里，要想让李确的语言水平飞快长进至行云流水，根本不可能。

“客观规律，不能违反。”她的神情斩钉截铁。

“就是读现成的发言稿，也不可能吗？”

“不可能。”

“你再想想，有没有其他办法？你肯定有的。”尤优倔强地说，“肯定。”

杜医生笑了。

“稿子写好了吗？”

“还没有。”

“写好了马上拿给我看，我把句子处理一下。如果只是针对固定内容反复练习的话，读短句子对李确来说应该问题不大。”她看着尤优，“我建议，他只在会上读读稿子就行了。应该回避其他任何需要他脱稿发言的场合。”

“只要能把稿子读好就行了。”李正的声音十分动情，“谢谢你！”

一周之后，发言稿送到了医院，李确开始在杜医生的指导下读发言稿。

“在市委，市政府的正确领导下……”

“这一句要在‘政府的’后面再停顿一下。”

“团结带领全局，广大，干部职工……”

“这句可以改成‘团结带领，广大干部职工’，‘全局’去掉，容易发音不清……”

“深入开展以‘水利发展我光荣，我为水利献计谋’的活动……”

“这样调整一下：‘水利发展，我光荣，我为水利，献计谋’，这是我们，深入开展的，一项活动……”

“我们，进一步，加大，对重点水利工程，的监管力度……”

“‘对于重点水利工程，我们进一步’，停一下，再说‘加大监管力度’……”

…………

事实证明，效果很好。

大会过后，李确正式出院，只上半天班，处理一些紧要事情，另半天去杜医生那里上语言课，风雨无阻，雷打不动。一个月后，李确换了司机。小董因服侍周到，劳苦功高，被提拔为某乡水利所的办公室副主任。新司机是李正内弟的一个拐弯亲戚，小伙子眉清目秀，二十多岁，名叫小白。

14

动干部的风声越来越紧了。这一天，李正打电话给尤优，确认李确已经去梅新市上语言课之后，便让尤优立马回家。尤优前脚到，李正后脚到，进屋后连水都没有喝，掏出一张纸递给尤优。

纸是 A4 复印纸，上面是一串数字，数字后面是相应的日期。

“这是什么？”尤优纳闷。

“你该知道的。”李正语气沉痛。

“我不知道。”

“来看李确的那些礼品换来的钱。”

尤优大悟，之后大惊：“你从哪里拿来的？”

“苗市长给的。”

李正几乎要哭出来，说是有人给纪检委写了匿名信，状告李确趁着生病大量收受礼品，还将礼品送到附近超市，转换成了赃款。苗青神情严肃地和李正谈了话，要他和尤优两个商量解决。说这事不能告诉李确，他毕竟还没有痊愈，脑部血管还很脆弱。以李确现在的情况，最怕的就是情绪激动再次引发脑出血。

“苗市长说，这种事情虽然不大，但影响十分恶劣。我就是大意了，大意了。”他说着说着捶起了自己的头，“我怎么这么大意啊！”

“哥，别这样。”尤优把他的手抓住。眼前腾起一阵烟雾。

“优优，你快想想怎么办啊。”一向威武的李正此时无助得像个孩子。

“超市那边还可以再做工作吗？”

“不能。”李正抬起发红的眼睛，“对方肯定是把超市的工作做好了才会出手的。我们已经迟了。要策反超市，难度太大了，几乎不可能。”

“那么，我们的致命点是什么？”

“我们收了钱。东西放坏了都不要紧，可我们把东西变成了钱，还拿在自己手里。这就是我们的死穴。”

尤优突然微笑。

“如果，如果我们没有把钱拿在自己手里呢？”

“这哪能说得清？”李正苦笑。

尤优起身来到卧室，拿出一沓单子，递给李正。李正看着看着，突然止不住地呵呵笑了起来，他拍了一下尤优的肩膀——如果自己不是他的兄弟媳妇，他肯定就要抱自己了，尤优想。

“优优，你简直是，简直是太，太……”一时间，李正找不到合适的形容词来赞美尤优，“太聪明了！”

“可以跟苗市长交代了吗？”

“当然，而且是个再好不过的交代！”李正说着拨通了手机，“冯部长吗？是不是我们云城最杰出的笔杆子宣传部冯大部长啊？有没有时间赏光和我这个粗人一起坐坐？叫上老柳陪你，哪个老柳？就是民政局的柳局长啊……”

两天之后，《梅新日报》二版头条发了一篇通讯，题目是《大爱无声——身卧病榻的水利局局长心系福利院老人》。当晚，李确拿着报纸回家，一进门就给尤优一个大大的拥抱。

“谢谢你。”他贴着尤优的耳根说。他的气息让尤优觉得十分陌生。他们已经很久没有这么亲热过了。

“如果我没有把这些钱寄出去，你是不是就会杀了我？”尤优道。

“哪里。”李确笑。

“我寄出去的时候，根本没想到会派上这种用处。”

“我知道。瞎猫逮了，死耗子。你。”

“我看见那些东西，心里就堵……”

“我知道。”

“李确，你放弃吧。”尤优突然在李确的怀抱里抬起头，无论如何，她想努力一下，“就是再当几年局长又能怎么着？劳心费神，提心吊胆，战战兢兢，就是能坐不掏钱的车，吃不掏钱的饭，喝不掏钱的酒，沾说不得嘴的光，却亏着自己的身体，压抑着自己的本性，连个痛快话都不敢说，看着是人上人，越当官越活得不像个人了……咱们好好过自己的日子吧。不当也罢。”

“尤优，你还记得，那，那几个去医院看，看我的支书吗？”李确道，又强调，“山里的。”

尤优看着李确的眼睛：“记得。”

“尤优，我，不是说，太喜欢当官，非要当不可，不是。”李确的神情十分诚挚，“原因很多，一是到了，这个份上，不干，人家就说，你出，出问题了。二是确实能沾，沾那么一点儿光。三是有一点儿，个人的成就感，和虚荣心。再就是，还能做一点儿，事情，有用的。我不是说，我多有能耐，多有才，但是，扪心自问，和很多人，比起来，我还算，努力，也还算，称职。当这个官，我良心，不亏。不然，那些支书也不，不会来看我了，你说是，不是？”

尤优点头，沉默。尤优知道自己只能沉默。寂静的空气中，尤优知道：此时自己的沉默对尚未痊愈的李确来说，是一种基本的理解和尊重。

晚饭过后，李正夫妇过来闲坐，又说起这件事情。听着他们回味着有惊无险的心路历程，尤优只是端茶倒水，不发一言。李确去上卫生间的时候，李正收起笑容，悄悄地叹了口气。

“不到那一天，这心里就是不能落底儿啊。”

尤优看着茶杯里袅袅升起的热气。这热气也就是一股轻烟，它升着，升着，升得越来越高，然后，就散了。

“还会有什么事情吗？”尤优终于问。

“谁知道呢？”

“事情的关键是不是就在陈书记身上？”

“当然。”李正的口气让尤优觉得自己就是个白痴，“现在是苗市长帮李确，范市长帮马书记，就像老师带着各自的学生，陈书记呢，就是考官。看哪个学生成绩好，就用哪个。相对来说，咱们目前的优势不大。一来苗市长是副职，顶不过范市长；二来李确又病着，顶不住马书记龙马精神能闹腾。要是陈书记站在我们这边，我们还费什么劲儿？整天睡大觉都成！” 李正点燃了一根烟，“男人嘛，到了这一步，工作就是他的精气神儿。尤其对于李确来说，要是能保住，就再好没有了，可以说，能保住位置，对李确来说就是得到了一味最好的神仙药啊……”

卫生间传来一阵冲水声。李正停止了说话。

尤优静静地看着地板。

李正走后，尤优来到卫生间，拨通了程意的电话。

两天后，尤优收到了程意的短信：“已托人和陈打过招呼，放心。”

动干部的那天下午，尤优陪着李确正在杜医生那里做语言训练。李确手机关机。尤优接的电话。电话里李正的声音有些喘。

“常委会刚刚开过了。”他说。

“是吗？”尤优淡淡地问。

“李确没动。副处级后备人选的名额也没有取消。”

“哦。”尤优道，“好。”

训练结束，尤优把消息告诉了李确。

“按说呢，也不应该动我。”李确的神情也很笃定，“我是因为工作受的伤，到了这个坎儿，要是把我闪到一边儿，哪个干部不寒心，谁还会好好干活儿？”

无数话语奔涌到尤优嘴边：范市长，马书记，小董，李正，吴可非，苗市长，还有程意……尤优终于咽下。

有什么好说的呢？就让李确这么认为吧。

“你说得有道理。”尤优说。

15

动干部之后，尤优和程意的第一次约会地点仍然是在英锐宾馆 606 房间。尤优一进门就被程意抱住："放心了吧？"

尤优沉默片刻："谢谢。"

"为李确谢我？" 程意紧紧用胳膊裹住尤优，"其实我是自私。如果这样能对李确的康复有好处，如果这样能让你的负罪感减轻，能让你将来顺利地离开李确，那么，也就是为了我自己好。"

"花了多少钱？我给你。"

"不过是几张年卡。下面的人看着难似登天的事，对那些纨绔子弟来说，也就是一个电话。"程意顿了顿，"我不稀罕钱，我要人。"

尤优再次沉默。不知道自己该说什么。

"我对你，真的那么重要吗？"

"还不相信吗？"程意道，"我爱你。"

程意深吻下去。这次，尤优没有抗拒，程意也没有中途停止。他压到尤优的身上，他急切地进入了她，然后疯狂地抽动起来，嘴里发出含混的声音。有一瞬间，尤优睁开眼睛，看到他几乎是痉挛的脸。到后来尤优不由自主地叫起来。她下意识地去捂自己的嘴巴。程意将她的手拿开，任她叫。尤优这才想起：起初和李确做爱的时候，她也这么叫过，被李确惊惶地捂住了嘴巴。后来每当想叫的时候，她就主动去捂自己的嘴巴，再也没有让叫声飞出自己的喉咙，直到今天。

尤优肆无忌惮地大叫起来。

“优优，我们一定要结婚。”结束后，程意躺在尤优的胸膛上，“你想要什么样的生活，我全力以赴给你。”

我想要什么样的生活？尤优默默地重复着这句话，自问自答：不用见不三不四的人，不用说不疼不痒的话。我想穿什么衣服就穿什么衣服，不必顾忌自己是谁的太太，不必顾忌自己和自己的爱人在哪里上班。我想吃青菜就吃青菜，想吃鱼就吃鱼，而不是鱼肉等在冰箱里强迫我去吃。——不，我没有那么贪婪，我没想让自己什么都如意，孩子会淘气，我会和老公吵架，我上班会迟到，会被扣奖金……会有烦恼，会有伤痛，但都是明明白白可以说的。即使不告人，也都可以清清楚楚地告诉自己。我想要的，就是那种生活——真实的，不装的，可爱的生活，是哪怕卑微的但是有趣的生活，水一样柔软和流动的生活，春天的树叶一样的生活——除了法律这条最基本的禁忌之外，以最大的可能和程度让自己去肆无忌惮生活的，那种生活。

“别的我都有信心，除了不能让你当官太太。”程意道，“你不介意吧？”

尤优含泪而笑：“严重不介意。”

“尤优，你爱我，”程意的眼神忽然如孩子般无邪，“是吗？”

尤优确凿地回答：“是。”

是的，亲爱的人，我爱你。我爱我用爱情的名义给你的伤害，我爱我们分手后你对我的思念，我爱你为我再次回来，我爱你带我来这宾馆和我做爱，我爱你对我说我爱你，我爱你仍旧想和我结婚，我爱你面对一个已为人妻的女人也不退后的脚步，我爱你对我保有的哪怕是兑了水的热情，甚或只是复仇之心……我爱你，我爱你，我爱你呈献给我的这些往昔的激情和纯真的狂想，我爱你作为一个最平凡最普通的真正的人的那种最正常的生活，我爱你意味的这一切。

——我爱你。我相信你的爱。我要相信。我要相信。你有什么不可信？你能骗我什么？我有什么值得你如此处心积虑地欺骗？我所有的，不过是一具并不年轻的身体，和一颗干瘪的心。

黄昏时分，尤优走出了宾馆。在一个商店里的橱窗前，尤优停下来，默默地注视了一会儿自己的脸。她看到自己的神情是那么平静。那种平静，是从里到外的平静，是哪怕知道程意对她不是真心，哪怕知道程意是个演技高明的恶棍，是个擅长感情游戏的浪子也不能改变的平静——是将一切都探到底的无比深切的平静。

忽然，尤优仿佛清晰如水地看到了自己的卑劣、阴险和狠毒：没错，她爱程意，但目前的她还是无法完全相信程意的爱情。她暂时还没有这个能力相信。而她对程意的爱和她对程意的不相信都并不妨碍她去利用程意的爱情。在更深的意识里，程意的爱情此时对她来说更像是一个不错的工具。她以和他做爱来回报他为自己做事，也以和他做爱来逼迫自己，从而让自己有力量离开李确。她是想要以对不起李确的形式来抵达抛弃李确的实质——以恶攻恶。恶到不能自圆其说。如若不然，她也许永远没有充沛的动力来摧毁这一切，这和李确有关的一切。

这么多年，她看到的硬越来越多，自己的心也变得越来越硬。她看到的丑越来越多，自己的心也变得越来越丑。她看到的混浊越来越多，自己的心也变得越来越混浊。她看到的可疑越来越多，自己的心也变得越来越可疑。她看到的脏越来越多，自己的心也变得越来越脏。

对不起，李确。她默默地对李确说。

对不起，程意。她默默地对程意说。

对不起，尤优。她默默地对自己说。

看在我们都很可怜的分儿上，请原谅我吧。她默默地对所有的人说。

16

“我是没什么好教的了。”最后一节训练课上完后，杜医生笑道，“从今以后，多找人聊聊天，找个话题议论议论，就都算是训练了。”

于是李确半天上班，半天找人聊天。随着时间的推移，李确的语言功能确实也越来越好了，主动请缨陪他聊天的人也越来越多。晚上也经常有人来家里找他聊。当然围绕的也都是李确喜欢的话题，于是李确常常是兴致盎然，滔滔不绝。尤优只是默坐一边。万不得已才会提醒李确一句：“再喝点水吧。”

李确摇摇头。继续说。

“你喝点儿水吧。”尤优说，“一会儿还得到下面走一圈，今天你走得太少了。不能偷懒。医生说了……”

“知道了。”

“知道了就得去做，不然……”

“你怎么这么啰唆？我都这么大的人了，请你相信我的自觉性，不要像管小孩子那样管我，行不行？”李确不耐烦道，“我是哑巴吃饺子——心里有数。”

尤优沉默。静静地看着李确。

“你看你，真受不住话。”李确马上就明白了自己的错误，笑道，“对不起啊。”

尤优笑起来。

尤优买了一台最新款的九阳豆浆机，每天早上打新鲜豆浆给李确喝。每天中午，她都要精心给李确做菜：两荤两素。晚饭也是她亲自熬的五谷杂米粥。饭后一定得散步。散步后必陪着他跟着影碟机唱歌半小时，锻炼音长和声力。早、中、晚监督他各做口舌操一遍，以便将面瘫的残余驱除干净……那天晚上，尤优照例帮助李确洗澡，给他打浴液的时候，李确突然抓住她的手，放到自己的大腿间。尤优握住一炬坚实的灼热，然后尤优松开。

“时间还短。”尤优说，“再等等吧。”

“也好，等我恢复得再好些。”李确湿漉漉的手揽住尤优，吻了吻尤优的脸。

他还好。他没问题。尤优出了浴室，松了口气。即使将来和李确离婚，她也希望李确在这方面没有任何问题。这个问题对于许多男人来说，太重要了——他好得越好，他好得越完全，她将来跟他提离婚的时候就会越没有心理负担。

常常的，尤优就会觉得自己似乎是个养猪的人，精精腻腻地养着一头白白胖胖的猪。而她之所以要把这头猪养得那么精腻，就是为了有一天能够干净利落地杀死它。

我要离婚。在给李确做饭的时候，尤优对自己说。

我要离婚。在给李确洗衣服的时候，尤优对自己说。

我要离婚。在帮助李确做语言训练的时候，尤优对自己说。

我要离婚。我要离婚。我要离婚。我要离婚。我要离婚。我要离婚……

尤优一遍一遍地对自己说。

所有的人都把他们看成是伉俪情深。

夏天很快就来了。那天天气很好，很暖和，但是一点儿都不燥热。尤优和李确正在小区花园里慢慢地散着步，手机铃响，来了短信。两条。尤优查看，一条是尤良，很简短：六一快乐！自从那次吵崩之后，这是他第一次和尤优联络。这是求和的前兆。准是又想说什么事了。尤优明白。另一条是程意 ："你身穿红色小肚兜，头戴黄色小菊花，嘴咬白色小奶嘴，双手抠着大脚丫，问你今天怎么了，你害羞地说：'人家，人家今天也想过六一嘛！'小朋友，儿童节快乐！ "

"谁的短信？"李确问。

"尤良，今天儿童节。"

“哦。等会儿带儿子逛趟商场。”李确笑了，“这一段时间你辛苦了。今天也给你个机会，想要什么尽管讲，我全部无条件满足。”

“真的？”

“真的。”李确说，“说吧。”

尤优看着李确的脸，深深地吸了一口气。

最慢的是活着

1

那一天，窗外下着不紧不慢的雨，我和朋友在一家茶馆里聊天，不知怎的她聊起了她的祖母。她说她的祖母非常节俭。从小到大，她只记得祖母有七双鞋：两双厚棉鞋冬天里穿，两双厚布鞋春秋天穿，两双薄布鞋夏天里穿，还有一双是桐油油过的高帮鞋，专门雨雪天里穿。小时候，若是放学早，她就负责烧火。只要灶里的火苗蹿到了灶外，就会挨奶奶的骂，让她把火压到灶里去，说火焰扑棱出来就是浪费。

“她去世快二十年了。”她说。

“要是她还活着，知道我们这么花着百把块钱在外面买水说闲话，肯定会生气的吧？”

“肯定的，”朋友笑了，“她是那种在农村大小便的时候去自家地里，在城市大小便的时候去公厕的人。”

我们一起笑了。我想起了我的祖母。——这表述不准确。也许还是用她自己的话来形容才最为贴切：“不用想，也忘不掉。钉子进了墙，锈也锈到里头了。”

我的祖母王兰英，1920 年生于豫北一个名叫焦作的小城。焦作盛产煤，那时候便有很多有本事的人私营煤窑。我曾祖父在一个大煤窑当账房先生，家里的日子便很过得去。一个偶然的机会，曾祖父认识了祖母的父亲，便许下了媒约。祖母十六岁那年，嫁到了焦作城南十里之外的杨庄。杨庄这个村落由此成为我最详细的籍贯地址，也成为祖母最终的葬身之地。2002 年 11 月，她病逝在这里。

2

我一共四个兄弟姊妹，性别排序是：男，女，男，女。大名依次是小强，小丽，小杰，小让。家常称呼是大宝，大妞，二宝，二妞。我就是二妞李小让。小让这个名字虽是最一般不过的，却是四个孩子里唯一花了钱的。因为命硬。乡间说法：命有软硬之分。生在初一十五的人命够硬，但最硬的是生在二十。“初一十五不算硬，生到二十硬似钉。”我生于阴历七月二十，命就硬得似钉了。为了让我这钉软一些，妈妈说，我生下来的当天奶奶便请了个风水先生给我看了看，风水先生说最简便的做法就是在名字上做个手脚，好给老天爷打个马虎眼儿，让他饶过我这个孽障，从此逢凶化吉，遇难呈祥。于是就给我取了“让”字。在我们方言里，让不仅有避让的意思，还有柔软的意思。

“花了五毛钱呢。”奶奶说，“够买两斤鸡蛋的了。”

“你又不是为了我好。还不是怕我妨了谁、克了谁！”

这么说话的时候我已经上了小学，和她顶嘴早成了家常便饭。这顶嘴不是撒娇撒痴的那种，而是真真的水火不容。因为她不喜欢我，我也不喜欢她——当然，身为弱势，我的选择是被动的：她先不喜欢我，我也只好不喜欢她。

亲人之间的不喜欢是很奇怪的一种感觉。因为在一个屋檐下，再不喜欢也得经常看见，所以自然而然会有一种温暖。尤其是大风大雨的夜，我和她一起躺在西里间。虽然各睡一张床，然而听着她的呼吸，就觉得踏实，安恬。但又因为确实不喜欢，这低凹的温暖中就又有一种高凸的冷漠。在人口众多川流不息的白天，那种冷漠引起的嫌恶，几乎让我们不能对视。

从一开始有记忆起，就知道她是不喜欢我的。有句俗语："老大娇，老末娇，就是别生半中腰。"但是，作为老末的我却没有得到过她的半点娇宠。她是家里的慈禧太后，她不娇宠，爸爸妈妈也就不会娇宠，就是想娇宠也没时间，爸爸在焦作矿务局上班，妈妈是村小的民办教师，都忙着呢。

因为不被喜欢，小心眼儿里就很记仇，而她让我记仇的细节简直是俯拾皆是。比如，她常睡的那张水曲柳木黄漆大床。那张床是清朝电视剧里常见的那种大木床，四周镶着木围板，木板上雕着牡丹、荷花、秋菊、冬梅四季花式。另有高高的木顶，顶上同样有花式。床头和床尾还各嵌着一个放鞋子的暗柜，几乎是我家最华丽的家具。我非常向往那张大床，却始终没有在上面睡的机会。她只带二哥一起睡那张大床。和二哥只间隔三岁，在这张床的待遇上却如此悬殊，我很不平，一天晚上，便先斩后奏，好好地洗了脚，早早地爬了上去。她一看见就着了急，把被子一掀，厉声道："下来！"

我缩在床角，说："我占不了什么地方的，奶奶。"

"那也不中！"

"我只和你睡一次。"

"不中！"

她是那么坚决。被她如此坚决地排斥着，对自尊心是一种很大的伤害。我哭了。她去拽我，我抓着床栏，坚持着，死活不下。她实在没有办法，就抱着二哥睡到了我的小床上。那一晚，我就一个人孤零零地占着那张大床。我是在哭中睡去的，清早醒来的第一件事，就是接着哭。

她毫不掩饰自己对男孩子的喜爱。谁家生了儿子，她就说："添人了。"若是生了女儿，她就说："是个闺女。"儿子是人，闺女就只是闺女。闺女不是人。当然，如果哪家娶了媳妇，她也会说："进人了。"——这一家的闺女成了那一家的媳妇，才算是人。因此，自己家的闺女只有到了别人家当媳妇才算人，在自己家是不算人的。这个理儿，她认得真真儿的。每次过小年的时候看她给灶王爷上供，我听得最多的就是那一套："……您老好话多说，赖话少言。有句要紧话可得给送子娘娘传，让她多给骑马射箭的，少给穿针引线的。"骑马射箭的，就是男孩。穿针引线的，就是女孩。在她的意识里，儿子再多也不多，闺女呢，就是一门儿贴心的亲戚，有事没事走动走动，百年升天脚蹬莲花的时候有这把手给自己梳头净面，就够了。因此再多一个就是多余——我就是最典型的多余。她原本指望我是个男孩子的，我的来临让她失望透顶：一个不争气的女孩身子，不仅占了男孩的名额，还占了个男孩子的秉性，且命那么硬。她怎么能够待见我？

做错了事，她对男孩和女孩的态度也是截然不同。要是大哥和二哥做错了事，她一句重话也不许爸爸妈妈说，且原因充分：饭前不许说，因为快吃饭了；饭时不许说，因为正在吃饭；饭后不许说，因为刚刚吃过饭；刚放学不许说，因为要做作业；睡觉前不许说，因为要睡觉……但对女孩，什么时候打骂都无关紧要。她就常在饭桌上教训我的左撇子。我自会拿筷子以来就是个左撇子，干什么都喜欢用左手。平时她看不见就算了，只要一坐到饭桌上，她就要开始管教我。怕我影响大哥二哥和姐姐吃饭，把我从这个桌角撵到那个桌角，又从那个桌角撵到这个桌角，总之怎么看我都不顺眼，我坐到哪里都碍事儿。最后通常还是得她坐到我的左边。当我终于坐定，开始吃饭，她的另一项程序就开始了。

“啪！”她的筷子敲到了我左手背的指关节上。生疼生疼。

“换手！”她说，“叫你改，你就不改。左耳朵进，右耳朵出！”

“不会。”

“不会就学。别的不学这个也得学！”

知道再和她犟下去菜就被哥哥姐姐们夹完了，我就只好换过来。我鼓嘟着嘴巴，用右手生疏地夹起一片冬瓜，冬瓜无声无息地落在饭桌上。我又艰难地夹起一根南瓜丝，还是落在了饭桌上。当我终于把一根最粗的萝卜条成功地夹到嘴边时，萝卜条却突然落在了粥碗里，粥汁儿溅到了我的脸上和衣服上，引得哥哥姐姐们一阵嬉笑。

“不管用哪只手吃饭，吃到嘴里就中了，什么要紧。”妈妈终于说话了。

“那怎么会一样？将来怎么找婆家？”

“我长大就不找婆家。”我连忙说。

“不找婆家？娘家还养你一辈子哩。还给你扎个老闺女坟哩。”

“我自己养活自己，不要你们养。”

“不要我们养，你自己从石头缝里蹦出来的？自己给自己喂奶长这么大？” 她开始不讲逻辑，我知道无力和她抗争下去，只好不作声。

下一次，依然如此，我就换个花样回应她：“不用你操心，我不会嫁个也是左撇子的人？我不信这世上只我一个人是左撇子！”

她被气笑了：“这么小的闺女就说找婆家，不知道羞！”

“是你先说的。”

“哦，是我先说的。咦——还就我能先说，你还就不能说。”她得意扬扬。

“兄弟姊妹四个里头，就你的相貌极肖她，还就你和她不对路。”妈妈很纳闷，“怪哩。”

3

后来听她和姐姐聊天我才知道，她小时候娘家的家境很好，那时我们李家的光景虽然不错，和她王家却是绝不能比的。他们大家族枝枝杈杈四五辈共有四五十口人，男人们多，家里还雇有十几个长工，女人们便不用下地，只是轮流在家做饭。她们这一茬女孩子有八九个，从小就大门不出，二门不迈，只是学做女红和厨艺。家里开着方圆十几里最大的磨坊和粉坊，养着五六头大牲口和几十头猪。农闲的时候，磨坊磨面，粉坊出粉条，牲口们都派上了用场，猪也有了下脚料吃，猪粪再起了去壮地，一样也不耽搁。到了赶集的日子，她们的爷爷会驾着马车，带她们去逛一圈，买些花布，头绳，再给她们每人买个烧饼和一碗羊杂碎。家里哪位堂哥娶了新媳妇，她们会瞒着长辈们偷偷地去听房，当然也常常会被发现。一听见爷爷的咳嗽声，她们就会作鸟兽散，有一次，她撒丫子跑的时候，被一块砖头绊倒，磕了碗大的一片黑青。

嫁过来的时候，因为知道婆家这边不如娘家，怕姑娘受苦，她的嫁妆就格外丰厚：带镜子和小抽屉的脸盆架，雕花的衣架，红漆四屉的首饰盒，一张八仙桌，一对太师椅，两个带鞋柜的大樟木箱子，八床缎子面棉被……还有那张水曲柳的黄漆木床。

“一共有二十抬呢。”她说。那时候的嫁妆是论“抬”的。小件的两个人抬一样，大件的四个人抬一样。能有二十抬，确实很有规模。

说到兴起，她就会打开樟木箱子，给姐姐看她新婚时的红棉裤。隔着几十年的光阴，棉裤的颜色依然很鲜艳。大红底儿上起着淡蓝色的小花，既喜悦，又沉静。还有她的首饰，“文革”时被破四旧的人抢走了许多，不过她还是偷偷地保留了一些。她打开一层层的红布包，给姐姐看：两支长长的凤头银钗，因为时日久远，银都灰暗了。她说原本还有一对雕龙画凤的银镯子，三年困难时期，她响应国家号召向灾区捐献物资，狠狠心把那对镯子捐了。后来发现戴在了一名村干部的女儿手上。

“我把她叫到咱家，哄她洗手吃馍，又把镯子拿了回来。他们到底理亏，没敢朝我再要。”

“那镯子呢？”

“卖了，换了二十斤黄豆。”

她生爸爸的时候，娘家人给她庆满月送的银锁，每一把都有三两重，一尺长，都佩着烦烦琐琐的银铃和胖胖的小银人儿。她说原先一共有七把，“破四旧”时被抢走了四把，就只剩下了三把，后来大哥和二哥生孩子，生的都是儿子，她就一家给了一把。姐姐生的是女儿，她就没给。

“你再生，要生出来儿子我就给你。”她对姐姐说，又把脸转向我，“看你们谁有本事先生出儿子。迟早是你们的。”

“得了吧。我不要。”我道，“明知道我最小，结婚最晚。根本就是不存心给我。”

“你说得没错，不是给你的，是给我重外孙子的。”她又小心翼翼地裹起来，“你们要是都生了儿子，就把这个锁回回炉，做两个小的，一人一个。”

偶尔，她也会跟姐姐聊起祖父。

“我比人家大三岁。女大三，抱金砖。” 她说，她总用“人家”这个词来代指祖父。“我过门不多时，就乱了，煤窑厂子都关了，你太爷爷就回家闲了，家里日子一天不如一天。啥金砖？

银砖也没抱上，抱的都是土坷垃。”

“人家话不多。”

“就见过一面，连人家的脸都没敢看清，就嫁给人家了。那时候嫁人，谁不是晕着头嫁呢？”

“和人家过了三年，哪年都没空肚子，前两个都是四六风。可惜的，都是男孩儿呢。刚生下来的时候还好好儿的，都是在第六天头上死了，要是早知道把剪刀在火上烤烤再剪脐带就中，哪会只剩下你爸爸一个人？”

后来，“人家”当兵走了。

“八路军过来的时候，人家上了扫盲班，学认字。人家脑子灵，学得快……不过，世上的事谁说得准呢？要是笨点儿，说不定也不会跟着队伍走，现在还能活着呢。”

“哪个人傻了想去当兵？队伍来了，不当不行了。”她毫不掩饰祖父当时的思想落后，“就是不跟着这帮人走，还有国民党呢，还有杂牌军呢，哪帮人都饶不了。还有老日呢。”——老日，就是日本鬼子。

“老日开始不杀人的。进屋见了咱家供的菩萨，就赶忙跪下磕头。看见小孩子还给糖吃。后来就不中了，见人就杀。还把周岁大的孩子挑到刺刀尖儿上耍，那哪还能叫人？”

老日来的时候，她的脸上都是抹着锅黑的。

“人家”打徐州的时候，她去看他，要过黄河，黄河上的桥散了，只剩下了个铁架子。白天不敢过，只能晚上过。她就带着爸爸，一步一步地踩过了那条漫长的铁架子，过了黄河。

“月亮可白。就是黄河水在脚底下，哗啦啦的吓人。”

“人家那时候已经有通讯员了，部队上的人对我们可好。吃得也可好，可饱。住了两天，我们就回来了。家属不能多住，看看就中了。”

那次探亲回来，她又怀了孕，生下了一个女儿。女儿白白胖胖，面如满月，特别爱笑。但是，一次一个街坊举起孩子逗着玩的时候，失手摔到了地上。第二天，这个孩子就夭折了。才五个月。

讲这件事时，我和她坐在大门楼下。那个街坊正缓缓走过，还和她打着招呼。

“歇着呢？”

“歇着呢。”她和和气气地答应。

“不要理他！”我气恼她无原则地大度。

“那还能怎么着？账哪能算得那么清？他也不是蓄心的。”她叹气，“死了的人死了，活着的人还得活着。”

后来，她收到了祖父的阵亡通知书。“就知道了，人没了。那个人，没了。”

“听爸爸说，解放后你去找过爷爷一次。没找到，就回来了。回来时还生了一场大病。”

“哦。”她说，“一个人说没就没了，一张纸就说这个人没了，总觉得不真。去找了一趟，就死心了。”

“你是哪一年去的？”

“1956年吧。五六、五七，记不清了。”

“那一趟，你走到了哪儿？”

“谁知道走到了哪儿。我一个大字不识的妇女，到外头知道个啥。”

4

因为是光荣烈属，建国后，她当上了村里的第一任妇女主任，妇女主任应该是党员。组织上想发展她入党，她犹豫了，听说入党之后还要交党费，还要参加各种各样的活动和会议，她更犹豫了。觉得自己作为一个寡妇，从哪方面考虑都不合适。

“我能管好我家这几个人就中了，哪儿还有力气操那闲心。”她说。

她谢绝了。但是后来时兴人民公社大食堂，她以烈属身份要求去当炊事员。

“还不是为了能让你爸爸多吃二两。”她说。

随着我们这几个孩子的降生，家里的生活越来越紧巴。在生产队里的时候，因为孩子们都上学，爸爸妈妈又上班，家里只有她一个劳力挣工分，年终分配到的粮食就很少，颗颗贵似金。肯定不够吃，得用爸爸的工资在城里再买。这种状况使得她对粮食的使用格外细腻。她说有的人家不会过，麦子刚下来时就猛吃白面，吃到过了年，没有白面了，才开始吃白面和玉米面杂卷的花馍。到后来连花馍也吃不上了，就只好吃纯黄的窝窝头，逢到宾来客往，还得败败兴兴地去别人家借白面。到了收麦时节，这些人家拿到地里打尖儿的东西也就只有窝头。收麦子是下力气活儿，让自己家的劳力吃窝头，这怎么说得过去呢？简直就是丢人。

她从来没有丢过这种人。从一开始她就隔三岔五让我们吃花馍，早晚饭是玉米面粥，白面只有过年和收麦时才让吃得尽兴些。过年蒸的白面馍又分两种，一种是纯白面馍，叫“真白鸽”，主要用于待客。另一种是白面和白玉米面掺在一起做的，看起来很像纯白面馍，叫“假白鸽”，主要用于自家吃。

“人过留名，雁过留声。客人当然得吃好的。”她说，“自己家嘛，填坑不用好土——也算好土了。”

杂面条也是我们素日经常吃的。也分两种：绿豆杂面和白豆杂面。绿豆杂面是绿豆、玉米、高粱和小麦合在一起磨的。白豆杂面是白豆、小麦和玉米合在一起磨的。杂面粗糙，做不好的话豆腥味儿很大。她却做得很好吃。一是因为搭配比例合理，二是在于最后一道工序：面熟起锅之后，她在勺里倒一些香油，再将葱丝、姜丝和蒜瓣放在油里热炒，炒得焦黄之后将整个勺子往饭锅里一焖，只听哧啦一声，一股浓香从锅底涌出，随即满屋都是油亮亮香喷喷。

那时候没法子吃新鲜蔬菜，一到春天就青黄不接，她就往稀饭里放榆叶、黑槐叶、蛐蛐菜、马齿菜、荠菜和灰灰菜，还趁着四季腌各种各样的酱菜：春天腌香椿，夏天腌蒜苗，秋天腌韭菜、辣椒、芥菜，冬天腌萝卜和黄菜。仅就白菜，她就又分出三个等级：首先是好白菜，圆滚滚，瓷丁丁。其次是样子好看却不瓷实的，叫青干白菜。最差的是只长了些帮子的虚棵白菜。她让我们先吃的是青干白菜，然后是好白菜。至于虚棵白菜，她就放在锅里煮，高温去掉水分之后，再挂在绳子上晾干，这时的白菜叫作“烧白菜”。来年春天，将烧白菜再回锅一煮，就能当正经菜吃。有几年春天，她做的这些烧白菜还被人收购过，一斤卖到了三毛钱。

“它们喂人，人死了埋到地下再喂它们。”每当吃菜的时候，她就会这么说。

一切东西对她来说似乎都是有用的：玉米衣用来垫猪圈，玉米芯用来当柴烧。洗碗用的泔水，她从来不会随随便便地泼掉，不是拌鸡食就是拌猪食。我家要是没鸡没猪，她就提到邻居家，也不管人家嫌弃不嫌弃。“总是点儿东西，扔掉了可惜。”她说。内衣内裤和袜子破了，她也总是补了又补。用来补衣服的材料是那些无法再补的旧衣的碎片。“用旧补旧，般配得很。”她说。我知道这不是因为般配，而是她觉得用新布补旧衣就糟蹋了新布。在她眼里，破布也分两种，一种是纯色布，那就当孩子的尿布，或者给旧衣服当补丁。另一种是花布，就缝成小小的三角，三角对三角，拼成一个正方形，几十片正方形就做成了一个花书包。

路上看到一块砖，一根铁丝，一截塑料绳，她都要拾起来。“眼前没用，可保不准什么时候就用上了。宁可让东西等人，不能让人等东西。”她说。

“你奶奶是个仔细人哪。”街坊总是对我们这么感叹。

这里所说的仔细，在我们方言的含义中就是指“会过日子”，也略微带些形容某人过于吝啬的苛责。

奶奶还长年织布。她说，年轻时候，只要没有什么杂事，每天她都能卸下一匹布。一匹布，二尺七寸宽，三丈六尺长。春天昼长的时候，她还能多织丈把。后来她学会了织花布，将五颜六色的彩线一根根安在织布机上，经线多少，纬线多少，用哪种颜色，是要经过周密计算的。但不管怎么复杂，都没有难倒她。五十年前，一匹白布的价是七块两毛钱，一匹花布的价是十块六毛钱。她就用这些长布供起了爸爸的学费。

纺织的整个过程很烦琐：纺，拐，浆，落，经，镶，织。织只是最后一道。她一有空就坐下来摩挲那些棉花，从纺开始，一道一道地进行着，慢条斯理。而在我童年的记忆中，每每早上醒来，和鸟鸣一起涌入耳朵的，确实也就是唧唧复唧唧的机杼声。来到堂屋，就会看见她坐在织布机前。梭子在她的双手间飞鱼似的传动，简洁明快，娴熟轻盈。

生产队的体制里，一切生产资料都是集体的，各家各户都没有棉花。她能用的棉花都是买来的，这让她很心疼。一到秋天，棉花盛开的时节，我和姐姐放学之后，她就派我们去摘棉花。去之前，她总要给我们换上特制的裤子，口袋格外肥大，告诉我们："能装多少是多少。"我说："是偷吧？"她就"啪"地打一下我的脑袋。

后来，她织的布再也卖不动了，再后来，那些布把我们家的箱箱柜柜都装满了，她的眼睛也不行了，她才让那架织布机停下来。

她去世那一年，那架织布机散了。

5

小学毕业之后，我到镇上读初中。三里地，一天往返两趟，是需要骑自行车的。爸爸的同事有一辆半旧的二六式女车，爸爸花了五十块钱买了下来，想要给我骑。却被奶奶拦住了。

“三里地，又不远。我就不信会把脚走大了。”

“已经买了，就让二妞骑吧。”

“她那笨手笨脚的样儿，不如让二宝骑呢。”此时我的二哥正在县里上高中。他住校，两周才回家一次。我可是每天两趟要去镇上的啊。

爸爸不说话了。我深感“正不压邪”，于是决定要为自己的权利做斗争。一天早上，我悄悄地把自行车推出了家门。谁知道迎头碰上了买豆腐回来的她，她抓了我一把，没抓住，就扭着小脚在后面追起来。我飞快地蹬啊，蹬啊。骑了一段路，往后看了看，她不追了，却还停在原地看着我。

我知道这辆车我大约只能骑一次了，顿时悲愤交加。沿路有一条小河，水波清澈，浅不没膝，这时候，一个衣扣开了，我懒得下车，便腾出左手去整衣服，车把只靠右手撑着，就有些歪。歪的方向是朝河的。待整好衣服，车已经靠近河堤的边缘了，如果此时纠正，完全不会让车出轨。鬼使神差，我突然心生歹意，想：反正这车也不让我骑，干脆大家都别骑吧。这么想着，车就顺着河堤冲了下去。——在冲下去的一瞬间，我清楚地记得，我还往身后看了看，她还在。一阵失控的跌撞之后，我如愿以偿地栽进了河里。河水好凉啊，河草好密啊，河泥好软啊。当我从河里爬起来时，居然傻乎乎地这么想着，还对自己做了个鬼脸。

那天上学，我迟到了。而那辆可爱的自行车经过这次重创之后，居然又被修车师傅耐心地维修到了勉强能骑的地步。我骑着它，一直骑到初中毕业。

很反常的，她没有对此事做出任何评论，看来是被我的极端行为吓坏了。我居然能让她害怕！这个发现让我又惊又喜。于是我乘胜追击，不断用各种方式藐视她的存在和强调自己的存在，从而巩固自己得之不易的家庭地位。每到星期天，凡是有同学来叫我出去玩，我总是扔下手中的活儿就走，连个招呼都不跟她打。村里若是演电影，我常常半下午就溜出去，深更半夜才回家。若是得了奖状回来，我就把它贴在堂屋正面毛主席像的旁边，让人想不看都不成。如果还有奖品，我一定会在吃晚饭的时候拿到餐桌上炫耀。每到此时，她就会漫不经心地瞟上一眼，淡淡道："吃饭吧。"

她仍是不喜欢我的。我很清楚。但只要她能把她的不喜欢收敛一些，我也就达到了目的。

初中毕业之后，我考上了焦作市中等师范学校。按我的本意，是想报考高中的，但她和爸爸都不同意。理由是师范只需要读三年就可以参加工作，生活费和学费还都是国家全额补助，而上高中不仅代价昂贵且前程未卜。看着我愤愤不平的样子，爸爸最后安慰我说，师范学校每年都组织毕业生参加高考。只要我愿意，也可以在毕业那年参加高考。于是去师范学校报到那天，我带上了一摞借来的高中旧课本。我暗暗发誓：一定要考上大学。

但是，毕业那年，我没有参加高考。那时我已经不愿意上大学了。我想尽早工作，自食其力。因为在师范生活的最后一年冬天，我没有了父亲，我知道自己面临的首要任务就是养活自己。

大约是为了好养，父亲是个女孩子名，叫桂枝，小名小胜。奶奶一直叫他小胜。第一次看见父亲的照片成了遗像，我在心里悄悄地叫了一声“小胜”，突然觉得，这个名字和我们兄妹四个的名字排在一起非常有趣：小强、小丽、小杰、小让，而他居然是小胜。听起来他一点儿也不像我们的父亲，而像我们的长兄。

父亲是患胃癌去世的。父亲生前，我叫他爸爸。父亲去世之后，我开始称他为父亲——一直以为，父亲、母亲、祖母这样隆重的称谓是更适用于逝者的。所以，当我特别想他们的时候，我就在心里称呼他们：爸爸，妈妈，奶奶。一如他们生前。至于我那从来未曾谋面的祖父，还是让我称他为祖父吧。

如果用一个字来形容奶奶对于父亲这个独子的感觉，我想只有这个字最恰当：怕。从怀着他开始，她就怕。生下来，她怕。是个男孩，她更怕。祖父走了，她独自拉扯着他，自然是怕。女儿夭折之后，她尤其怕。他上学，她怕。他娶妻生子，她怕。他每天上班下班，她怕。——他在她身边时，她怕自己养不好他。他不在她身边时，她怕整个世界亏待他。

父亲是个孝子，无论她说什么，他都俯首帖耳。表面上是他怕她，但事实上，则是她怕他。

没办法。爱极了，就是怕。

从父亲住院到他去世，没有一个人告诉奶奶真相。她也不提出去看，始终不提。我们从医院回来，她也不问。一个字儿都不问。我们主动向她报喜不报忧，她也只是静静地听着，最多只答应一声："噢。"到后来她的话越来越少，越来越少。父亲的遗体回家，在我们的哭声中，她始终躲着，不敢出来。等到入殓的时候，她才猛然掀开了西里间的门帘，把身子掷到了地上，叫了一声："我的小胜啊——"

这么多天都没有说话，可她的嗓子哑了。

6

我回到了家乡小镇教书。这时大哥已经在县里一个重要局委担任了副职，成了颇有头脸的人物。姐姐已经出嫁到离杨庄四十多里的一个村庄，二哥在郑州读财经大学。偌大的院子里，只有我、妈妈和她三个女人常住。父亲生病期间，母亲信了基督教。此时也已经退休，整天在信徒和教堂之间奔走忙碌，把充裕的时间奉献给了主。家里剩下的，常常只有我和她。不，我早出晚归地去上班，家里只有她。

至今我仍然想象不出她一个人在家的时光是怎么度过的。只知道她一天天地老了下去。不，不是一天天，而是半天半天地老下去。每当我早上去上班，中午回来的时候，就觉得她比早上要老一些。而当我黄昏归来，又觉得她比中午时分更老。本来就不爱笑的她，更不笑了。我们两个默默相对地吃完饭，我看电视，她也坐在一边，但是手里不闲着，总要干点儿什么：剥点儿花生，或者玉米。坐一会儿，我们就去睡觉。她睡堂屋西里间，我睡堂屋东里间。母亲回来睡东厢房。

每当看到她更老的样子，我就会想：照这样的速度老下去，她最终会变成什么样呢？一个人，每天每天都会老，最终会老到什么地步呢？

她的性情比以往也有了很大改变。不再串门聊天，也不允许街坊邻居们在我家久坐。但凡有客，她都是一副木木的样子，说不上冷淡，但绝对也谈不上欢迎。于是客人们就很快讪讪地走了。我当然知道这是因为父亲的缘故，就劝解她，说她应该多去和人聊聊，转移转移情绪。再想有什么用？反正父亲已经不在了。她拒绝了。她说："我没养好儿子，儿子走到了我前边儿，白发人送黑发人，老败兴。他不在了，我还在。儿子死了，当娘的还到人跟前举头竖脸，我没那心劲儿。"

她硬硬地说着。哭了。我也哭了。我擦干泪，看见泪水流在她皱纹交错的脸上，如雨落在旱地里。这是我第一次那么仔细地看着她哭。我想找块毛巾给她擦擦泪，却始终没有动。即使手边有毛巾，我想我也做不出来。我和她之间，从没有这么柔软的表达。如果做了，对彼此也许都是一种惊吓。

父亲的遗像，一直朝下扣在桌子上。

有一天，我下班早了些，一进门就看见她在摸着父亲那张扣着的遗像。她说："上头我命硬，下头二妞命硬。我们两头都克着你，你怎么能受得住呢？是受不住。是受不住。"

我悄悄地退了出去。又难过，又委屈。原来她一直是这么认为的！原来她还是一直这么在意我的命硬，就像在意她的——后来我才知道，她生于正月十五。青年丧夫，老年丧子，她的命是够硬的。但我不服气。我怎么能服气呢？父亲得的是胃癌，和我和她有什么关系？！我们并没有偷了父亲的寿，为什么要自己给自己栽赃？我不明白她这么做只是因为无法疏导过于浓郁的悲痛，只好自己给自己一个说法。那时我才十八岁，我怎么可能明白呢？不过，值得安慰的是，我当时什么都没说。我知道我的委屈和她的悲伤相比，没有发作的比重。

工资每月九十八元，只要发了我就买各种各样的吃食和玩意儿，大包小包地往回拿。我买了一把星海牌吉他，月光很好的晚上就在大门口的石板上练指法。还买了录音机，洗衣服做饭的时候一定要听着费翔和邓丽君的歌声。第一个春节来临之前，我给她和妈妈各买了一件毛衣。每件四十元。妈妈没说什么，喜滋滋地穿上了，她却勃然大怒。——我乐了。这是父亲去世后，她第一次发怒。

“败家子儿！就这么会花钱！我不穿这毛衣！”

“你不穿我送别人穿。”我说，“我还不信没人要。”

“贵巴巴的你送谁？你敢送？”她说着就把毛衣藏到了箱子里。那是件带花的深红色对襟毛衣，领子和袖口都镶着很古典的图案。

九十八元的工资在当时已经很让乡里人眼红了，却很快就让我失去了新鲜感。孩子王的身份更让我觉得无趣。第二个学期，我开始迟到，早退，应付差事。校长见我太不成体统，就试图对我因材施教。他每天早上都站在学校门口，一见我迟到就让我和迟到的学生站在一起。我哪能受得了这个，掉头就回家睡回笼觉。最典型的一次，是连着迟到了两周，相当于旷课了两周。所有的人都拿我无可奈何，而我却不自知——最过分的任性大约就是这种状况了：别人都知道你的过分，只有你不自知。

每次看到我回家睡回笼觉她都一副忧心忡忡的神情：一个放着人民教师这样光荣的职业却不好好干的女孩子，她在闹腾什么呢？她显然不明白，似乎也没有兴致去弄明白。她只是一到周末就等在村头，等她的两个孙子从县城和省城回来看她——她的注意力终于在不知不觉间从父亲身上转移到了孙子们身上。每到周末，我们家的饭菜就格外好：猪头肉切得细细的，烙饼摊得薄薄的，粥熬得浓浓的。然而只要两个哥哥不回来，我就都不能动。直到过了饭时，确定他们不会回来了，她才会说："吃吧。"

我才不吃呢。假装看电视，不理她。

"死丫头，这么好的饭你不吃，不糟蹋东西？"

"又不是给我做的，我不吃。"

"不是给你做的，给狗做的？"

"可不是给狗做的吗？"我伶牙俐齿，一点儿也不饶她，"可惜你那两只狗跑得太远，把家门儿都忘了。"

有时候，实在闲极无聊，她也会和我讲一些家常话。话题还是离不开她的两个宝贝孙子：大哥如何从小就爱吃糖，所以外号叫"李糖迷"；二哥小时候如何胖，给他擦屁股的时候半天都掰不开屁股缝儿……也会有一些关于姐姐的片段，如何乖巧，如何懂事。却没有我的。

“奶奶，”我故意说，“讲讲我的呗。’

“你？”她犹豫了一下，“没有。”

“好的没有，坏的还没有？”

“坏的嘛，倒是有的。”她笑了。讲我如何把她的鞋放在蒸馍锅里和馒头一起蒸，只因她说她的鞋子干净我的鞋子脏。我如何故意用竹竿打东厢房门口的那棵枣树，只因她说过这样会把枣树打死。我如何隔三岔五地偷个鸡蛋去小卖店换糯米糕吃，还仔细叮嘱老板不要跟她讲。其中有一件最有趣：一次，她在门口买凉粉，我帮她算账，故意多算了两毛钱。等她回家后，我才追了两条街跟那卖凉粉的人把两毛钱要了回来。她左思右想觉得钱不够数，也去追那卖凉粉的人，等终于明白真相时，我已经把两毛钱的瓜子嗑完了。

我们哈哈大笑。没有猜忌，没有成见，没有不满。真真正正是一家人在一起拉家常的样子。她嘴里的我是如此顽劣，如此可爱。这是我万万没有想到的。

但这种和谐甚至是温馨的时光是不多的。总的来说我和她的关系还相当冷漠。有时会吵架，有时会客气——一个人随着年龄的增长也会获得某种自然而然的程度加深的尊重，她对我的客气显然是基于这点。

我的工作状态越来越糟糕。学年终考，我的学生考试成绩在全镇排名中倒数第一。平日的邋遢和成绩的耻辱构成了无可辩驳的因果关系，作为误人子弟的败类我不被原谅。终于在一次全校例行的象征性应聘选举中，我成了实质性落聘的第一人。惩罚的结果是把我发配到一个偏远的村小教书。我当然不肯去，也不能再在镇里待下去，短暂的考虑之后我决定停薪留职。之前一些和我一样不安于当老师的师范同学已经有好几个南下打工，我和他们一直保持着联系。

正犹豫着怎么和她们开口，一件事加速了我的进程。那天，我起得早，走到厨房门口，听见妈妈正在低声埋怨她："……你要是当时叫大宝给她跑跑关系，留到县里，只怕她现在也不会弄得这么拾不起来。"

"她拾不起来是她自己软。能怨我？"

"丝瓜要长还得搭个架呢。一个孩子，放着关系不让用，非留在身边。你看她是个翅膀小的？"

"那几个白眼狼都跑得八竿子打不着，不留一个，有个病的灾的去指靠谁？"

——一切全明白了。原来还是奶奶作祟，在清晨明媚的阳光中，我气得脑门发胀。我推开厨房的门，目光如炬，声音如铁，铿锵有力地向她们宣言："我也是个白眼狼！别指靠我！我也要走了！"

7

我一去三年没有回家，只是十天半月往村委会打个电话，让村长或村支书向她们转达平安，履行一下最基本的告知义务。三年中，我从广州到深圳，从海口到三亚，从苏州到杭州，从沈阳到长春，推销过保险，当过售楼小姐，在饭店卖过啤酒，在咖啡馆磨过咖啡，当然也顺便谈谈恋爱，经历经历各色男人。后来我落脚到了北京，应聘在一家报社做记者。

人在江湖漂，哪能不挨刀。吃过几次亏，碰过几次壁之后，我才明白，以前在奶奶那里受的委屈，严格来说，都不是委屈。我对她逢事必争，逢理必争，从来不曾“受”过，哪里还谈得上委和屈？真正的委屈是笑在脸上哭在心里的。无处诉，无人诉，不能诉，不敢诉，得生生闷熟在日子里。

这最初的世事磨炼让我学会了察言观色，看菜下碟。学会了在第一时间内嗅出那些不喜欢我的人的气息，然后远远地离开他们。如果迫不得已一定要和他们打交道，我就羽毛奓起，如履薄冰。我知道，某种意义上讲，他们就是我如影随形的奶奶。不同的是，他们会比奶奶更严厉地教训我，而且不会给我做饭吃。而在那些喜欢我的人面前，我在受宠若惊视宠若宝的同时也是小心翼翼的。生怕失去了这些喜欢，生怕失去了这些宠。——在我貌似任性的表征背后，其实一直长着一双胆怯的眼睛。我怕被这个世界遗弃。多年之后我才悟出：这是奶奶送给我的最初的精神礼物。可以说，那些日子里，她一直是我的镜子，有她在对面照着，才使得我眼明心亮。她一直是我的鞭子，有她在背上抽着，才让我不敢昏昏欲睡。她让我知道：这个世界上，总会有人不喜欢你，你会成为别人不愉快的理由，你从来就没有资本那么自负、自大、自傲。从而让我怀着无法言喻的隐忍、谦卑和自省，以最快的速度长大成人。

我开始想念她们。奇怪，对奶奶的想念要胜过妈妈。但因记忆里全是疤痕的硬，对她的想也不是那种柔软的想。和朋友们聊起她的时候，我总是不自觉地愤怨着她的封建、自私和狭隘，然后收获着朋友们的安慰和同情。终于有一次，一位朋友温和地斥责了我，她说："亲人总是亲人。奶奶就是再不喜欢你，也总比擦肩而过的路人对你更有善意。或许她只是不会表达，那么你就应该去努力理解她行为背后的意义。比如，她想把你留在身边，也不仅仅是为了养老，而是看你这么淘气、叛逆，留在身边她才会更安心。再比如，她嫌你命硬，你怎么知道她在嫌你的时候不是在嫌自己？她自己也命硬啊。所以她对待你的态度就是在对待她自己，对自己当然就是最不客气了。"

她对待我的态度就是在对她自己？朋友的话让我一愣。

我打电话的频率开始密集起来。一天，我刚刚打通电话，就听见了村支书粗糙的骂声："他娘的，你妈病啦！住院啦！你别满世界疯跑啦！赶快攥着你挣的票子回来吧！"

三天之后，我回到了杨庄。只看到了奶奶。父亲有病时似乎也是这样：其他人都往医院跑，只有她留守在家里。我是在大门口碰到她的，她拎着垃圾斗正准备去倒。看见我，她站住了脚。神情是如常的，素淡的。似乎我刚刚下班一样。她问："回来了？"

我说："哦。"

妈妈患的是脑溢血。症状早就显现，她因为信奉主的力量而不肯吃药，终于小疾酿成大患。当她出院的时候，除了能维持基本的吃喝拉撒之外，已经成了一个废人。

妈妈病情稳定之后，我向报社续了两个月的假。是，我是看到她和妈妈相依为命的凄凉景象而动了铁石心肠，不过我也没有那么单纯和孝顺。我有我的隐衷：我刚刚发现自己怀了孕。孩子是我最近一位男友的果实，我从北京回来之前刚刚和他分手。

我悄悄地在郑州做了手术，回家静养。因为瞒着她们，也就不好在饮食上有什么特别的讲究和要求。三代三个女人坐在一起，虽然我和她们有十万八千里的隔阂，也免不了得说说话。妈妈讲她的上帝耶稣基督主，奶奶讲村里的男女庄稼猪鸡狗。我呢，只好把我经历的世面摆了出来。我翻阅着影集上的图片告诉她们：厦门鼓浪屿，青岛崂山，上海东方明珠，杭州西湖，深圳民俗村和世界之窗……指着自己和民俗村身着盛装的少数民族演员的合影以及世界之窗的微缩模具，我心虚而无耻地向她们夸耀着我的成就和胆识。她们只是默默地看着，听着，没有发问一句。这在我的意料之中。我知道自己已经大大超越了她们的想象——不，她们早已经不再对我想象。我在她们的眼睛里，根本就是一个怪物。

讲了半天，我发现听众只剩下了奶奶。

"妈呢？"

"睡了。"她说，"她明儿早还要做礼拜。"

"那，咱们也睡吧。"我这才发现自己累极了。

"你喝点儿东西吧。"奶奶说，"我给你冲个鸡蛋红糖水。"

这是坐月子的女人才会吃的食物啊。我看着她。她不看我，只是颠着小脚朝厨房走去。

报社在河南没有记者站。续假期满，我又向报社打了申请，请求报社设立河南记者站，由我担任驻站记者。在全国人民过分热情的调侃中，河南这种地方一向都很少有外地人爱来，我知道自己一请一个准儿。果然，申请很快就被批准了，我在郑州租了房子，开始了新一轮的奔波。每周我都要回去看看妈妈和她。出于惯性，我身边很快也聚集了一些男人。每当我回老家去，都会有人以去乡下散心为名陪着我。小汽车是比公共汽车快得多，且有面子。我任由他们捧场。

对这些男人，妈妈不言语，奶奶却显然是不安的。开始她还问这问那，后来看到我每次带回去的男人都不一样，她就不再问了。她看我的目光又恢复到了以前的忧心忡忡。其实在她们面前，我对待那些男人的态度相当谨慎。我把他们安顿在东里间住，每到子夜十二点之前一定回到西里间睡觉。奶奶此时往往都没有睡着。听着她几乎静止的鼻息，我在黑暗中轻轻地脱衣。

“二妞，这样不好。”一天，她说。

“没什么。”我含糊道。

“会吃亏的。”

“我和他们没什么。”

“女人，有时候由不得自己。”

似乎有些谈心事儿的意思了。难道她有过除祖父之外的男人？我好奇心陡增，又不好问。毕竟，和她之间这样亲密的时机很少。我不适应。她必定也不适应——我听见她咳嗽了两声。我们都睡了。

日子安恬地过了下来。这是我期望已久的日子：有自由，有不菲的薪水，有家乡的温暖，有家人的亲情，还有恋爱。在外奔波的这几年里，我习惯了恋爱。一个人总觉得凄冷，恋爱就是靠在一起取暖。身边有男人围着，无论我爱不爱他们，心里都是踏实的，受用的。虽然知道这踏实是小小的踏实，受用是小小的受用，但，有总比没有要好。

“没事不要常回来了。我和你妈都挺好的。不用看。” 终于有一天，她说。

“多看看你们还有错啊。我想回来就回来。”我说。

“要是回来别带男人，自己回来。”

“为什么？不过是朋友。”

“就因为是朋友，所以别带来。要是女婿就尽管带。”她说，“你不知道村里人说话多难听。”

“难听不听。干吗去听！”我火了。

“我在这村里活人活了五六十年，不听不中。”她说，“你就别丢我的人了！”

“一个女人没男人喜欢，这才是丢人呢！”

“再喜欢也不是这么个喜欢法。”她说，“一个换一个，走马灯似的。”

“多了还不好？有个挑拣。”

“眼都花了，心都乱了。好什么好？”

“我们这时候和你们那时候不一样。你就别管我的事了。”

“有些理，到啥时候都是一样的。”

“那你说说，该是个什么喜欢法？”我挑衅。

她沉默。我料定她也只能沉默。

“你守寡太多年了。”我犹豫片刻，一句话终于破口而出，

"男女之间的事情，你早就不懂了。"

静了片刻，我听见她轻轻地笑了一声。

"没男人，是守寡。"她语调清凉，"有了不能指靠的男人，也是守寡。"

"怎么寡？"我坐起来。

"心寡。"她说。

我怔住。

8

我和她之间再次陷入了冷战期。我长时间地待在郑州，很久才回去一次。回去的时候，也不再带男人。我开始正式考虑结婚问题。一考虑这个问题，我就发现奶奶是多么正确：因为经历太多，我已经不知道什么人适合和我结婚。我面前的男人琳琅满目，花色齐全，但当我想要去捉住他们时，却发现哪个都没有让我付账的决心。

我确实是心寡。

其间有个男孩子，各方面条件都很不错，要说结婚，似乎也是可以的。但我拒绝了他的求婚，主要原因当然是不够爱他，次要原因则是不喜欢他的妈妈。那个老太太是一个落魄的高干遗孀，大手大脚，颐指气使，骄横霸道。她经常把退休金花得光光的，然后让孩子们给她凑钱买漂亮衣服和名贵首饰。她的口头禅是："吃好的，买贵的。人就活一辈子，不能委屈自己！"

是，这话没错。人能不委屈自己的时候是不该委屈自己。我也是这样。可我就是不喜欢她这个腔调，就是不喜欢她这个做派，就觉得她不像个老人。一个老人，怎么能这样没有节制呢？怎么能这么挥霍无度呢？怎么能这么没有老人的样子呢？——忽然明白，我心目中的老人标准，就是我生活在豫北乡下的奶奶。如果她和我的奶奶有那么些微相似，我想，我一定会加倍心疼她，宠她，甚至会为此加重和她儿子结婚的砝码。但她不是我的奶奶。我的奶奶不是这样。我不能和这样的老人在一起生活。

常常如此：我莫名其妙地看不惯那些神情自得生活优越的老人，一听到他们说什么夕阳红、黄昏恋、出国游，上什么艺术大学，参加什么合唱团，我心里就难受。后来，我才明白：我是在忌妒他们。替奶奶忌妒他们。

两年之后，当我再带男人回去的时候，只固定带了一个。后来，我和那个男人结了婚。用奶奶的话，“那个男人成了我的女婿”。他姓董。

和董认识是在一个饭局上。那个饭局是县政府为在省城工作的本籍人士举办的例行慰问宴。也就是定期和这些人联络一下感情，将来有什么事好让这些人都出力的意思。所谓“养兵千日，用兵一时”，这饭局就是养兵的草料。那天，我去得最晚。落座时只剩下了一个位置。右边是董，左边是一个女人。互相介绍过之后，我对左边的女人说：“对不起，我是左撇子，可能会让你不方便。”对方还没有反应，董马上站起来对我说：“我和你换换吧。”

他坐在了我的左边。吃饭期间聊起家常，他告诉我他大学毕业后工作没有着落，就留在郑州做了一家报社的记者，偶尔回县城看看退休的父母。和我一样，他也只是个应聘记者。

“好听的说法是随时会跳槽。”他说。

“不好听的说法是随时会被炒。”我说。

我们相视而笑。有多少像我们这样貌似齐整的流浪者啊。没有锦衣，就自己给自己造一件锦衣。见到生客就披上，见到自己人就揪下。

后来我问董对我初次的印象如何，董说：“长相脾气都在其次。我就是觉得你特别懂事。”

“懂事？”我吃惊。哑然失笑。第一次听到有人这么评价我，“何以见得？”

“我吃过的饭局千千万，见过的左撇子万万千，仅仅为自己是左撇子而向自己左手位道歉的人，你是第一个。”

只有懂事的人才能看到别人的懂事。活到一定的年纪，懂事就是第一重要的事。天造地设，我和董一拍即合。关系确定之后，我把他带了回去，向奶奶和母亲宣告。奶奶第二天就派大哥去打听董的家世。闻得清清白白，无可挑剔之后，才明确点了头，同意我和董结婚。

“这闺女这般好命，算修成正果了。”她说，“真是人憨天照顾。”

妈妈什么也做不了，奶奶就开始按老规矩为我准备结婚用品：龙凤呈祥的大红金丝缎面被，粉红色的鸳鸯戏水绣花枕套，双喜印底的搪瓷脸盆，大红的皂盒，玫瑰红的梳子……纺织类的物品一律缝上了红线，普通生活用品一律系上了红绳。做这一切的时候，她总是默默的。和别人说起我的婚事时，她也常常笑着，可是那笑容里隐隐交错着一种抑制不住的落寞和黯然。

两亲家见面那天，奶奶作为家长发言，道：“二妞要说也是命苦。爹走得早，娘只是半个人。我老不中用，也管不出个章程，反正她就是个不成材，啥活计也干不好，脾气还傻倔。给了你们就是你们的人，小毛病你们就多担待，大毛病你们就严指教。总之以后就是你们多费心了。”

公公婆婆客气地笑着，答应着，我再也坐不住，出了门。忍了好久，才没让泪滚出来。

婚礼那天清早，我和女伴们在里间化妆试衣，她和妈妈在外面接待着络绎不绝的亲友。透过房门的缝隙，我偶尔会看见她们在人群中穿梭着，分散着糖果和瓜子。她们脸上的神情都是平静的，安宁的，也显示着喜事应有的笑容。我略略地放了心。

随着乐曲的响起和鞭炮的骤鸣，迎亲的花车到了。按照我们的地方风俗，嫁娘要在堂屋里一张铺着红布的椅子上坐一坐，吃上几个饺子，才能出门。我坐在那张红布椅上，端着饺子，一眼便看见奶奶站在人群后面，她的目光并不看我，可我知道这目光背后还有一双眼睛，全神贯注地凝聚在我的身上。我把饺子放进口里，和着泪水咽了下去。有亲戚絮絮地叮嘱：“别噎着。”

到了辞拜高堂的时候了，亲戚们找来她和妈妈，让她们坐在两张太师椅上。我和董站在她们面前。周围的人都沉默着。——我发现往往都是这样，在男方家拜高堂时是喧嚷的，热闹的，在女方家就会很寂静，很安宁。而这仅仅是因为，男方是拜，女方是辞拜。

“姑娘长大成人了，走时给老人行个礼吧。”一位亲戚说。

我们鞠下躬去。在低头的一瞬间，我看见她们的脚——尤其是奶奶的脚。她穿着家常的黑布鞋，白袜子，鞋面上还落了一些瓜子皮的碎末儿。这一刻，她的双脚似乎在微微地颤抖着，仿佛有一种什么巨大的东西压在她的身上，让她坐也不能坐稳。

我婚后半年，妈妈脑溢血再次病发，离开了人世。

遗像里的母亲怎么看着都不像母亲。这感觉似曾相识——是的，遗像里的父亲曾经也让我感觉不像是父亲，而像我们的长兄。原谅我，对于母亲，我也只觉得她是一个姊妹。我们的长姊。而且因为生了我们，便成了最得宠的姊妹。父亲和奶奶始终都是担待她的。他们对她的担待就是：家务事和孩子们都不要她管，她只用管自己这份民办教师的工作。柴米油盐，人情世故，母亲几乎通通不懂。看着母亲甩手掌柜做得顺，奶奶有时候也会偷偷埋怨：“那么大的人了！”但是，再有天大的埋怨，她也只是在家里背着母亲念叨念叨，绝对不会让家丑外扬。

因为他们的宠，母亲单纯和清浅的程度几乎更接近于一个少女，而远非一个应该历尽沧桑的妇人。说话办事毫无城府，直至已经年过半百，依然在不经意间流露出一些浓重的孩子气。——多年之后，我才明白，自己其实也是有些羡慕她的孩子气的。这是她多年的幸福生活储蓄出来的性格利息。

父亲像长兄，母亲像长姊。这一切，也许都是因为奶奶太像母亲了。

母亲去世的时候，奶奶哭得很痛。泪很多。我知道，她把对父亲的泪也一起哭了出来。——这泪水，过了六年，她才通过逐渐消肿的心，尽情释放了出来。

“对不起，也许我的命真是太硬了。”办完丧事之后，我看着父亲和母亲的遗像，在心里默默地说，“这辈子家里如果还有什么不幸的事，请让我自己克自己。下辈子如果我们还是一家人，请你们做我的儿女，一起来克我。”

9

母亲的丧事之后，报社又进行了机构改革，河南记者站被撤并，我不想服从调配去外省，于是顺理成章地失了业，打算分娩之后再找工作——我已经怀孕三个月了。我们都劝奶奶去县城：大哥二哥和我都在县城有了家，照顾她会很方便。可她不肯。

“这是我的家。我哪儿都不去。你们忙你们的，不用管我。”她固执极了。

没办法，只有我是闲人一个。于是就回到了老家，陪她。

那是一段静谧的时光。两个女人，也只能静谧。

正值初夏，院子里的两棵枣树已经开始结豆子一般大的青枣粒，每天吃过晚饭，我和她就在枣树下面闲坐一会儿。或许是母亲的病逝拓宽了奶奶对晚辈人死亡的认知经验，从而让她进一步由衷地臣服于命运的安排；或许是母亲已经去和父亲做伴，让她觉得他们在那个世界都不会太孤单，她的神情渐渐呈现出一种久远的顺从、平和与柔软，话似乎也比以往多了些。不时地，她会讲一些过去的事："……大跃进时候，村里成立了缝纫组。我是组长。没办法，非要我当，都说我针线活儿最好，一些难做的活儿就都到了我手里。一次，有人送来一双一寸厚的鞋底，想让缝纫组的人配上帮做成鞋，谁都说那双鞋做不成，我就接了过来。晚上把鞋捎回了家，坐在小板凳上，把鞋底夹在膝盖中间，弯着上身，可着力气用在右手的针锥上，一边扎一边拧，扎透一针跟扎透一块砖一样。扎透了眼儿，再用戴顶针的中指顶着针冠，穿过锥孔，这边儿用大拇指和食指尖捏住针头，把后边带着的粗线再一点一点地拽出来……这双鞋做成之后，成了村里的鞋王。主家穿了十几年也没穿烂。"

"那时候，有人追你吗？"

"我又没偷东西，追我干啥。"她很困惑。

我忍不住笑了："我的意思是，有没有人想要你。"

她也笑了。眼睛盯着地。

"有。"她说，眼神涣散开来，"那时候还年轻，也不丑……你爸要是个闺女，我也能再走一家。可他是个小子，是能给李家顶门立户的人，就走不得了。"这很符合她重男轻女的一贯逻辑——她不能容忍一个男孩到别人屋檐下受委屈。

睡觉之前，她习惯洗脚。她的脚很难看，是缠了一半又放开的脚。大脚趾压着其他几个脚趾，像一堆小小的树根扎聚在一起，然而这树根又是惨白惨白的，散发着一种莫名其妙的恐怖气息。

“怎么缠了一半呢？怕疼了吧？”我好奇，又打趣她，“我一直以为你是个挺能吃苦的人哩。”

“那滋味不是人受的。小脚一双，眼泪一缸……是四岁那年缠上的。不裹大拇哥，只把那四根脚指头缠好，压到大拇哥下头。用白棉布裹紧……为啥用白棉布？白棉布涩啊，不会松动。这么缠上两三年，再把脚面压弯，弯成月亮一样，再用布密缝……疼呢。肉长在谁身上谁疼呗。白天缠上，到了晚上放放，白天再缠，晚上再放。后来疼得受不了了，就自己放开了，说啥都不再缠。”她羞赧地笑了，“我娘说我要是不缠脚，就不让我吃饭，我就不吃。后来还是她害怕了，撬开了我的嘴，给我喂饭。我奶奶说我要是不缠脚就不让我穿鞋。不穿就不穿，我就光着脚站到雪地里。……到底他们都没抗过我。不过，”她顿了顿，“我也遭到了报应，嫁到了杨庄。我这样的脚，城里是没人要的，只能往乡下嫁，往穷里嫁。我那姊妹几个，都比我嫁得好。”

“你后悔了？”

“不后悔。就是这个命。要是再活一遍，也还是缠不成这个脚。”她说。

有时候，她也让我讲讲。

“说说外头的事吧。”

我无语。说什么呢？我不知道该说什么。转了这么一大圈，又回到这个小村落，我忽然觉得：世界其实不分什么里外。外面的世界就是里面的世界，里面的世界就是外面的世界，二者从来就没有什么不同。

偶尔，街坊邻居谁要是上火头疼流鼻血，就会来找她。她就用玻璃尖在他们额头上扎几下，放出一些黑黑的血。要是有不满周岁的孩子跌倒受了惊吓，也会来找她，她就把那孩子抱到被惊吓的地方，在地上画个圆圈，让孩子站进去，嘴里喊道："倒三圈儿，顺三圈儿。小孩魂儿，就在这儿。拽拽耳朵筋，小魂来附身。还了俺的魂，来世必报恩。"然后喊着孩子的名字问："来了没有？"再自己回答："来了！来了！"

有一次，给一个孩子叫过魂后，我听见她在院子里逗孩子猜谜语。孩子才两岁多，她说的谜语他一个都没有猜出来。基本上她都在自言自语："……俺家屋顶有块葱，是人过来数不清。是啥？……是头发。一母生的弟兄多，先生兄弟后有哥。有事先叫兄弟去，兄弟不中叫大哥。是啥？……是牙齿。红门楼儿，白插板儿，里面坐个小耍孩儿。是啥？是舌头。还有一个最容易的：一棵树，五把杈，不结籽，不开花，人人都不能离了它。是啥？……这都猜不出来呀……"

这是手。我只猜出了这个。

我的身子日益笨重起来，每天早上起床，她都要瞄一眼我的肚子，说一句："有苗不愁长呢。世上的事，就属养孩子最见功。"

董也越来越不放心，隔三岔五就到杨庄来看我，意思是想要我回县城去。毕竟那里的医疗条件要好得多，有个意外心里也踏实。但这话我无法说出口。她不走，我就不能离开。我知道她不想走，那我也只能犟着。终于犟到夏天过去，我怀胎七月的时候，她忍不住了，说："你走吧。跟你公公婆婆住一起，有个照应。"

"那你也得走。"我说，"你要是不想跟哥哥们住，我就再在县城租个房子，咱俩住。”

“租啥房子，别为我作惊作怪的。”她犹豫着，终于松了口，“我又不是没孙子。我哪个孙子都孝顺。”

她把换洗的衣服打了个包裹，来到了县城，开始在两个哥哥家轮住。要按大哥的意思，是想让奶奶常住他家的。但是大嫂不肯，说：“万一奶奶想去老二家住呢？我们不能霸着她呀。人家老二要想尽孝呢？我们也不能拦着不让啊。”这话说得很圆，于是也就只有让奶奶轮着住了。这个月在大哥家，那个月在二哥家，再下一个月到大哥家。

她不喜欢被轮着住。我想，哪个正常的老人都不会喜欢被轮着住。——这真是一件残酷的事，是儿女们为了均等自己的责任而做出的最自私最恶劣的事。

“哪儿都不像自己的家。到哪家都是在串亲戚。”她对我说。

有我在，她是安慰的。我经常去看她，给她零花钱，买些菜过去，有时我会把她请到我家去吃饭。每次说要请她去我家，她都会把脸洗了又洗，头发梳了又梳。她不想在我公婆跟前显得不体面。在我家无论吃了什么平凡的饭菜，她回去的表情都是喜悦的。能被孙女请去做客，这让她在孙媳妇面前，也觉得自己是体面的。——我能给予她的这点辛酸的体面，是在她去世之后，我才一点一点回悟出来。

10

在大哥家的日子让她这辈子的物质生活到达了丰盛的顶端：在席梦思床上睡觉，在整体浴室洗澡，在真皮沙发上看电视，时不时就下馆子吃饭。大哥让她吃什么，她就吃什么。大哥让她喝什么，她就喝什么。当着他们，她只说：“好。”大哥很是欣慰和自豪，甚至为此炫耀起来。他认为自己尽孝的方式也在与时俱进。我不止一次听他说：“奶奶说她喜欢万福饭店的清蒸鲈鱼。”“奶奶说她喜欢双贵酒楼的太极双羹。”

我不信。悄悄问她，她抿嘴一笑：“哪儿能记住那些花哨名儿，反正都好吃。”不过，对日本豆腐她倒是印象深刻：“啥日本豆腐，我就不信那豆腐是日本来的。从日本运到这儿，还不馊？”

夏天，大哥家里的空调轰轰地响着。他们一出门，她就把空调关了。

“冬天不冷，夏天不热。就不是正经日子。”她说。

“热不着也冻不着，不是福气吗？”我问。

“冬天就得冷，夏天就得热。”她说，“不是正经日子，就不是正经福气。”

吃着大棚里种出来的不分时节的蔬菜，她也会唠叨：“冬天就该吃白菜，夏天就该吃黄瓜。冬天的黄瓜，夏天的白菜，就是没味儿。”

“你知道这些菜有多贵吗？”

"是吃菜，又不是吃钱。"她说，"再贵也还是没味儿。"

看到大嫂二嫂都给儿子们买名牌服装，她就教训我："越是娇儿，越得贱养。这么小的孩子，吃上不耽误就中，穿上可别太惯了。一年一长个子，穿那么好有什么用。"

"你就只会说我，怎么不说她们？"我说，"吃柿子拣软的捏！"

"看你这个柿子多软呢。"她不由得笑了，"好话得说给会听的人。媳妇的心离我百丈远，只能说给闺女听。"

"你的好话还不就这几句？我早就背会了。"

"好文不长，好言不多。背会了没用，吃透了才中。"

…………

那天，小侄子的随身听在茶几上放着，她突然有些不好意思地指了指，问我这是做什么用的。我说可以听音乐。她害羞地沉默着，我明白过来，连忙去找磁带，找了半天，都没有合适的。只好放了一盘贝多芬的《命运交响曲》。

听了大约十几分钟，她把耳机取了下来。

"好听。"她说，"就是太凉。"

她也看电视。有时候，我悄悄地走进大哥家，就会看见她正规正矩地坐在那台三十四寸的大彩电面前，静静地看着屏幕，很专注的样子，边看边自言自语。

"这嗓子真亮堂。一点儿都不费力。"是宋祖英在唱歌。

"可不是，那时候穿的就是这衣裳。"画面上有个女人穿着旗袍。

"哎呀，咋又死了个人？"武侠片。

大哥回来，看的都是体育节目。她也跟着看。一边叹息：滑冰的人在冰上滑，咋还穿那么少？不冻得慌？那么多人拍一个球，咋就拍不烂？谁负责掏钱买球？开始我们还解释得很耐心，后来发现这些问题又衍生出了新的问题，简直就是一个无穷无尽的连环套，不由得就有些气馁，解释的态度就敷衍起来。她也就不再问那么多了。

1998 年“法兰西之夏”世界杯，我天天去大哥家和他们一起看球。二哥也经常去。哥哥们偶尔会靠着她的肩膀或是枕在她的腿上撒撒娇。——她现在唯一的作用似乎只是无条件地供我们撒娇。多年之后，我才明白：能容纳你无条件撒娇的那个人，就是你生命里最重要的人。她显然也很享受哥哥们的撒娇。球赛她肯定是看不懂的，却也不去睡，在我们的大呼小叫中，她常常会很满足地笑起来。

看到球员跌倒，她会说 ：“疼了吧？多疼。快起来吧。”

慢镜头把这个动作又回放了一遍，她道 ：“咋又跌了一下？”

球进了网，她说 ：“多不容易。”

慢镜头回放，她又道 ：“你看看，说进就又进了一个。”

我们大笑，对她解释说这是慢镜头回放，是为了让观众看得更清楚些。

“哦，不算数啊。”她不好意思地笑了，“这我哪儿懂。”

刚才进球的过程换了个角度又放了一遍慢镜头。

“看看，又进了。又进了。”她说。听我们一片静默，她忐忑起来，“这个算数不算数？”

住了一段时间，她越来越多地被掺和到两个哥哥各自的夫妻矛盾中。——真是奇怪，我婚后的生活倒很太平。这让我觉得，每个人都有不安分的毒，这毒的总量是恒定的，不过是发作的时机不同而已。这事不发那事发，此处不发彼处发，迟不发早发，早不发迟发，早早迟迟总要发作出来才好。我是早发类的，发过就安分了。哥哥们和姐姐却都跟我恰恰相反。一向乖巧听话的姐姐在出嫁后着了魔似的非要生个男孩，为此东躲西藏狼狈不堪，怀了一个又一个，流产了一次又一次，现在已经有了两个女孩，那个儿子的理想还没有实现。大哥仕途顺利，已经由副职提成了正职，重权在握，趋奉者众，于是整天笙歌艳舞，夜不归宿，嫂子常常为此疑猜，和他怄气。二哥自从财经学院毕业之后，在县城一家银行当了小职员，整天数钱的他显然为这些并不属于自己的钱而深感焦虑，于是他整天谋算的就是怎么挣钱。他谋算钱的方式就两种，一是炒股，二是打麻将。白天他在工作之余慌着看股市大盘，一下班就忙着凑三缺一，和二嫂连句正经话都懒得说，二嫂为此也是怨声载道。

没有父母，奶奶就是家长。她在哪家住，哪家嫂子就向她唠叨，然后期望她能够发发威，改改孙子们的毛病。她也说过哥哥们几次，自然全不顶用，于是她就只有自嘲："可别说我是佘太君了，我就是根五黄六月的麦茬，是个等着翻进土里的老根子。"

我每去看她，她都会悄悄地对我讲：这个媳妇说了什么，那个媳妇脸色怎样。她的心是明白的，眼睛也是亮的。但我知道不能附和她。于是一向都是批评她："怎么想那么多？哪有那么多的事？"

“哼，我什么都知道。”她很不服气，“我又没瞎，你怎么叫我假装看不见？”

“你知道那么多有什么用？你懂不懂人有时候应该糊涂？”终于，有一次，我对她说。

“我懂，二妞。”她黯然道，“可世上的事就是这样，想糊涂的人糊涂不了，想聪明的人难得聪明。”

“这么说，我奶奶是糊涂不了的聪明人了？”我逗她。她扑哧一声笑了。

最后一次孕前检查，医生告诉我是个男孩。婆家弟兄三个里，董排行最小。前两个哥哥膝下都是女孩。

“这回你公公总算见到下辈人了。”奶奶很有些得意地说。

儿子满月那天，她和姐姐、哥嫂们一起过来看我，薄棉袄外面罩着那件带花的深红色对襟毛衣。我刚上班那年花四十元给她买的这件毛衣，几乎已经成了她最重要的礼服。她给了儿子一个红包。

“放好。钱多。”她悄悄说。

等她走后，我把这个红包拿了出来，发现除了一张一百元，还有一张十元。——那一百元一定是哥哥们给她的，那十元一定是她自己的私房钱。

我握着那张皱巴巴的十元钱，终于落了泪。

11

儿子一岁的时候，我找到了一份新工作，被聘为北京一家旅游杂志驻河南记者站的记者。杂志社要求记者站设在郑州，那就必须在郑州租房子。我把这点意思透露给奶奶，她叹了口气："又跑那么远哪。"

和董商量了一下，我决定依然留在县城，陪她。董在郑州的租住地就当成我的记者站处所，他帮我另设了一个信箱，替我打理在郑州的一切事务。如果需要我出面，我就去跑几天再回来。

工作进展得很顺利。因为打着旅游杂志的牌子，可以免费到各个景区走走，以采访为借口游玩一番。最一般的业绩每月也能卖出几个页码，运气好的时候甚至可以拉到整期专刊的版面，日子很是过得去。很对我的胃口。闲时还能去照顾照顾奶奶，好得不能再好了。

仿佛是为了应和我留下来的决定，不久，她就病了，手颤颤巍巍的，拿不起筷子，系不住衣扣。把她送到医院做了 CT，诊断结果是脑部生了个很大的瘤，虽然是良性的，却连着一根大血管，还压迫着诸多神经，如果不做手术切除，她很快就会不行。然而若要做，肯定又切不干净。我们兄妹四个开了几次会，商量到底做不做手术——她已经七十九岁，做开颅手术已经很冒险。总之，不做肯定是没命。做了呢，很可能是送命。

我们去征求她的意见。

“我的意思，还是回家吧。”她说，“我不想到了了还光头拔脑，破葫芦开瓢的，多不好。到地底下都没法子见人。”

“你光想着去地底下见人，就没想着在地面上多见见我们？”我笑。

“我不是怕既保不了全尸又白费你们的钱吗？你们的钱都不是好挣的。”

“我们四个供你一个，也还供得起。”大哥说。

“那，”她犹豫着，“你们看着办吧。”

两周的调养之后，她做了开颅手术，手术前，她果然被剃了光头。她自言自语道：“唉，谁剃头，谁凉快。”

“奶奶。”我喊她。

“哦。”

“你知不知道现在很多女明星都剃了光头？你赶了个潮流呢。”

“我不懂赶啥潮流。”她笑，“我知道这是赶命呢。”

被剃头时她闭着眼躺着的样子，非常乖，非常弱。像个孩子。

瘤子被最大程度地取了出来。手术结束后，医生说，理论上讲，瘤根儿复发的速度很慢，只要她的情绪不受什么大的刺激，再活十年都没有问题。她的心脏状况非常好，相当于二三十岁年轻人的心脏。

我们轮流在医院照顾她。大哥的朋友，二哥的朋友，我的朋友，姐姐的亲戚，都来探望，她的病房里总是一番欣欣向荣的景象。大约从来没有以自己为中心这么热闹过，一次，她悄悄地对我说：“生病也是福。没想到。”

总共两个月的术后恢复期。到后一个月，哥哥们忙，就很少去医院了。嫂子们自然也就不见了踪影，医院里值班最多的就是我和姐姐。姐姐的儿子刚刚半岁，三个孩子，比不上我闲，于是我就成了老陪护。

“二妞，”她常常会感叹，“没想到借上你的力了。”

“什么没想到，你早就打算好了。当初不让大哥调我去县里，想把我拴在脚边的，不是你是谁？”我翻着眼看她，“这下子你可遂了心了。”

“死牙臭嘴！”她骂，“这时候还拿话来怄我。”

渐渐地，她能下床了。我就扶她到院子里走走。说些小话。有一次，我问她：“你有没有？”

“有啥？”

“你知道。”

“我知道？”她迷惑，“我知道个啥？”

“那一年，我们吵架。你说有了不能指靠的男人，也是守寡……”

“我胡说呢。”她的脸红了，“没有。”

“别哄我。我可是个狐狸精。”

“还不是你爷爷。”她的脸越发红了。这说谎的红看起来可爱极了。

“我不信。”我拖长了声音，“你要再不说实话，我可不伺候你了。”

她沉默着，盯着脚下的草。很久，才说：“是个在咱家吃过派饭的干部，姓毛……”

"毛干部。"

"别喊。"她的脸红成了一块布，仿佛那个毛干部就站在了眼前。然后她站了起来："唉，该吃饭了。"她拍拍肚子，"饿了。"

她是在夜晚关灯之后，接着讲的。

那是在1956年底，县里在各乡筹建高级农业生产合作社，派了许多工作组下来。村里人谁都想要工作组到自己家里吃派饭。一是工作组的人都是上头下来的，多少有些面子。自家要是碰到了什么事，好跟他张口。二是工作组的人在哪家吃饭都不白吃，一天要交一斤粮票：早上三两，中午四两，晚上三两，还有四毛钱：早上一毛钱，中午和晚上各一毛五。这些钱粮工作组的人是吃不完的，供派饭的人家就可以把余额落了，赚些小利。

她原来没想去争，只等着轮。"可等来等去发现轮到的总是你小改奶奶那几个强势的人家。我心里就憋屈了。"她说。那天，她在门口，看见村长领着一个戴眼镜的人往村委会走，就知道又要派饭了。她就跟了去，小改已经等在那里了。一见她来，劈头就说：你一个寡妇家，还是别揽这差事吧。

"我一听就恼了。我就说，我一个寡妇家怎么啦？我为啥当的寡妇？我男人是烈士，为革命掉的脑袋！我是烈属！为革命当的寡妇！我行得正，走得端，不怕是非！我就要这派饭！我能完成任务！"

话到这份儿上，他们也只好把这派饭给了她。派饭期是两个月，吃住都在一起。

"有白面让他吃白面，有杂面让他吃杂面。我尽量做得可口些。过三天他就给我交一回账。怕我推辞，他就把粮票和钱压在碗底儿。他也是迂，我咋会不要呢？……开始话也不多，后来我给他浆洗衣裳，他也给我说些家常，慢慢地，心就稠了……”

再后来，县里建了耐火材料厂，捆耐火钢砖的时候需要用稻草绳，正好我们村那一年种了稻，上头让村民们搓稻草绳支援耐火厂，每家每天得交二十斤。那些人口多的家户，搓二十斤轻轻松松的，奶奶手边儿没人，交这二十斤就很艰难。

“到了黄昏，他在村里办完了事，就替我把稻草领回来，先洇上水，洇上水草绳就润了，有韧劲了，不糙了，好搓。吃罢了饭，他就过来帮我搓草绳。到底是男人的手，搓得有劲儿，搓得快……”

“搓着搓着，你们俩就搓成了一根绳？”

“死丫头！”她笑起来。

我问她有没有人发现他们的事，她说有。那时候家家都不装大门，听窗很容易。发现他们秘密的人，就是小改。她记挂着没抢到派饭的仇，就到村干部那里告了他们的黑状。他们自然是异口同声地否认。

“他不慌不忙地对大家伙儿说：‘你们听我姓毛的一句话，这事绝对没有！’你小改奶奶说：‘你姓毛的有啥了不起！说没有就没有？你就不会犯错误？’这可让他逮住了把柄，他红头涨脸地嚷：‘你说姓毛的有啥了不起？毛主席还姓毛呢！你说毛主席有啥了不起？你说毛主席也会犯错误？我看你就是个现行反革命！’一句话把你小改奶奶吓得差点儿跪下，再也不敢提这茬了。”她轻轻地笑出来，“看他文绉绉的，没想到还会以蛮耍蛮。也对。有时候，人不蛮也得蛮呢。”

"还怀过一个。"沉默了很久，她又说。

我怔住。

"那该怎么办啊？"半天，我才问。

"那一年，就说去打探你爷爷的信儿了，出去了一趟。做了。"

原来她说那一年去找爷爷，就是为了这个。

"那他知道不知道？"

"没让他知道。"她说。她也曾想要去告诉他，却听村干部议论，说他因在"大鸣大放"的时候向上头反映说一个月三十斤粮食不够吃，被定性是在攻击国家的粮食统购统销政策，成了右派，正在被批斗。她知道自己不能说了。

"他知道了又咋的？白跟着受惊吓。"

"你就不怕自己有个三长两短？"

"富贵在天，生死由命。不想那么多。"

"你不恨他？"

"不恨。"

"你不想他？"

"不想。"

"要是不想早就忘了，"我说，"还记得这么真。"

"不用想，也忘不掉。"她说，"钉子进了墙，锈也锈到里头了。"

"你们俩要是放到现在……"我试图畅想，忽然又觉得这畅想很难进行下去，就转过脸问她，"是不是觉得我们现在的日子特别好？"

"你们现在的日子是好。"她笑了笑，"我们那时的日子，也好。”

我再次怔住。

12

她去世后的第二年，一天，我去帮婆婆领工资，正赶上一帮老人的工资户头换了代理银行，所有储户都需要重新填详细资料。其实也没几项，但对于那些得戴着花镜才能看清字迹的老人们来说，就很是琐碎辛苦。先是一个老人让我帮着填，我就填了。结果一发而不可收，很多老人都挤过来让我帮忙。在人群中，有个老人也递来了身份证。我一看，他姓毛。1920年出生。

“你当年下过乡吃过派饭？”

“你咋知道？”他说，“你认得我？”

“不认得，冒猜的。”我说，“你在哪里下过乡？”

“高村，马庄，五里源……”

“杨庄去过吗？”

“去过。”

…………

我没再问，他也没再说，他看着我的脸。一眼，又一眼。我规规矩矩地给他填好表，双手递给他。

“谢谢。”他说。

“谢谢。”我也在心里说。我就是想感谢他。哪怕就是因为奶奶为他流过产，我也想感谢他。哪怕他不是那个人，仅仅因为他姓毛，我也想感谢他。

13

奶奶很快就恢复了健康。住院费是两万四，每家六千。听到这个数字，她沉默了许久。

“这么多钱，你们换了一个奶奶。”

生活重新进入以前的轨道。她又开始在两家轮住，但她不再念叨嫂子们的闲话了——每家六千这笔巨款让她噤声。她觉得自己再唠叨嫂子们就是自己不厚道。同样的，对两个孙女婿，她也觉得很亏欠。

“你们几个嘛，我好歹养过，花你们用你们一些是应该的。人家我没出过什么力，倒让人家跟着费心出钱。过意不去。”

“你的意思是说，我以后也不该孝敬公婆？”我说，“反正他们也没有养过我。”

“什么话！”她喝道。然后，很温顺地笑了。

冬天，家里的暖气不好，我就陪她去澡堂洗澡，一周一次。我们洗包间。她不洗大池。她说她不好意思当着那么多人赤身露体。我给她放好水，很烫的水。她喜欢用很烫的水，说那样才痛快。然后我帮她脱衣服。在脱套头内衣的时候，我贴着她的身体，帮她把领口撑大，内衣裹挟着的一股温热而陈腐的气息从她身上弥漫开来。她露出了层层叠叠的身体。这时候的她就开始有些局促，要我忙自己的，不要管她。最后，她会趁着我不注意，将内裤脱掉。我给她擦背，擦胳膊，擦腿，她都是愿意的。但是她始终用毛巾盖着肚子，不让我看到她的隐秘。穿衣服的时候，她也是先穿上内裤。

对于身体，她一直是有些羞涩的。

刚刚洗过澡的身体，皮肤表层还含着水，有些涩，内衣往往在背部卷成了卷儿，对于老人来说，把这个卷儿拽展也是一件很吃力的事。我再次贴近她的身体，这时她的身体是温爽的，不再陈腐，却带着一丝极淡极淡的清酸。

冬天过去，就是春天。春天不用去澡堂，就在家里洗。一周两次。夏天是一天一次，秋天和春天一样是一周两次，然后又是春天。日子一天天过去，平静如流水。似乎永远可以这样过下去。

但是，这个春天不一样了。大哥和二哥都出了事。

大哥因为渎职被纪检部门执行了“双规”，一个星期没有音讯。大嫂天天哭，天天哭。我们就对奶奶撒谎说他们两口子在生气，把她送到了二哥家。一个月后，大哥没出来，二哥也畏罪潜逃，他挪用公款炒股被查了出来。二嫂也是天天哭，天天哭。我又把奶奶送到了姐姐家。

她终于不用轮着住了。

三个月后，哥哥们都被判了刑。大哥四年，二哥三年。我们统一了口径，都告诉奶奶：大哥和二哥出差了，很远的差，要很久才能回来。

“也不打个招呼。”她说。

一个月，两个月，她开始还问，后来就不问了。一句也不问。

她的沉默让我想起父亲住院时她的情形来。她怕。我知道她怕。

她沉默着。沉默得如一尊雕塑。这雕塑吃饭，睡觉，穿衣，洗脸，上卫生间……不，这雕塑其实也说话，而且是说那种最正常的话。中午，她在门口坐着，邻居家的孩子放学了，蹦蹦跳跳地喊她：

“奶奶。”

“哦。”她说，“你放学啦？”

“嗯！”

“快回家吃饭。”

孩子进了家门，她还在那里坐着。目光没有方向，直到孩子母亲随后过来。

“奶奶还不吃饭啊？”——孩子和母亲都喊她奶奶，是不合辈分规矩的，却也没有人说什么，大家就那么自自然然地喊着，仿佛到了她这个年岁，从三四岁到三四十岁的人喊奶奶都对。针对她来说，时间拉出的距离越长，晚辈涵盖的面积就越大。

“就吃。”奶奶说，“上地了？”

“哎。”女人搬着车，“种些白菜。去年白菜都贵到三毛五一斤了呢。”

“贵了。”奶奶说，“是贵了。”

话是没有一点问题，表情也没有一点问题，然而就是这些没问题的背后，却隐藏着一个巨大无比的问题：她说的这些话，似乎不经过她的大脑。她的这些话，只是她活在这世上八十多年积攒下来的一种本能的交际反应。是一种最基础的应酬。说这些话的时候，她的魂儿在飘。飘向县城她两个孙子的家。

我当然知道。每次去姐姐家看她，我都想把她接走。可我始终没有。我怕。我把她接到县城后又能怎么样呢？我没办法向她交代大哥和二哥，即使她不去他们家住，即使我另租个房子给她住，我也没办法向她交代。我知道她在等我交代。——当然，她也怕我交代。

2002年麦收后的一个星期天，我去姐姐家看她。她不在。邻居家的老太太说她往南边的路上去了。南边的路，越往外走越靠近田野。刚下过雨，田野里麦茬透出一股霉湿的草香味。刚刚出土的玉米苗叶子上闪烁着翡翠般的光泽。我走了很久，才看见她的背影。她慢慢地走着。路上还有几分泥泞，一些坑坑洼洼的地方还留着不少积水——因为经常有农民开拖拉机从这条路上轧过，路面被损害得很严重。我看见，她在一个小水洼前站定，沉着片刻，准确地跨了过去。她一个小水洼一个小水洼地跨着，像在做着一个简单的游戏。她还不时弯腰俯身，捡起散落在路边的麦穗。等我追上她的时候，她手里已经整整齐齐一大把了。

“别捡了。”我说。

“再少也是粮食。”

“你捡不净。”

“能捡多少是多少。”

于是我也弯腰去捡。我们捡了满满四把。奶奶在路边站定，用她的手使劲儿地搓啊，搓啊，把麦穗搓剩下了光洁的麦粒。远远的，一个农民骑着自行车过来了，她看着手掌里的麦粒，说：“咱这两把麦子，也搁不住去磨。给人家吧。给人家。”

我从她满是老人斑的手里接过那两把麦粒。麦粒温热。

那天，我又一次去姐姐家看她。吃饭的时候，她的手忽然抖动了起来，先是微微的，然后越来越快，越来越剧烈。我连忙去接她的碗，粥汁儿已经在刹那间洒在了她的衣服上。

她的脑瘤再次复发了。长势凶猛。医生说不能再开颅了，只能保守治疗。——就是等死。

奶奶平静地说："回家吧。回杨庄。"

出了村庄，视线马上就会疏朗起来。阔大的平原在面前徐徐展开。玉米已经收割过了，此时的大地如一个柔嫩的婴儿。半黄半绿的麦苗正在出土，如大地刚刚萌芽的细细的头发，又如凸绣在大地身上的或深或浅的睡衣图案。是的，总是这样，在我们豫北的土地上，不是麦子，就是玉米，每年每年，都是这些庄稼。无论什么人活着，这些庄稼都是这样。它们无声无息，只是以色彩在动。从鹅黄，浅绿，碧绿，深绿，到金黄，直至消逝成与大地一样的土黄。我还看见了一片片的小树林。我想起春天的这些树林，阳光下，远远看去，它们下面的树干毛茸茸地聚在一起，修直挺拔，简直就是一枚枚排列整齐的玉。而上面的树叶则在阳光的沐浴下闪烁着透明的笑容。有风吹来的时候，它们晃动的姿态如一群嬉戏的少女。是的，少女就是这个样子的。少女。她们是那么温柔，那么富有生机。如土地皮肤上的晶莹绒毛，土地正通过它们洁净换气，顺畅呼吸。

我和奶奶并排坐在桑塔纳的后排。我在右侧，她在左侧。我没有看她。始终没有。不时有几片白杨的落叶从我们的车窗前飘过。这些落叶，我是熟悉的。这是最耐心的一种落叶。从初秋就开始落，一直会落到深冬。叶面上的棕点很多，有些像老年斑。最奇怪的是，它的落叶也分男女：一种落叶的叶边弯弯曲曲，很是妖娆妩媚；另一种落叶的叶边却简洁粗犷，一气呵成。如果拿起一片使劲儿地嗅一嗅，就会闻到一股很浓的青气。

“到了。”我听见她说。是的，杨庄的轮廓正从白杨树一棵一棵的间距中闪现出来，越来越近，越来越近。

14

那些日子，我和姐姐在她身边的时间最久。无论对她，对姐姐，还是对我，似乎只有这样才最无可非议。三个血缘相关的女人，在拥有各自漫长回忆的老宅里，为其中最年迈的那个女人送行，没有比这更自然也更合适的事了。

她常常在昏睡中。昏睡时的她很平静。胸膛平静地起伏，眉头平静地微蹙，唇间平静地吐出几句含混的呓语。在她的平静中，我和姐姐在堂屋相对而坐。我看着电视，姐姐在昏暗的灯光下一边打着毛衣，一边研究着编织书上的样式，她不时地把书拿远。我问她是不是眼睛有问题，她说：“花了。”

“才四十就花了？”

“四十一了。”她说，“没听见俗话？拙老太，四十边。四十就老了。老就是从这些小毛病开始的。”她摇摇脖子，“明天割点豆腐，今天东院婶子给了把小葱，小葱拌豆腐，就是好吃。”

我的姐姐，就这样老了。我和姐姐，也不过才错八岁。

她在里间叫我们的名字，我们跑过去，问她怎么了。她说她想大便。她执意要下床。我们都对她说，不必下床。就在床上拉吧。——我和姐姐的力气并在一起，也不能把她抱下床了。

“那多不好。”

“你就拉吧。”

她沉默了片刻。

“那我拉了。”她说。

“好。”

她终于放弃了身体的自尊，拉在了床上。这自尊放弃得是如此彻底：我帮她清洗。一遍又一遍。我终于看见了她的隐秘。她苍老的然而仍是羞涩的隐秘。她神情平静，隐秘处却有着紧张的皱褶。我还看见她小腹上的妊娠痕，深深的，一弯又一弯，如极素的浅粉色丝缎。轻轻揉一揉这些丝缎，就会看见一层一层的纹络潮涌而来，如波浪尖上一道一道的峰花。——粗暴的伤痕，优雅的比喻，事实与描述之间，是否有着一道巨大的沟壑？

我给她清洗干净，铺好褥子，铺好纸。再用被子把她的身体护严，然后我靠近她的脸，低声问她：“想喝水吗？”

她摇摇头。

我突然为自己虚伪的问话感到羞愧。她要死了。她也知道自己要死了，我还问她想不想喝水。喝水这件事，对她的死，是真正的杯水车薪。

但我们总要干点什么吧，来打发这一段等待死亡的光阴，来打发我们看着她死的那点不安的良心。

她能说的句子越来越短了。常常只有一两个字："中""疼""不吃"，最长的三个字，是对前来探望的人客气："麻烦了。"

"嫁了。"一天晚上，我听见她呓语。

"谁嫁？"我接着她的话，"嫁谁？"

"嫁了。"她不答我的话，只是严肃地重复。

我盯着黑黝黝的屋顶。嫁，是女人最重要的一件事。在这座老宅子里，有四个女人嫁了进来，两个女人嫁了出去。她说的是谁？她想起了谁？或者，她只是在说自己？——不久的将来，她又要出嫁。从生，嫁到死。

嫂子们也经常过来，只是不在这里过夜。哥哥们不在，她们还要照顾孩子，作为孙媳妇，能够经常过来看看也已经抵达了尽孝的底线。她们来的时候，家里就会热闹一些。我们几个聊天，打牌，做些好吃的饭菜。街坊邻居和一些奶奶辈的族亲也会经常来看看奶奶。奶奶多数时间都在昏睡——她昏睡的时间越来越长了。他们一边看着奶奶，一边聊着各种各样的话题，偶尔会爆发出一阵欢腾的笑声。笑过之后又觉得不恰当，便再陷入一段弥补性的沉默，之后，他们告辞。各忙各的事去。

奶奶正在死去，这事对外人来说不过是一个应酬。——其实，对我们这些至亲来说，又何尝不是应酬？更长的，更痛的，更认真的应酬。应酬完毕，我们还要各就各位，继续各自的事。

就是这样。

祖母正在死去，我们在她熬煎痛苦的时候等着她死去。我甚至怀疑自己是否曾经恶毒地暗暗期盼她早些死去。在污秽、疼痛和绝望中，她知道死亡已经挽住了她的左手，正在缓缓地将她拥抱。对此，她和我们——她所谓的亲人，都无能为力。她已经没有未来的人生，她必须得独自面对这无尽的永恒的黑暗。而目睹着她如此挣扎，时日走过，我们却连持久的伤悲和纯粹的留恋都无法做到。我们能做到的，就是等待她的最终离去和死亡的最终来临。这对我们彼此都是一种折磨。既然是折磨，那么就请快点儿结束吧。

也许，不仅是我希望她死。我甚至想，身陷囹圄的大哥和二哥，也是想要她死的。他们不想见到她。在人生最狼狈最难堪最屈辱的时刻，他们不想见到奶奶。他们不想见到这个女人，这个和他们之间有着最温暖深厚情谊的女人。这个曾经把自己的一切都化成奶水喂给他们喝的女人，他们不能面对。

这简直是一定的。

奶奶自己，也是想死的吧？先是她的丈夫，然后是她的儿子，再然后是她的儿媳，这些人在她生命里上演的是一部情节雷同的连续剧：先是短暂的消失，接着是长久的直至永远的消失。现在，她的两个孙子看起来似乎也是如此。面对关于他们的不祥秘密，我们的谎言比最薄的塑料还要透明，她的心比最薄的冰凌还要清脆。她长时间的沉默，延续的是她面对灾难时一贯的自欺，而她之所以自欺，是因为她知道：自己再也经不起了。

于是，她也要死。

她活够了。

那就死吧。既然这么天时，地利，人和。

反正，也都是要死的。

我的心，在那一刻冷硬无比。

在杨庄待了两周之后，我接到董的电话，他说豫南有个景区想要搞一个文化旅游节，准备在我那家杂志上做一期专刊。一期专刊我可以拿到八千块钱提成，是一笔不小的数目。奶奶的日子不多了。我知道。或许是一两天，或许是三四天，或许是十来天，或许是个把月。但我不能在这里等。她的命运已经定了，我的命运还没有定。她已经接近了死亡，而我还没有。我正在面对活着的诸多问题。只要活着，我就需要钱，所以我要去。

就是这样明确和残酷。

“奶奶，”我尽力让自己的声音明朗和喧闹一些，“跟你请个假。”

“哦。”她答应着。

“我去出个短差，两三天就回来。”

“去吧。”

“那我去啦。”

“去吧。”

三天后，我回来了。凌晨一点，我下了火车。县城的火车站非常小，晚上觉得它越发地小。董在车站接我。

“奶奶怎样？”

“还好。”董说，“你还能赶上。”

我们上了三轮车。总有几辆人力三轮此时还候着，等着接这一班列车的生意。车到影剧院广场，我们下来，吃消夜。到最熟悉的那家烩面摊前，一个伙计正在蓝紫色的火焰间忙活着。这么深冷的夜晚，居然还有人在喝酒。他在炒菜，炒的是青椒肉丝，里面的木耳肥肥大大的。看见我们，他笑道："坐吧。马上就好。"

他的眼下有一颗黑痣，如一滴脏兮兮的泪。

回到家里，简单洗漱之后，我们做爱。董在用身体发出请求的时候，我不假思索地就接受了。他大约是觉得歉疚，又轻声问我是否可以，我知道他是怕奶奶的病影响我的心情。我说："没什么。"

我知道我应该拒绝。我知道我不该在此时与一个男人欢爱。但当他那么亲密地拥抱着我时，我却无法拒绝。也不想拒绝。我也想在此时欢爱。我发现自己此时如此迫切地需要一个男人的温暖，从外到里。还好，他是我丈夫。且正在一丈之内。这种温暖名正言顺。

奶奶，我的亲人，请你原谅我。你要死了，我还是需要挣钱。你要死了，我吃饭还吃得那么香甜。你要死了，我还喜欢看路边盛开的野花。你要死了，我还想和男人做爱。你要死了，我还是要喝汇源果汁、嗑洽洽瓜子，拥有并感受着所有美妙的生之乐趣。

这是我的强韧，也是我的无耻。

请你原谅我。请你，请你一定原谅我。因为，我也必在将来死去。因为，你也曾生活得那么强韧，和无耻。

15

第二天早上，我赶到杨庄，奶奶的神志出现了将近半个小时的清醒——这是她生前最后一次清醒。有那么一小会儿，房间里没有一个人。我静静地守着她，像一朵花绽放一样，我看见她的眼睛慢慢睁开了。我俯到她的眼前，她的眼睛定定地看着我。眼神如水晶般纯透、无邪，仿佛一双婴儿的眼睛。

她就那么定定地看着我，好像我是她的母亲。

“我回来了。”我说。

“好。”她说。她的胸膛有力地鼓动了几下，似乎是在积攒力气。然后，她清晰地说：“嫁了。”

“谁？”

“让她们，”她艰难地说，“嫁了。”

我蓦然明白：她是在说两个嫂子。我的大愚若智的奶奶，她以为她的两个孙子已经死了。她要两个嫂子改嫁。她怕她们和她一样年纪轻轻就守寡。

我不由得笑了。原来，对她撒谎没有一点儿必要。在她猜测的所有谜底中，事实真相已经是一种足够的仁慈。

我把嘴巴靠近她的耳朵。我喊：“奶奶。”

“哦，”她最后一次喊我，“二妞。”

“你别担心。”我说，“他们都没有死。”

她的眼睛一下子亮得吓人。

“他，们，两，个，都，好，好，的。”我一字一字地说。

她不说话，眼睛里的光暗了下去。我知道她是在怀疑我。用她最后的智慧在怀疑我。

“他，们，都，不，听，话。犯，了，错，误。被，关，起，来，了。”我说，“教，育，教，育，就，好，了。”

慢慢地，奶奶的嘴角开始溢出微笑。一点一点，那微笑如蜜。

“好。”她说。然后她抬起手，指了指床脚的樟木箱子。我打开，在里面找出了一个白粗布包袱，里面整整齐齐地叠放着一套寿衣。宝石蓝底儿上面绣着仙鹤和梅花的图案，端庄绚丽。寿衣旁边，还有一捆细麻绳。孝子们系孝帽的时候，用的都是这样的细麻绳。

下午四点四十五分，奶奶停止了呼吸。

那些日子实在说不上悲痛。习俗也不允许悲痛。她虚寿八十三，是喜丧。有亲戚来吊唁，哭是要哭的，吃也还要吃，睡也还要睡，说笑也还是要说笑。大嫂每逢去睡的时候还要朝着棺材打趣：“奶奶，我睡了。”又朝我们笑：“奶奶一定心疼我们，会让我们睡的。”

棺材是两个，一大一小。大的是她，小的是祖父。祖父的棺材里只放了他的一套衣服。他要和奶奶合葬，用他的衣冠。灵桌上的照片也是两个人的，放在一起却有些怪异：祖父还停留在二十八岁，奶奶已经是八十二岁了。

守灵的夜晚是难熬的。没有那么多床可睡，男人们就打牌，女人们就聊天。有时候她们会讲一些奶奶的事。大嫂是听大哥说的：小时候的冬天仿佛特别冷，每天早上起床的时候，奶奶都会把大哥的衣服拿到火上烤热，然后合住，尽力不让热气跑出来，她紧着步子跑到他的床边，笑盈盈地说：“大宝，快起来，可热了，再迟就凉了。”大哥赖着不肯起，她就把手伸到被子里去胳肢

他的腋窝，一边胳肢还一边念叨：“小白鸡，挠草垛，吃有吃，喝有喝……”好不容易打发他穿好了衣服，就把他抱到挨着煤灶砌着的炕床上，再从温缸里舀来水，给他洗脸，然后再喂他饭吃。温缸就是煤灶旁边嵌着的一个小缸，缸里装着水，到了冬天，这缸里的水就着炉灶的热气，总是温的。

二嫂说的自然是二哥的事，她说二哥小时候很胆小，每当在外面被人欺负了，就哭着回家喊奶奶，边喊边说：“奶奶，你快去给我报仇啊。”她还讲了二哥小时候跟奶奶睡大床的事，说因为奶奶不肯让我睡大床，二哥为此得意了很久。

“那时候你是不是有老大意见？”二嫂问。

“没意见没意见。”我说，“我要是在她棺材边还抱怨小时候的事，她会半夜过来捏我鼻子的。”

她们就都笑了。笑声中，我看着灵桌上的照片，蓦然发现，二哥的面容和年轻的祖父几乎形同一人。

因为是烈属，村委会给奶奶开了追悼会。追悼会以重量级的辞藻将她歌颂了一番，说她爱国爱家，遵纪守法，和睦相邻，处事公允。说她的美德比山高，她的胸怀比海宽，她的品格如日照，她的情操比月明。这大而无当的总结让我们又困惑又自豪，误以为是中央电视台在发送讣告。

追悼会后是家属代表发言。家属就是我们四个女人，嫂子们

都推辞说和奶奶处的时间没有我和姐姐长，不适合做家属代表。我和姐姐里，只有我出面了。我说我不知道该说什么，姐姐道："你是个整天闯荡世界的大记者，你都不会说，那我去说？"

众目睽睽之下，我只好站了出来。大家都静静地候着，等我说话。等我以祖母家属的身份说话。我却说不出话来。人群越发地静，到后来是死静，我还是说不出一个字。我站在她的遗像前，像一个木偶。

"说一句。"主持丧礼的知事人说，"只说一句。"

于是，我说："我代表我的祖母王兰英，谢谢大家。"

然后，我跪下来，在知事人的指挥下，磕了一圈头。回到灵棚里，一时间，我有些茫然。我刚才说了句什么？我居然代表了我的祖母，我第一次代表了她。可我能代表她吗？我和她的生活是如此不同，我怎么能够代表她？

——但是，且慢，难道我真的不能代表她吗？揭开那些形式的浅表，我和她的生活难道真的有什么本质不同吗？

我看着一小一大两个棺材。他们不像是夫妻，而像是母子。我看着灵桌上一青一老两张照片。也不像是夫妻，而是母子。——为什么啊，为什么每当面对祖母的时候，我就会有这种身份错乱的感觉？会觉得父亲是她的孩子，母亲是她的孩子，就连祖父都变成了她的孩子？不，不止这些，我甚至觉得村庄里的每一个人，走在城市街道上的每一个人，都像是她的孩子。仿佛每一个人都可以做她的孩子，她的怀抱适合每一个人。我甚至觉得，我们每一个人的样子里，都有她，她的样子里，也有我们每一个人。我们每一个人的血缘里，都有她。她的血缘里，也有我们每一个人。——她是我们每一个人的母亲。

不，还不止这些。与此同时，她其实，也是我们每一个人的孩子，和我们每一个人自己。

16

这些年来，我四处游历，在时间的意义上，她似乎离我越来越远，但在生命的感觉上，我却仿佛离她越来越近。我在什么地方都可以看见她，在什么人身上都可以看见她。她的一切细节都秘密地反刍在我的生活里，不知道什么时候就会奇袭而来，把我打个措手不及。比如，我现在过日子也越来越仔细。洗衣服的水舍不得倒掉，用来涮拖把，冲马桶。比如，用左手拎筷子吃饭的时候，手背的指关节上，偶尔还是会有一种暖暖的疼。比如，在豪华酒店赴过盛宴之后，我往往会清饿一两天肠胃，轻度的自虐可以让我在想起她时觉得安宁。比如，每一个生在1920年的人都会让我觉得亲切：金嗓子周璇，联合国第五任秘书长佩雷斯·德奎利亚尔，意大利导演费里尼……

那天，我在一个县城的小街上看到一个穿着偏襟衣服的乡村老妇人，中式盘扣一直系到颈下，雪白的袜子，小小的脚，挨着墙慢慢地认真地走着。我凑上前，和她搭了几句话。

“您老高寿？”

“八十有六。”

我飞快地在脑子里算着，如果奶奶在，她比奶奶大还是小。

“您精神真好啊。”

“过一天少一天，熬日子吧。坐吃等死老无用。”

那天，我采访到了安徽歙县的牌坊村，七座牌坊依次排开，蔚为壮观。导游小姐给我们讲了个寡妇守节的故事，其实也都听说过：一个壮年失夫的少妇每到深夜便撒一百铜钱于地，然后摸黑一一捡起，若有一枚找不到，就决不入睡。待捡齐后，神倦力竭，才能乏然就寝——只能用乏然，而不能用安然。

我微笑。这个少妇能够以撒钱于地的方式来转移自己和娱乐自己，生活状况还是不错的。而我的祖母，这位最没有生计来源的农妇，她尚没有这种游戏的资本和权利。一个又一个漫漫长夜，用来空落落地怀想和抒情，这对她来说是太奢侈了，她和自己游戏的方式多么经济实惠：只有织布。只有那一匹又一匹三丈六尺长二尺七寸宽的白布。

那天，我在图书馆查阅资料，翻到一本关于小脚的书，著作者叫方绚，清朝人。书名叫《香莲品藻》，说女人小脚有三贵，一曰肥，二曰软，三曰秀。说脚的美丑分九品：神品上上，妙品上中，仙品上下，珍品中上，清品中中，艳品中下……还说了基本五式：莲瓣，新月，和弓，竹萌，菱角。而居然那么巧，在这层书架的下一格，我又随便抽到一本历史书，读到这样一条消息：“……光绪十三年（公元 1887 年），七月，梁启超、谭嗣同、汪康年、康广仁等发起成立全国性的不缠足会。不缠足会成为戊戌变法期间争女权、倡导妇女解放的重要团体，它影响深远，直至民国以后。”

那天，我正读本埠的《大河报》，突然看见一版广告，品牌的名字是“祖母的厨房”。一个金发碧眼满面皱纹的老太太头戴厨师的白帽子，正朝着我回眸微笑。内文介绍说，这是刚刚在金水路开业的一家以美国风味为主的西餐厅。提供的是地道的美式菜品和甜点：鲜嫩的烤鲑鱼，可口的三明治，美味的茄汁烤牛肉，香滑诱人的奶昔，焦糖核桃冰激凌……还有绝佳的比萨，用的是特制的烤炉，燃料是木炭。

我微笑。我还以为会有烙馍、葱油饼、小米粥，甚至腌香椿。多么天真。

那天，我在上海的淮海路闲逛，突然看到一张淡蓝色的招牌，上面是典雅的花体中英文：祖母的衣柜 Grandmother's Wardrobe——中式服装品牌专卖店 Brand Monopolized Shop Of The Chinese Suit。贴着橱窗往里看，我看见那些模特——当然不是祖母模特——她们一个比一个青春靓丽——身上样衣的打折款额：中式秋冬坎肩背心，兔毛镶边，一百三十九元；石榴半吐红中绣花修身中式秋衣，一百六十元……

“小姐，请进来吧，喜欢什么可以试试。”服务生温文尔雅地招呼道。

我摇摇头，慢慢向前走去。

还会有什么是以祖母命名的呢？祖母的鞋店，祖母的包行，祖母的首饰，祖母的书店，祖母的嫁妆……甚或会有如此一网打尽的囊括：祖母情怀。而身为祖母的那些女人也许永远也不会知道，她会成为一种商业标志，成为怀旧趣味的经典代言。

当然，这也没什么不好。

我只微笑。

我的祖母已经远去。可我越来越清楚地知道：我和她的真正间距从来就不是太宽。无论年龄，还是生死。如一条河，我在此，她在彼。我们构成了河的两岸。当她堤石坍塌顺流而下的时候，我也已经泅到对岸，自觉地站在了她的旧址上。我的新貌，在某种意义上，就是她的陈颜。我必须在她的根里成长，她必须在我的身体里复现，如同我和我的孩子，我的孩子和我孩子的孩子，所有人的孩子和所有人孩子的孩子。

——活着这件原本最快的事，也因此，变成了最慢。生命将因此而更加简约，博大，丰美，深邃和慈悲。

这多么好。

在土耳其合唱

1

那年初春，我向领导请公休假，说想去土耳其旅行。他问我为什么这么早就用公休，我笑：“谁不知道咱们《大河今报》的公休是早休早踏实，越往后排越悬乎。”他也笑，问为什么要去土耳其，我说因为我这个文学中年一直喜欢奥尔罕·帕慕克。他点点头：“咱们这个工作你知道的，工作自是工作，休息也是工作。假我批，但你不能白休，得写篇文章给咱们的‘大河天下’，随便什么都成，反正那个栏目是国际性角度，你这一出国，正好就是国际性角度。”

我点头。也只能点头。

去土耳其的由头其实是七彩挑起来的。她在出版社工作，因为责编的一本书被土耳其一家出版社购买了版权，出版后在当地影响不错，

对方说欢迎她去访问。我估计也就是客气一下，和2008年北京奥运会的时候我们对世界人民说“北京欢迎你”的性质没有什么太大不同，可有没有这句话，对七彩来说到底还是不一样。

她本来就一直念叨着去土耳其玩一下，这次名正言顺地有了理由，她就来了个顺杆儿爬。又觉得自己一个人去玩没有意思，便发动几个经常玩的朋友组团一起去。除了七彩可以让社里给报销，我们都是自费。因为在报社工作的种种便利，虽然已经很不习惯自费，但作为帕慕克的粉丝，这次自费我是由衷地心甘情愿。天知道我是多么喜欢他的这种调调啊："我出生的城市在她两千年的历史中从不曾如此贫穷、破败、孤立。她对我而言一直是个废墟之城，充满帝国斜阳的忧伤。我一生不是对抗这种忧伤，就是让她成为自己的忧伤。"（《伊斯坦布尔》，上海人民出版社，2007 年版，第 5 页）

一行五人，两女三男。两女自然是我和七彩。三男里一个在大学里教书，我们称之为赵老师；一个在电视台做编导，我们称之为孟导；一个开了一家餐厅，我们称之为老板。平常我们几个便经常在一起胡乱走，郑州近郊的野山野河都走了个遍。因不在一个单位，散来散去，便相处得愉快自在，颇为相投。

小团一向配备简单，旅行社不仅没有地陪，连个送行的人都没有，只说到了伊斯坦布尔会有导游接机，他就是彭亮，将陪伴我们在土耳其的八天行程。行程单的"特别说明"中如是说："土耳其法律有规定，有正规带团资格的执照导游必须都要是土耳其当地人，法律规定华人不允许在土耳其带团。所以导游的中文都不会是客人想象的那样流利。"我们据此推测，彭亮应该就是土耳其本地人，而不是常见的那种在异国打工的华人导游，只不过是名字起得挺中国。

"正好，我正不想要华人导游呢。"老板说，"哪次出国宰我们的不是同胞！”

晚上十二点上机，经历了十个小时飞行，第二天十点我们到达了伊斯坦布尔。土耳其和中国有六个小时的时差，也就是说，按照土耳其时间，我们到达伊斯坦布尔的时候就是凌晨四点。进了土耳其海关，取了行李，到了出口，我们便看见一个深眼窝高鼻梁的老外朝我们微笑招手——不，此刻我们是老外了。我们顿时意识到，他就是彭亮。他举着一块迎接我们的牌子，朝我们大步流星地走过来，和我们一一握手，笑道："欢迎欢迎，辛苦辛苦！”赵老师应答："你也很辛苦吧，这么早过来接我们。"他点点头："我十一点睡的觉，两点钟铃铛响，就爬过来了。”

我们笑。在浩瀚无边的中文面前，他果然马上露出了马脚。“铃铛”应该是“闹钟”，“爬过来”应该是“爬起来”。不过素日里司空见惯的词语被这些老外这么标新立异地一用，还真是有趣呢。

上了我们的专属旅游车，他郑重介绍自己："我叫彭亮，彭德怀的彭，诸葛亮的亮。”

“你这可是文武双全。”孟导道。

他点点头，慷慨笑纳："对。”

“自己起的名字？”七彩问。

“不是，是女朋友。”

“你女朋友是中国人？”

“以前是。”

这话说得糊涂。

“你说的意思到底是你女朋友现在不是中国人了，还是你以前的女朋友是中国人？”赵老师提问。不过这句问话对于彭亮来说是复杂了一些。他本来坐在副驾驶的位置上，听到这话便站了起来，走到我们座位旁边，站在那里，专注地看着赵老师：“请你再说一遍。”

“他的意思是你女朋友换了国籍，还是你换了女朋友？”老板换了个方式。

“OK，OK，我明白了。”彭亮翻着眼睛看着上面的空气，似乎是在空气中寻觅最合适的汉语踪迹，终于，他慢慢地说道，“是这样的，我以前的女朋友是中国人。我没有换女朋友，是我女朋友换了我。”

大家又笑。我心里居然涌起一股小小的欣快。或许是听到了太多外国男人蹬中国女人的事，这次听到一个中国女人蹬外国男人，便很是有点儿觉得争气。趁着他正和赵老师聊天的机会，我仔细端详着这个灰蓝眼睛的土耳其男人：金发，嘴巴阔大，眉毛浓密，脸部线条犹如雕塑，真是个帅哥呢。他敞穿着一件灰色的棉夹克，黑白格子围巾，蓝色鸡心领毛衣，毛衣口翻出雪白的衬衣领子，领子下面悬挂着一个证，贴着他的照片。

“导游证？”我问他。

“中文导游证。”他强调，脸上焕发出自豪的亮光，“全土耳其，拿到这个证的，只有十五个人。”

“了不起。”我们惊叹。中文难学，全世界都知道。他真不容易呢。赵老师问他怎么学的中文，他说他在北京语言大学学过一年。七彩问他是否在中国学习的时候认识了前女友，他还没来得及回答，老板又问他去什么地方换里拉，他指着前方道：“对不起，我们马上要到宾馆了。你们的问题我会回答的。不要急，我们有的是时间。One by one，我们一个一个来。OK？”

“OK！”

“对不起，我有个请求，想请你们同意，”临下车前，他忽然又说，“就是我和你们要是朋友的关系，不要是导游和游客的关系。要是你们把我当朋友，我们这几天就会很容易快乐。好吗？”

“好！”

抵达酒店，彭亮和司机帮我们拿行李下车。赵老师突然拽住了彭亮，悄声问酒店的安全性怎么样。

“挺好的。我觉得。”彭亮道。

“那，我可以把随身的贵重物品放在酒店了？”

我和七彩对望一眼，默契地笑。赵老师说得这么婉约，谁不知道这贵重物品就是钱啊。——赵老师一向有些太过正经的学究气。有一次走野山，过一方险石，他走在第一个，一边过关隘一边如此告诉跟在他后面的老板：“把你的右脚放在比左脚更左的地方。”结果本来稳稳前行的老板闻声失足，英勇摔下，永别了三颗珍贵的门牙。因这样的事层出不穷，我们几个在一起玩时便总是挤对他，他非但上不了课，还总是被上课。

“这个需要你自己选择。”彭亮认真地说。

“你……什么意思？”赵老师的表情有些蒙。

“贵重物品是你自己的，随身带着还是放在酒店里，你要自己做决定。”彭亮一字一句地说着，像完美的外交辞令，“没有人能替你选择。我也不能。”

“你不是说酒店很安全吗？”

“对，但这只是我的感觉，并不代表能给你任何保证。”

“那，我还是自己拿着？”赵老师越来越趋向于自言自语。

“你，赵老师，是你；我，彭亮，是我。”彭亮仍然一丝不苟，“在这件事情上，我，不能替你做任何选择。我很抱歉。”

我和七彩忍着笑，拎着行李先进了屋。这个彭亮，挺有意思的。忽然，我灵机一动，要不，就写写他？

2

那天早上，入住完毕，简单梳洗之后，已经是伊斯坦布尔的黎明。离早餐时间还有一会儿，我们便来到大街上闲逛。街景清朗，空气清新，我们慢慢地走着，拍着照，彭亮一直陪着。我们让他回去睡会儿，他说不必了，还秀了秀他胳膊上的肌肉，意思说他精力充沛。

“你是哪一年生的？”七彩笑盈盈地凑上前。这个小花痴一向喜欢帅哥，这次碰到彭亮，她肯定是心花怒放。

“1980 年。”

“哦，是一个八〇后。”孟导说。

“什么？”

“我们那里对出生在 1980 年之后的人有一个称呼，叫八〇后。”

“哦，那 1990 年出生的呢？就是九〇后？”

“对。”

“还有更复杂的，1980年到1984年的，叫前八〇后，1985年到1989年的，叫后八〇后。”赵老师说。

“其实还可以分成三段，再加上一个中八〇后。”老板说。

彭亮笑起来：“太复杂了，你们这里。”他指指脑子。

不远处就是一座清真寺，清真寺前面是一个小广场，绿草茵茵，鸽子跳跃，看着很是安静祥和。彭亮说，土耳其是典型的穆斯林国家，全国七千万人口，有两千多座清真寺，有百分之九十五的人信奉伊斯兰教。伊斯兰教是他们的文化母体。他说一路上他会领我们看一些清真寺和教堂，讲很多关于土耳其历史和伊斯兰教的事。

“常有中国客人说对我们的宗教没兴趣，”他耸耸肩，“那我就没有什么好说的了。”

“你也是穆斯林吧？”我问。

“是。我是逊尼派的。但是，我是一个特别的穆斯林。”他微微一笑，举起右手，“不，不要问我为什么特别，在未来，你会知道。”

在不远处是一道颇有气势的拱形建筑，貌似一个城门。一条宽阔的大道从拱门下穿过，一直伸向遥远的蓝色海面。我们边留影边议论，说那边一定是博斯普鲁斯海峡，这古城门建得好奢侈，一层也就罢了，还是双层的。宽度够跨街也就罢了，居然还这么长，足有好几百米……然后我们请彭亮介绍，他听着我们的议论，微微笑道：“没错，你们很聪明。这确实是一个古城门，很古很古，嗯，是奥斯曼帝国留下来的……”

我们瞻仰着，感叹着。他却绷不住大笑起来。

“忽悠我们？！”七彩最先明白，作势冲着他踢了过去，他一边躲一边道：“你们不是很爱听聪明嘛。”——原来这是供水用的渡槽遗迹，公元368年由瓦勒恩斯大帝建造，所以叫瓦勒恩斯渡槽，曾经为拜占庭和后来的奥斯曼宫廷供水。这条大道叫阿塔土耳克大道，大道通向的蓝色海面也不是博斯普鲁斯海峡，而是金角湾。

“我们说得不对你要及时纠正。我们来到土耳其，你不仅仅是导游，也不仅仅是朋友，还是我们的老师。”赵老师说。

“彭老师？”彭亮顽皮一笑，又摇摇头，“嗯，还是朋友吧。朋友好。朋友。”

很快，街上来来往往的人渐次多起来，不一会儿天已大亮，我们回去吃早餐。正吃着呢，忽然，外面传来一种奇怪的声音，是一个男人的声音，高亢，悠长，又有些莫名的悲凉。仿佛是一个父亲在召唤自己远行的孩子回家，又仿佛是一个心怀忧伤的歌者在吟诵孤独的诗篇。

问彭亮，他说这是清真寺里的加阿密——也就是阿訇，在做第一次祷告。声音是从传音塔传出来的。他说一名虔诚的伊斯兰教徒一天要做五次祷告。祷告又叫拜功，是伊斯兰教的五功之一。这五次祷告分别称为晨拜、晌拜、晡拜、昏拜和宵拜。这之外还可以随时随地做祷告。四功则是认、斋、课、朝。认，认主，认主唯一。斋，斋戒，九月要封斋一个月，其他的月每月选三天斋戒。课，课税，就是缴税。朝，就是朝觐，有条件的话，一定要去圣地麦加。

“做祷告一定要去清真寺吗？”我问。

“不一定。最好是清真寺，没有也没关系，但是要干净，安静。”

一片安静中，众人进餐的些微声响里，我脑海里浮现出一个词：呼愁。是土耳其语“忧伤”的音译，当然也是从帕慕克的书里读到的。这个词的中文渊源可以上溯到陆游的诗句：“一窗残日呼愁起，袅袅江城咽暮笳。”翻译也甚是了得。

“帕慕克有一本书，叫《伊斯坦布尔》，”我和彭亮搭话，看着彭亮迷茫着双眼，我放慢了语速，“帕慕克不知道吗？奥尔罕·帕慕克，你们的伟大作家。写《我的名字叫红》的那个，得了诺贝尔文学奖的。”

“哦，他呀。”彭亮怪怪地说，“知道。”

“看过他的书吧。喜欢吗？”

“不喜欢。”

我们一起看着他。他也看着我们：“土耳其的很多人都不喜欢他。”

“为什么？”

“他不尊重土耳其。在文化意义上，可以说背叛了土耳其，伤害了我们……”彭亮摇摇头，“他，不好。土耳其的左派有一句口头禅说的是：别从混蛋帕慕克那里去了解土耳其好吗？”他意味深长地顿了顿，“他在土耳其，只要走出家门，就得有保镖，不然会挨打。”

这个答案实在出乎我们的意料。沉默良久，七彩没头没脑地说了一句：“写作就是冒犯，先锋就是自由。”

“什么意思？”这次轮到彭亮开始诧异。

“没意思。”七彩说。

沉默。我很快由惊诧变得释然。有多少俄国人喜欢索尔仁尼琴？有多少罗马尼亚人喜欢赫塔·米勒？有多少南非人喜欢库切？如此去想，像帕慕克这样的作家，被自己的国人讨厌也是很正常的。而帕慕克，他似乎早已忽略掉这些表层的讨厌，只是抵达自己最深的热爱："康拉德、纳博科夫、奈保尔——这些作家都因曾设法在语言、文化、国家、大洲甚至文明之间迁移而为人所知。离乡背井助长了他们的想象力，养分的吸取并非通过根部，而是通过无根性；我的想象力却要求我待在相同的城市，相同的街道，相同的房子，注视相同的景色。伊斯坦布尔的命运就是我的命运：我依附于这个城市，只因她造就了今天的我。……我有时认为自己不幸生在一个衰老贫困的城市，湮没在帝国遗迹的余烬中。但我内心的某个声音总坚信这其实是件幸运的事。"（《伊斯坦布尔》，上海人民出版社，2007 年版，第 5 页）

祷告声仍然在耳边回荡，带着沉沉的呼愁。这是帕慕克笔下的呼愁吗？

"'呼愁'不提供清晰，而是遮蔽现实。它带给我们安慰，柔化景色，就像冬日里的茶壶冒出蒸汽时凝结在窗上的水珠。"（《伊斯坦布尔》，上海人民出版社，2007 年版，第 85 页）

3

前两天的行程都在伊斯坦布尔。这个举世闻名的大都市，自是洋洋可观。第一站是

圣索菲亚大教堂，在进去之前，彭亮对我们谆谆教诲："进

去以后先不要乱跑，先听我讲完，OK ？”

但其实很不 OK，进去之后我们就被大教堂的恢宏弄乱了心神，四分五裂地去拍照，拍照，拍照，拍金碧辉煌的大穹顶，拍流光溢彩的大吊灯，拍斑斓绚丽的拱形玻璃窗，拍神秘庄严的基督教壁画……套用网上的一个段子就是：春眠不觉晓，他们在拍照。夕阳无限好，他们在拍照。举头望明月，他们在拍照。欲穷千里目，他们在拍照。我们左拍右拍上拍下拍，只在合影的时候才想起了彭亮。他一边无奈地摇头一边给我们拍合影——不愧是经常面对拍照狂的导游，拍出来的质量还真是不错。

等我们拍足拍够了，他开始讲起来。他讲述的基本模式就是自问自答式：大教堂什么时候建的呢？公元 325 年。谁建的呢？君士坦丁大帝。供奉的是哪个神灵呢？索菲亚。索菲亚是什么神呢？智慧之神。两百多年以后经过查士丁尼皇帝再度整修，变得极为精巧华美。公元 1453 年，苏丹穆罕默德进驻伊斯坦布尔，下令将大教堂改为清真寺。如何改？将拜占庭时期的马赛克壁画全部用灰浆抹平，还在教堂周围修了四个传音塔……

“这简直就是一个……”孟导说着停了下来，我们都知道他想说什么，可他到底雅致了起来，“混血儿。”

“用中文说，是杂……”彭亮则笑而不语了。

我们都会意地笑。笑声在教堂里有些响亮，于是我们赶快噤声。

“拜占庭时期，伟大的时期，像珠穆朗玛……”

“用中文说，那是你们的老黄历。”孟导说。

“对，老黄历。”彭亮说，“就像你们的四大发明。”

微妙的沉默。这小子，还会反唇相讥呢。

“哎，你中文真的不错呢。”七彩真心实意地夸。

彭亮受用地点点头：“嗯哼。”

然后是去蓝色清真寺。游客很多。彭亮说永远都是这样，这是人们来伊斯坦布尔的必看景点。他说他会掌握分寸，趁着人稍微少一些再进去。他先带着我们走到一个宽敞的长廊下面，长廊只有一面墙，墙下是一排水管，每个水管面前都放着一个雕花的石礅。彭亮告诉我们，这些水管是做小净用的。每个穆斯林在进入清真寺做礼拜之前，都必须在这里做小净。

“你们知道小净的部位是哪里吗？”彭亮继续设问着，不等我们回答便打开水管，一边洗着一边自答，“就是要这样，每个部位都是三遍。眼睛，鼻子，嘴巴，头发，还有一个地方，大家猜猜是哪儿？”

“下巴！”老板说。

哄笑。彭亮摇头。

“耳朵眼儿！”七彩说。

彭亮继续摇头。

我们都笑。

彭亮的神情严肃起来。我们不笑了，都有些讪讪的。想了想，我们一起吐出一个词：“脚！”

“正确。”彭亮笑道。然后他脱下鞋和袜子，用水管里冰凉的水洗起脚来。

“不冷吗？”

“冷。”他说，“但是，这就是我们穆斯林的仪式。无论是多么冷的天气，我们都得用这样的活水。必须是活水。”

我们默默地看着他洗完脚，穿上袜子。这时候的他，看着就是一个真正的穆斯林。之后我们跟随他走到清真寺后面的停棺石旁边，听他讲穆斯林的葬礼，讲葬礼前的大净，讲如何用白布裹着尸体让逝者入土……不由得，又想起了帕慕克。“我发现宗教的本质是内疚”。（《伊斯坦布尔》，上海人民出版社，2007 年版，第 176 页）这是帕慕克的话。他也做过祷告，他也去过清真寺，他甚至还斋戒过，但对于信神，他始终有着相当的距离。“我最恐惧的不是神，而是过度信仰她的那些人。虔诚者的愚昧——他们的判断力永远无法与神相比——神不容许，而他们的全心爱慕，则是令我害怕的第二件事情。多年来，我心头一直怀着恐惧，有一天，我会因为‘跟他们不一样’而受到惩罚，这种恐惧比我在我的左派青年期间阅读的所有政治理论给我的冲击要大得多。想不到的是，后来我发现我那些现世主义、半信神半西化的伊斯坦布尔同胞们，很少有人跟我有同样的内疚感。但我喜欢想象他们在一场车祸后，躺在病床上，从未履行宗教职责、始终对虔敬者不屑一顾的人，开始对神心领神会……中学时有个同学有足够的勇气拒斥此种心领神会。他是个调皮捣蛋的男孩，出身于靠经营房地产致富的富豪家庭，他在他家位于博斯普鲁斯沿岸山丘上的豪宅大花园里骑马，还曾代表土耳其参加国际马术竞赛。我们有回下课聊到形而上学，就像小孩子有时做的那样，他见我恐惧得发抖，于是仰头看天，喊道：‘神如果存在，就让它把我击毙吧！’接着他以某种令我震惊的自信，加上一句：‘可是你看，我还活着呢。’……”（《伊斯坦布尔》，上海人民出版社，2007 年版，第 178、179 页）

跟随着彭亮，我们静默着走上清真寺的后廊，脱掉鞋，穿着袜子走进清真寺参观。参观完毕，再从前廊出来。离开蓝色清真寺的时候，我看见有大片的鸽子从清真寺上空飞过。

4

第二天上午是看托普卡普老皇宫，再之后七彩去出版社公干，我们去看博斯普鲁斯海峡和欧亚大陆桥。在游轮上无非是照相，喝茶，喝茶，照相。我前后逛着，到处都没有看见彭亮。可他明明跟着我们上船了啊。于是我就找啊找，一层层地找。终于，在驾驶室里看见了他。他和我眼神相遇，调皮地做了个鬼脸。

船上还有别的中国团，导游们便分了时间，拿着麦克轮番介绍，每人介绍一段。过第二座欧亚大陆桥的时候，我听见了一个熟悉的声音“这座桥建造于1988年……”，是彭亮。有气无力，完全是公文式的背诵。一旦脱离了可以表达个性的场合，一个人就如此自动地抹去了声音的特质，锋芒全无。集体的力量还真是诡异啊。

不一会儿，彭亮的声音被另一个声音代替，他也笑嘻嘻地出现在船舱里，开始给我们讲海岸两边的酒吧，讲在金角湾大桥上钓鱼的人，讲海面上飞翔着和栖息着的一群群海鸥……

“这海峡，有车掉进去吗？有人自杀吗？”我问。

“经常有。还有人开车掉进去自杀。”彭亮一箭双雕。他说他还亲自看到过两次。一次是黄昏时分，是个女人，很年轻，长发飘飘的，她的车往海里冲去的时候，她把头伸向车窗外，似乎在说什么。

“我没有听清，我正在桥下的餐厅吃饭，外面坐着。她的车就在我的眼前进了海里，不，不是像石头一样沉没，车还在海面上待了一会儿，像是在等待什么，过了一会儿，才摇摇晃晃地进到了海的深处。不，没希望的。她死了。救护的船过了很久才到。这样的情况一般都死。”

还有一次是晚上，他在另一座桥下喝酒，听到什么坠入海里的声音。他走到桥边，看见一辆车掉了进去。几个男人大声喊着，口齿不清。

“一听就是一群醉鬼。我报了警，看着车慢慢沉入了海里，就又回去喝酒了。”

“你喝得下去啊？”

“人死了，酒活着。”他笑。

我看着他轮廓分明的脸，这一刻，他真像个诗人。

另一个中国团的人很多，有二十多个，分坐了几张桌子，嘻嘻哈哈地聊着，热闹得很。相比之下，我们这里要冷清得多。

“嘿，我就是跟他吵啊！我说你是老几啊你管我，”一个女人洪亮的声音，地道的京腔，“管他听懂听不懂呢，我就只说我的。钱都交了我还不能说几句？我说，我吐口痰怎么了？多大点儿事儿啊。哦，你是穷疯了吧？是不是整天吃棒子面咸饼再灌一碗凉白开溜溜缝儿啊？不然怎么会挖空心思来挣这份痰钱？”

那边的人哈哈大笑。我们这桌子的人也跟着笑了起来。彭亮也笑得很开心。

“还是北京话好听，也好懂。”他说，“我带第一个中国团的时候，是一个四川团。一听他们说话，我就傻了。我拿着麦克只说出了第一句话‘你好’，然后脑子里就一片空白。真的，一片空白。我学的那些中文就像天使，全长着翅膀飞走了。只留我一个呆呆地站在那里，像个哑巴。一个四川老太太坐在前面，离我很近，她满脸是笑，拍了拍我的肩膀，对我说：‘不怕，又不是去打仗！第一次不好，第二次，第三次一定会好，你会越来越好！’当时她的话我也听不懂，是领队翻译给我听的。这第一次对我非常重要。现在我对四川人还很感激。我听说有好几个中文导游都只导了一次，第一次，也是最后一次。因为有很多批评，他们就把自己的中文导游证给休息了。”彭亮说着做了一个往墙上挂东西的姿势，“他们再也不敢导中国团了，只敢去导英文团。”

“很多方言对我们来说也是外语。广东话你听到过没有？”老板问。彭亮点头：“我有一个朋友，在北京学了两年中文，觉得自己很好了，毕业的时候，他去广州旅游，一到那里他就给我打了个电话，哭着说：‘我白学了。他们为什么不说普通话？他们的话太不普通了……’”

我们笑死了。忽然，海面出现了大片大片的透明花朵，漂浮缠绵，奇丽异常。

“水母。”彭亮说，“不能吃的。”

短暂的愕然之后，赵老师表态：“我们没打算吃水母。”

“很多中国人都问过我水母能不能吃。”彭亮笑道，“中国人好像饿坏了，什么都想当成食物。”

“那肯定是个广东人。”老板道，顿了顿，“真要吃，水母也能吃。海蜇就是水母，在中国就是一道不错的凉菜。处理一下就能吃。”

“处理一下也是水母。水母不能吃。”彭亮坚持，嘴角漾出一丝冷笑，“你们中国人，很智慧，很多都能处理。玉米秆处理一下，观音土处理一下，还有胎盘也能处理一下……”

我们沉默。这话真刺耳，但是，他是对的。

午饭过后和七彩会合，我们去逛大巴扎。那些小巷窄得只能通过一辆车，司机却游刃有余。彭亮一边向我们表扬司机，一边给我们介绍，说这个大巴扎有五百年的历史，很值得一看。

都说土耳其一直自视为欧洲国家，看来欧洲情结还真是浓重。别的不说，单看街上商品的标价，除了土耳其本地的里拉和美元，就是欧元。

“土耳其属于欧洲吗？欧盟好像没批准啊。”孟导说。

“我们加入了欧足联。”彭亮脸上闪过一丝微微的被伤害，“其实我们很想参加亚洲杯，那我们肯定是冠军。”

我们呵呵一笑。想用足球来打击我们？要是这能得逞的话，我们都死了无数回啦。

为了让我们能基本买上东西，彭亮教给了我们几句土耳其语：“你好”中文谐音“卖得好吧”，“早上好”是“已煮来哦”，“晚上好”是“已阿克上姆拉得儿”，“你好吗”是“那搜森”，“为什么”是“奶丹”，“再见”是“古来古来”……

“有一句一定要记好，‘怕哈了’。”

“什么意思？”我问。

他微微一笑，似乎就在等我问——“太贵了。”

我们哄然。这个谐音有趣——高价钱是挺怕的哈。

“我带了这么多团，有三句话是最常听的，这句话是其中之一。”彭亮神情很认真，“你们可以还价，但是，请不要从一百里拉还到二十，请不要这样。”

“奶丹？”七彩现学现卖。

“我们中国有句话，漫天要价，落地还钱。”老板说。

“这里是土耳其，不是中国。”彭亮说，“这里的价格，没有太多泡沫。你讲得太低，是对人不尊重。OK？”

“OK。”我们勉强应答。

“还有两句是什么？”我禁不住好奇。

“你会知道的，你们也会说的。”彭亮悠悠道，“一定会。”

当天晚上，我们乘机到伊兹密尔，之后乘车到库萨达斯。车程漫长，除了睡觉看景，那就是闲聊了。我们五个人互相聊就是浪费，花了这么多钱来到土耳其，就得多听彭亮聊，不能让他太轻松。也就是说，他在为我们解土耳其之密的同时，我们也得解解他的密。当然，我们最感兴趣的，就是他的一切中国元素：语言，感情，工作……更何况我还带着作业。于是，在我们的百般怂恿之下，彭亮便开始讲述他自己的故事。

5

大学毕业之后，我找工作，没有合适的，总是干不长。闲着没事，我就是睡觉啊，玩啊，睡觉啊，玩啊。我家庭，很好的。

我爸爸是一家银行的经理，我的妈妈，是一个小学校长。他们都很好的，不，他们不给我很多钱，只给我一点点生活费。我们的政府会给六个月的失业金，每个月六百里拉，就是这么多。我就这样，吃也不很好，穿也不很好，就是玩很好，和我的朋友们，哥儿们，喝酒，看足球，泡吧，自由，很自由。一直到2007年，我开始认真地认真地想，以后的事。我决定去中国学习汉语。我把我的决定告诉了爸爸妈妈，我的爸爸，他走过来，摸着我的额头，说：去看医生吧？他们认为，我疯了。朋友们，也认为我疯了。可是我决定了。我是我朋友们中第一个去中国的人。我就这样，订了一张机票，不，是两张，一张去的，一张回来的，回来的那张是一年期的，我可以回来。随时。

来到中国，我找了北京语言大学，学习中文。学费是三千二百美金，不多。我没有一点点地位，不，不是地位，是基础，一点点基础都没有，"你好""谢谢"，这些都不会。我们班，哈萨克斯坦的，波兰的，芬兰的，德国的，荷兰的，南美的，一共二十二个学生。两个月后，走了十六个，学不了，就走。最后毕业，只剩下了八个。我，第二个月的时候，也差点儿走。太难学了。我们第一个星期学什么，你们知道吗？学四声。就是妈、麻、马、骂！我每天端着下巴，听着老师发着四个声，我就想，这四个声调有什么意思呢？有什么用呢？很无聊。我就看窗外的风景。窗外是一个操场，经常有女生在那里练一种武器，对，是兵器，是那种可以抡来抡去的，哈、哈、哈的，对，双节棍。太好看了。女生那么瘦小，那么轻，可她们抡的是双节棍，太、太性感了……所以我就没有学会四声。我觉得越来越难学。我就后悔了。老师说，要我们坚持三个月，就一定会说中文，可是，信心，我没有。我认为我坚持不到三个月。所以，那天，我就把机票一签，东西一收，租了一个司机，不，是一个车，对司机说，去机场！可是，走到路上，我问自己：你回去怎么面对这一切？一、爸爸妈妈；二、朋友们；三、也是最重要的，以后的生活。你会干什么？你还有信心去干什么？然后，我就对司机说：回去！我又改签了机票，回去。一周之后，我就认识了我的女朋友，我的太太。对，是我的前女朋友，前太太。我是2007年7月去的中国，9月的时候认识的我的女朋友，2008年5月的时候我们结的婚。这个世界，谁都不知道自己会发生什么事。

和她是在中国语言大学的图书馆认识的。她在人民大学读书，常来我们图书馆。那天，我有个字不知道该怎么写，就是警察的警，你们知道，那个字特别复杂。正在困难，她过来问我需要帮忙吗？OK，我当然需要。她就拿着我的手，一笔一画地教我写。她很漂亮，她教我写的时候，我完全不能专心。她教了我很多遍，我才学会。我们就成了朋友。现在，我写得最好的中国字，还是那个警。

我们恋爱了，一起去吃饭、看电影、去玩。我也是在偷偷看她怎么样。因为我听说很多女孩子找老外就是为了钱，或者为了出国。我就跟她AA制。OK，她没有任何的不高兴，她很好，很愉快地和我AA。我们一共AA了三次，我觉得她不是因为我的钱，我就不再和她AA了。我还算了一下，把她AA的钱全都还给了她。她没有钱。很困难。真的。她爸爸妈妈每月只给她五百块钱，她很容易就花没有了。和她相比，我真的很好过，很有钱。

后来到了冬天，寒假，她回老家去了。你们的春节很重要，所有的人都要回去过年。我一个人待在北京，很无聊，真的很无聊。我就想去看她。那年的春节和情人节是连在一起的，我就很想去和她过情人节。我就去火车站买了一张票。我买的是一张硬座票。在那之前，我从来不知道什么是硬座，我从来没有坐过硬座。票上显示的时间是十八个小时，我完全不知道硬座十八个小时是什么感觉。我就拿着那张硬座票，上了火车。很多很多人，我什么人都不认识。都是中国人，只有我一个外国人。我和他们聊天，没有一个人能听懂我在说什么。那时候，我的中文还不能和中国人聊天。所有的人都在看我，我很孤独，很寂寞。找了很久，我才找到了自己的座位。空气很不好，很糟糕。我觉得自己呼吸都很难受。两个小时过去，我的屁股开始疼。四个小时过去，我的全身开始疼。六个小时过去，我哭了。真的，我哭了。很没有出息，但是，我真的很难受。我想我的爸爸妈妈，我的土耳其。我哭了很长时间，大约有两个小时，然后我找到了乘务员，问她有没有别的办法，让我度过剩下的十个小时，她说有。她就领着我，来到了吃饭的那个车厢，对，就是餐车。她给我找了个座位。她没有收我的钱。她挺喜欢我的。她胖胖的，白白的，也很可爱。那时已经是晚上九点了，所有的人都吃完了饭，那里就变得很安静，只有我一个人坐在那里。更让我惊奇的是，后来，她就过来陪我。她把两边的门一关，就和我在一起了，我们很亲密，很亲密……这样，时间就过得很快。第二天早上，我就到了。我给我的女朋友打电话，她正在吃早饭。我说："亲爱的，你猜我在哪里？"

她说："北京啊。"我说："我在你家的火车站。"她啪地一下就把电话挂了。我知道她不相信，就又打。我告诉她，前面是个什么什么楼，左边是个什么商店，我正走的是个什么什么路，她就信了，过来接我，把我安排到县城酒店里面。她说她还没有告诉家里的人。她不能让家里人知道。我就住在县城的酒店里。她家在乡下，一个镇上。

我就在县城的酒店里住了两天，她每天来看我。后来，她跟着我一起回北京。回去的时候也买不到票，我就给那个乘务员打了电话，那个乘务员又让我们坐在了餐车里。这次是白天，很快就到了吃饭的时间，我们吃了饭，还坐在那里。但是，你们知道，还有很多客人等着座位吃饭。乘务员跟我们说，别管那些人，就让我们坐着。我们就坐着。就是这样，我们坐着不吃饭，想吃饭的人没有座位。他们就在那里等，很耐心地等，半个小时，一个小时，更长时间。没有人催我们让我们走。在土耳其，一定会有人来指着我们问："你们不吃饭，为什么还占着座位？"但是，在中国，没有人问我们。我们坐了很久，自己觉得很害羞，就走了。等所有人吃完了饭，我们才又回来。那次，女朋友还发现了我和乘务员的事。她看我相机里的照片。我和乘务员拍了很多照片。是乘务员拍的，拍着玩的。我都忘了。女朋友看我相机，发现了。我们就生了很大很大的气，很大很大的气。不过，后来，又好了。

两个月后，我的爸爸妈妈从土耳其来，我就陪着他们去江西，商量结婚。女朋友的爸爸妈妈，对，就是我的岳父岳母，他们对我们很好，也很尊重我们的宗教，那些天里，他们做了很好的饭，还有各种颜色的菜，从来没有放过一点点猪肉，肉都是鱼、鸡、牛、羊肉。最让我头疼的就是语言，太障碍，太痛苦了。你知道，他们说的也是方言。天啊，太难懂了。所以，常常是这样的，我爸爸妈妈想和岳父岳母说什么，就要先告诉我，我再告诉我太太，我太太再告诉岳父岳母，然后呢，按照这个过程，岳父岳母想说什么，就再返过来……

还有一件很痛苦的事情，就是上厕所。他们家里的厕所很脏，不能用。一般我都会在酒店上厕所，第三天的时候，在大街上，我和她正走，又想上厕所，上大的。可是离酒店很远，来不及回去。她告诉我大街上有个公共厕所，我就去了那个公共厕所。可我一进去就吓坏了。天啊，厕所是那个样子的！一个，一个，又一个，一个和一个，之间什么都没有，什么都没有！谁看谁都很清楚，什么都看得见。他们都蹲在那里，还互相聊天！他们一边大便一边聊天！我裤子没脱就逃了出去。我被吓坏了。真的。那次之后，我第一次知道了什么叫“便秘”，我便秘了三天。

我和爸爸妈妈在那里住了四天。我们的婚事就定了下来。我是第一个做他们女婿的外国人，不，这么说不对，我知道。不，请不要教我，请让我自己说，应该是，她的女儿是他们镇上第一个嫁了外国人的女孩子。这么说就对了吧？那几天，好像全镇子上的人都认识了我们。他们对我们很友好。很多人见了我就问，吃了吗？不论什么时间，他们都会问这个问题。刚开始我总是很认真地回答，吃了或者是没吃。我想他们问这话的意思应该是要是我没吃，他们会请我吃。但是我发现，他们根本没有请我吃饭的意思。我要是说没吃，他们就说：“哦，那就赶快去吃吧。”有时候我出门碰到他们，他们看见我走的不是回家的方向，还会问：“去哪儿啊？”我开始也总是很认真地回答，去买东西，或者是去哪儿哪儿玩。回答的时候，心里也很别扭，心想你们有什么权利问我去哪儿呢，这是我的个人隐私啊。还有，我要是走的是回家的方向，他们就会问我："回来了？"我只有说："是。"我真是奇怪死了。他们问的可不是废话吗？我肯定是回来了啊。

后来我发现，这些问题，他们其实只是问问，并不在意我的回答。我渐渐知道，中国人问你，吃了吗？无论你吃了没有，最好的回答都是，吃了。问你，去干什么？你最好的回答都是，去办点儿事。问你，去哪儿？你最好的回答都是，出去一趟，或者是，去逛逛。问你，爸爸妈妈好吗？你最好的回答都是，挺好。反正，你不需要认真回答。认真回答就很傻。因为这些问题都只是他们的问候方式。但是这一点原因我现在也不明白，为什么要用这样的方式来问候别人呢？

我们的结婚很简单，可是结婚前的准备很复杂，主要是我。我要准备土耳其方面的文件。他们发个文件过来，我发个文件过去，他们再发个文件过来，我再发个文件过去，过来过去了好多次，才把资料都准备全。然后，有一天，就是 6 月 16 日，我和我太太去了一个地方，有人在那里专门管结婚，对，对，民政局！我们就在那里领了结婚证。婚礼，我们在土耳其举办了。本来我想是再回中国举办一次的，但是，没有机会了。不到一年，我们就离了婚。当然是有原因的，可是今天没时间了，我们快到了，下回吧，不是有个词是卖关子吗？我卖一个。

6

去库萨达斯是为了看举世闻名的以弗所遗址。

刚下车就开始下雨。很小的雨，细雨蒙蒙，游客也少，我们打着几把花伞，穿的衣服也花红柳绿。这样的情境中，即使是熟烂的几个人，互相看着也有一种清新诗意之美。走在斑驳的石板路上，我心中是无尽的欢喜。视线所及之处，哪块石头都是好的，哪棵小草都是好的，连那轻盈跳跃的野猫都是好的……娇嫩的春天和古老的遗迹交相辉映，我和七彩你一言我一语地讨论，说这情形简直就是一树梨花压海棠——不，不是压海棠，而是映海棠。彭亮问梨花和海棠的意思，我们费了九牛二虎之力才跟他说了个大概明白。他颇有意味地点点头："中国，汉语，说这样的事情也好美。"忽然看到孟导和老板越走越远，拉开了拍照的架势，他连忙上前拦住，道："先不要拍照，请先听我讲。"口气里有微微的恳求，宛如一个害怕失业的人，在等我们给他工作。

"这儿真好！真该带个摄像机拍个纪录片。"孟导感叹。

"当然。但是，跟着我走，听我讲，你们才会更知道好。"彭亮郑重道，"中国人，有很多很多人只爱照相，不爱听讲解。有一次，就在这个地方，我讲着讲着，发现身后一个人都没有。一个很大很大的团，将近三十个人，一个人都没有跟着我听。离我最近的那个人，跟我还落后一百米，他们全在照相，合影，合影，照相。要是有人看见我一个人在那里说啊说啊，肯定认为我毛病啦。”

我们都笑。他语法有问题，却没人再去纠正。都这么纠正着，那还了得?

于是，跟着彭亮，我们一路走来。这个两千多年的历史遗迹，虽然是遗迹，但古老的文明印迹依然无比清晰。大理石街道两侧的店铺依稀可辨，可以想见当年的林立与繁华；稚拙可爱的冲水式卫生间，据说是世界上第一个；古浴室里断头的雕塑仍然身形优雅。塞尔丘克图书馆遗址，它是罗马人提贝留斯为纪念其父塞尔丘克统治以弗所而建的壮观建筑。据说荷马、亚里士多德都曾在此写作教学，是当年世界三大图书馆之一，现在看来依然壮观。在图书馆门口的大理石街道上，刻着一个清晰的脚印，旁边还有一颗大大的心和丘比特爱神箭。彭亮告诉我们，脚印和箭头所指的方向是妓院。这是最古老的户外广告。

“妓院呢?”孟导问。

彭亮耸耸肩：“每个男人都会这么问我。”

我们哄堂大笑。

“我可没问。咱是正经人。”老板说。

“他，嘴巴问了。你，心里在问。”彭亮说，“男人嘛。”

——忽然想起了福楼拜，帕慕克笔下的福楼拜，1850年10月，在帕慕克出生前的一百年前，福楼拜来到了伊斯坦布尔，被朋友带去逛加塔拉的妓院，老鸨想把自己的女儿献给他，但此时的福楼拜正身患梅毒。“福楼拜认为这位十六七岁的女子非常迷人。但女儿拒绝同他一起去，屋子里的人只好强迫她——读者只好凭空猜测他们是怎么做到的——两人终于独处时，女子用意大利语问福楼拜能否让她看他的器官，以确定他没病。‘由于阴茎下部仍有硬结，怕她看见，于是我装出绅士的样子，从床上跳下来，大声说她侮辱了我，说此非绅士之举，接着我就走了……’福楼拜写道。”（《伊斯坦布尔》，上海人民出版社，2007 年版，第 274 页）

和环形大剧院相比，图书馆就不算有规模了。这个可容纳两万五千人的环形大剧院，是以弗所最著名的建筑之一，整个剧场由几十米高的石墙环绕着，依山坡顺势而建的梯田式观众席，错落有致，面向大海，气势磅礴。据说这个剧场现在还在使用，每年夏秋之际的艺术节期间还有演出，音响效果极佳。

“到这里来的人都会高歌一曲。”彭亮说，“你们也请？”

请就请，有什么可怕的。于是，细雨蒙蒙中，五个人站成一排合唱了起来。一共三首，一首是国歌，一首是《在那银色月光下》，还有一首是《青春舞曲》。唱完之后，围观的游客给我们热烈鼓掌，我们也给自己热烈鼓掌。所有的掌声停息后，彭亮还在鼓。

“最后那个，太好听了。”他说。

我笑。土耳其帅哥对《青春舞曲》是最有感觉了。

彭亮的正式讲解完毕之后，宣布我们自由活动。反正也就这几个人，其实自由和不自由也没有什么分别。我们仍旧在一处，说东说西。彭亮则拿着七彩的相机为我们抓拍照片，他一手拿着相机，一手打伞，一边还爬高上低，随时都有可能在某块石头或者雕塑后面露出他的脑袋，喊道 ：“看这里！”

离开以弗所上车，他朝着遗址回首，一脸深情。我们笑他，说他看遗址的神情仿佛这个沧桑的遗址是一个美貌少女。

“不，少女老了就不好看了，它——越老越好看。”他说。他说他带团来以弗所最惨的一次，是碰到了一个上海团，“那个团的人全是老人。最小的七十岁，最大的八十八，有二十多个人。他们每个人都扛着一个很重很重的照相机，前面的镜头很长的那种，很专业。他们要求每天只安排一个地方，不听介绍，只告诉他们哪里是进口，哪里是出口，他们需要多长时间，让我在出口等着他们。第一天，我很高兴。我在出口那里看女孩，看天，看猫，看狗。第二天，我就无聊了，真的很无聊啊。第三天，更无聊，真的更无聊。我给妈妈打电话，妈妈问我，你怎么了？因为我工作的时候很少给她打电话，她以为我出什么问题了，吓了一跳。我给我的朋友们打电话，他们都很忙。白天都很忙。我就一个人在出口那里，等啊，等啊。我都想哭了。我不想这么无聊。第四天，我就跟他们进去拍照片了，听他们说上海话，可是我听不懂啊，又很难过……你们知道吗？我带那个团以前，六十四公斤，带完那个团，六十八公斤，整整胖了四公斤，屁股都坐大了一圈！”

彭亮笑着，说着，不断地摇着头：“不过，那些上海人，他们拍的照片真是好极了。他们回到上海之后，每个人都给我发来了 E-mail，很好，很棒。”

“你这么敬业，没被投诉过吧？”赵老师道。

“一次，只是一次。”他神情凝重，“那是我接的第十八个中国团。你们中国很讲究数字，是吧？十八是不是很好？”

我们异口同声说很好。

“那个团，投诉了我。那个团，也是只一次我没有带完的团。”

“为什么？”我们异口同声问。

“那是你们一个地方的公务团，里面有一个政府部门的领导，我听那些手下的人，有时候叫他‘老板’。”

我们看着老板，轰地笑了。老板笑道：“人家那才是老板。”

“他的脸，很大，很胖。很奇怪，他不会笑。他从来不笑。我从来没见他笑过。一接他们，我就对他们说了我的名字，但他们从来不叫我的名字，都叫我‘刀油’。他们这样喊：‘刀油，来说说这个！’‘刀油，那是怎么回事？’‘刀油，给我换个房间！’‘刀油，去给我拎行李！’

“我知道做导游什么人都会碰到，我应该有耐性，很耐性。用你们中国的词，叫宽宏大量，海纳百川。所以我一直笑着，不发脾气。就是这样，笑眯眯的，笑眯眯。第二天的时候，我对那个老板说：‘先生，你好，我有自己的名字，我叫彭亮，请你以后叫我的名字好吗？我会觉得很亲切。’他看了我一眼，没有说话，任何反应都没有，就去看自己的手机。”

我们全笑了。

“OK，我知道了，他不可能叫我的名字，OK，我放弃了这个努力。我就在数着日子，一天，两天，第三天晚上，我跟他们，还是崩溃了。那天晚上，他的两个下属找到我，对我说——请原谅，有女士在这里，可是这句粗俗的话，我必须得说。那句话没办法更改。他们对我说：

‘刀油，我们老板想操一个你们本地的姑娘，你去想办法。’”

我们沉默。

“对，那两个人就是这么说的，我们老板想操一个你们本地的姑娘。

“我很生气，很生气。但是我告诉自己，不能生气。所以我很平静地说，先生，我的工作是导游，不负有这种事情的责任。你们可以自己去联系。要是有什么后果，都跟我和我的旅行社无关。半个小时之后，北京那边的旅行社给我们这边的旅行社打来了电话，要求换导游。我就被换掉了。我很开心，很开心！”

我们全笑了起来。

“别的国家的团从来没有提过这种要求吗？”片刻后，孟导冷静发问。

“也有。我明白你的意思。我是男人，了解男人的心态。当然也有人想要，用中国话叫，找乐子，他们也会对我说，想要让我帮助。OK，可以，我会把电话提供给他们。虽然这种事不是我的工作，我不必对此负责，我也不喜欢这种事，但我也不反对。在我心情好的时候，帮助客人，是我愿意做的事。”彭亮加重了口气，“但是，那和这个的性质不一样。那个老板，他给我的感觉让我的心情一直很不好，很不好……”他的声音低回，似乎在寻找着一个合适的词，终于，他眼睛一亮，显然找到了，“我觉得，他一直在侮辱我！说这种事的时候，更是在侮辱我，还在侮辱我的国家！”

我们沉默。侮辱这个词，彭亮用得很准确。

“哦，那个人给我的印象太深了。他不会笑。他怎么就不笑呢？”少顷，彭亮又絮语。没有人回答他。

7

午餐后，我们重踏车程，去帕姆卡莱，前往著名的棉花堡。晚上我们要在那里泡温泉。行程单上的车程是四个小时，但彭亮告诉我们，要五个小时左右。为什么呢？因为路上要去几个店。

“我们不想进店。”

“没有任何要求，你们就是进去看一看就好了。”他说，“这是公司合作的，我也没有办法。”

第一家是皮衣店，我们说不想待时间太长，他笑道：“我明白，完全同意。听你们的，不买没关系。我们这里的旅行社跟中国不一样，我不拿提成。”

这小子，句句都说到了点子上。

彭亮说这是土耳其最好的皮衣店，牌子是KIRCIAR。店面是四层独栋，装潢华丽，还居然养着一群模特。我们到了店里，首先看的就是专场表演——专门为我们五个人。我相信哪怕就是只有一个客人，他们也会进行表演的。红茶苹果茶滚热献上，自是可口。每人面前还放着一张印着标码的卡片和一支笔，卡片标码和模特身上的样衣标码一致，如果喜欢就在标码上打个钩，等结束了服务员就会带你去试衣，非常周到。模特们都是俊男靓女，风采翩翩，自不必说。最意外的是最后上场的那个压轴，居然是彭亮。他穿着一件咖色夹克，一步一摇地上场，有些摇滚，有些嬉皮，可也真是有型有款。肯定是看得多了，熟能生巧，有兴致就上去客串一把。我们不由得欢呼起来。随着音乐的节奏，他做了最后一个定型，然后伸开双臂邀请其余的模特谢幕。我们全体起立，有节奏地拍着手对他起哄，他眉飞色舞地笑着，朝我们飞吻。

东西是真好，但是价钱也是真贵。我向来不喜欢皮衣，一件都没有试，坐在软椅上让眼睛散步，看七彩咂舌、老板试衣、赵老师评点、孟导感叹。最后，偌大的一个店里，老板成了最忙碌的模特，试了一件又一件，试到我们都烦了。

“你到底买不买啊？”我问他。

“你们……买吗？”他看着我们，“要不，就算了，走吧。”

“买是你自己的事，和他们有什么关系呢？”一直不语的彭亮终于开口说，“哦，我明白了，是不是他们都不买，你一个人就不好意思买？中国人都喜欢一起的，一起这个，一起那个。”

“谁说的呀，我们中国人也有个性呢。老板，你要是喜欢就买吧。”赵老师说。

“对啊，喜欢就买嘛。妹妹虽然穷，但也不笑话你富。”七彩说。

“买，买，有钱不花，丢了白瞎。”孟导说，“买了让我先替你穿两天。”

…………

东一句西一句，我们说了半天，老板还是没买。出店，上车，走出了大约两百米，老板犹犹豫豫地又问：“彭亮，咱们还有时间来这个店吗？”

“没有了。”彭亮说，“想买的话，我让车马上掉头，十分钟之内买定。这是最后一次机会。”

“买。”老板咬咬牙，道。

看着老板终于掏出了一沓美钞，将大衣买下，彭亮做了个典型的欧式耸肩动作，道："为自己做个选择，有那么难吗？"

我很想对他说，在只有自己一个人的时候为自己做选择，很简单。但在人群中为自己做出一个与众不同的选择，对中国人来说，确实不是那么容易。

第二个是土耳其陶瓷店，我们都意兴阑珊，到门口都不想下车。陶瓷，还用跑到这儿看吗？我们有多少窑？哥官钧汝定，去景德镇看看，还不羞死他们？光听听我们的中国的英文名他们就该知趣：China——差哪儿去了？

"难有新意。还是，不看了吧？"赵老师吐出了我们的心声。

"有制陶表演，还可以亲自试试。"彭亮很迷茫，"不收费，都免费。"

"不是免费不免费的问题。"孟导说。

"这里面有我们的文化，你们可以了解一下。很好的。"他仍在热情洋溢地游说着我们。

"陶瓷，我们见得多了……"老板说。

"那是在中国，这是在土耳其。"彭亮虽然微笑着，口气也很温和，但眼神显然又严肃起来，"我知道你们要说，中国什么都有，什么都好，什么都便宜……但是，土耳其还是土耳其，有土耳其的魅力。不然你们这么远跑过来，为什么呢？"

我们无语，下车进店。虽然早已判定这里的陶瓷不过尔尔，但真进了店，也还是吃了一惊。尤其是那些蓝色的陶瓷。那种蓝，幽幽的，润润的，静静的，真是特别啊，怪不得人们称土耳其为"蓝色土耳其"呢。

在免费做陶的地方，我和七彩都做了。七彩原来玩过陶，做得还好，我根本没做过，一点儿都掌握不了分寸，结果做出来的上头尖圆，下面笔直，活脱脱一个男人的器具。一群人都乐得直不起腰来。

“嗯，很性感。”彭亮夸，“不过，我们这里有一个地方，比你做得还要性感。”

商店这种地方，不进就算了，进了就有可能想买。在绿松石珠宝店，八百五十美元一只的戒指，老板又想买了，七彩也想买，最后除了我，每人都想买。七彩还到了四百八十美元，但等到要付账的时候他们又有些心疼了——老话说得真没错，挑剔的是买主，叫好的是闲人。买主们开始挑剔，七彩说颜色不对劲，老板说大小不合适，孟导说包装盒不精致，赵老师说镶边儿不讲究……彭亮一直不语，只远远地站在一边，一副事不关己高高挂起的样子。

“彭亮，你说，这镶的是18K金吗？”赵老师问。

“我不认识。”

“那你的意思是，有可能不是。”

“你的意思是，你怀疑它不是。”彭亮用词开始严谨起来，“我认为，这样的店里不会有假货。”

“那为什么宝石跟宝石的颜色相差这么大？一个这么亮，一个这么暗。”七彩举着两只戒指，振振有词。店员们好奇地看着我们。

“你们，你们啊……”彭亮笑起来，显然是给气笑的，“我就知道你们会这么说。要是颜色一样，你们会说，天然的宝石，颜色怎么会跟人造的那样一致？这不对，应该不一致。要是颜色不一致，你们又说，差别这么大，应该是假的……那么请告诉我，你们认为真的应该是什么样呢？”

我们沉默。

“你们特别爱怀疑什么都是假的，为什么呢？”

我们继续沉默。能怎么回答呢？不要说这种在国内的旅游景区一抓一大把、一大把十块钱的所谓绿松石，就是用来果腹的奶粉和大米、用来救命的药物都会有假，还没有通车就倒塌的一根钢筋没有的大桥，正在盖着就歪到一边去的楼脆脆……没法说，不能说。

“其实，东西是没问题啦，我们还都蛮喜欢的，就是贵嘛。”七彩撒娇，“你再给店里说说，便宜些呗。”

“我不说。”彭亮说，“这么低，我不能再说了。”

老板跟七彩使了个眼色，几个人放下东西，准备离去。店员们到底想做成这笔生意，又殷殷上前去把他们请了回来，但价格还是坚持四百八十美元。双方僵持不下。彭亮看看这边，看看那边，终于上前跟店员们说起了土耳其语。咕噜了一阵，然后回头对七彩几个说：“四百五十美元，不买就走。”

他们几个欢天喜地地给店员们付钱，将戒指买下。我看见彭亮也抓了一个戒指，比七彩他们挑的要大，要炫。然后他走到收银台前，掏出了一张卡，买过之后，他随即将指上的旧戒换下，新戒戴上。

“多少钱？”我问他。

“九百八十美元。原价一千三百。”他说，“漂亮吗？”

“嗯。给自己买的？”

“当然。”他笑，“我带你们这个团的报酬，一下子就花掉了。”

一帮人买完，往外走，七彩看见了彭亮的新戒：“店里送的？”

“自己买的。”彭亮指指我，“她看见我刷的卡。”

气氛有些微妙。大家尴尬对笑。

“就是店里送你也应该嘛。”老板打圆场。

“送了就是送，买了就是买。我说的是真的。”彭亮说，“有时候我很没有信心，因为，要你们中国人相信，真是难。要是不信的话，怎么都很难信，就是亲眼看见我付了款，也会想着我和店里在……嗯，在假。你们想过没有，他们要是真送了我，我干吗一定要在你们面前秀啊。我不会偷偷的吗。那不是会聪明吗？——哦，对了，你们会想，我这是故意的，表示我……”他转着眼珠，使劲儿寻找着那个能表示他心中复杂意味的词。我们沉默地看着他。其实我们都知道那个词，或者说，那几个词：光明正大，心中无鬼，坦坦荡荡……当然，这些词，用在此处，也都是用来形容他的“在假”。

“不说了，没意思。”彭亮摇摇头，在我们的沉默中，彭亮也终于放弃了寻找。“我说过你们中国人最常说的三句话，现在可以告诉你们了。第一，太贵了；第二，我们中国也有，比这还好；第三，这是真的吗？”

众人沉默。

“你带过别的国家的团吗？”我打破沉默。

“带过。不过中国团最多。”

“是不是中国人最难带？”我问。

他点点头："应该是。"顷刻，他又摇摇头："不，印度人最差。中国人跟印度人比起来，还不是那么差……不过，中国人的团，真是很难带。真的。主要的还不是他们跟我，而是他们跟自己。比如这个跟那个，那个跟这个。比如，一个团里有上海，有北京，那他们就会吵起来，上海人说要这样，北京人说要那样……听他们吵，我头大。"

我们笑。这个情形很容易想象。

"有一次，我接了一个埃土团，也就是先到埃及再到土耳其的团，一个客人是上海人，他的行李箱坏了。你们知道，行李箱在旅行过程中总会这样碰那样碰，难免会出问题。他一下飞机，就皱个眉，很生气的样子。他不让我说话，就先说他的箱子。我跟他解释，先生，这不是我的责任，也不是旅行社的责任，也不是土耳其的责任，因为他来的飞机是埃航的，是埃航的责任，你要是想解决问题，请先留在机场，跟埃航的人谈。可是，他不听！根本不听！他就一遍遍地说啊，说啊。我不能光管他一个，我还得管别的客人，就招呼别的客人上了车。他看我不理他，也上了车，坐在前面。他还是那样，很生气的样子。我拿着麦克，开始跟其他客人介绍，这时候，他站了起来，走向车的后面，走向领队。领队也是中国人，一个女孩儿，很瘦。他走到领队跟前，抓住她的头发，就是这样，前后左右，甩啊甩啊，嘴里一边说着什么，我听不懂。但是，我看懂了。全车的人都不说话。那个女孩子，她只是哭。我就把麦克一摔，走过去，抓住他的胳膊。我说，先生，也不是她的责任，请你放开她。你要是想打人的话，请选择我。可我不会不还手。

“那个人看了我一眼，就回到了座位上，没有再说话。埃土团在土耳其的行程是两天，结束的时候，我买了一个新箱子送给他。他问为什么，我说因为你给我的印象太深了，应该得到礼物。”

“他要了吗？”七彩问。

“要了。”

“他没说什么吗？”

“他说了，”彭亮淡淡一笑，“他说谢谢。”

8

夜宿棉花堡的温泉宾馆。宾馆富丽堂皇，豪华舒适。发房卡时彭亮告诉我们，这个宾馆有很好的温泉中心，供免费泡，但按摩收费。著名的土耳其浴，其核心就是这种按摩。

“温泉中心有价目，你们去自己看。要提早预约，不然他们可能安排不过来。”他调侃一笑，“很贵！”

“你不跟我们一起吗？”孟导问。

“我会见个朋友，好好睡个觉。”

“女朋友？”

“对。”

我们大笑。

“不，女朋友跟睡觉没关系。”他立即解释，随即又耸耸肩，放弃了解释，“你们可以想。随便。”

晚饭是酒店自助，去餐厅的路上正好路过温泉中心，我们看了看价目，按摩要每人六十里拉，相当于两百多人民币，确实不便宜。不过，买得起马就配得起鞍，我们还是决定做，于是便先和服务员砍价且预约——当然要砍价，不然太委屈我们练了这么多年的砍价功夫。砍价的重任交给了英语半通不通的七彩，经过了一番驴唇不对马嘴的唇枪舌剑，终于有了在我们看来不甚理想的收获：由六十里拉砍到四十五里拉，还让他们赠送了一个黑泥面膜。

晚餐的时候，看到彭亮端着餐盘走过来，七彩意犹未尽，对我们说："一会儿再让彭亮去砍砍价，他跟这里这么熟，一定可以再砍下来一些。"这也是我们在国内常用的砍价技巧之一，先自己砍，再找熟人继续砍，能砍多低，就砍多低。没有最低，只有更低。

"什么？"彭亮一听四十五里拉还赠面膜就睁大了眼睛，"不可能！"

"高了还是低了？"七彩悬着嗓子问，生怕自己失职。

"我平常跟他们谈的，一般都是五十里拉。最低一次才是四十五里拉。"彭亮说，"还从来没有送过面膜。面膜另算。你们，太厉害。"

"别谦虚。你不是跟他们挺熟的吗，再去帮我们砍砍呗。"七彩道。

"真的，也就这样。这是最高水平。"

"也就是让你动动嘴皮子的事，行不行你去试试呗。"孟导说。

"就是，都是这么好的朋友了，你要不去可不够意思啊。"老板也说。

“好，我去。”彭亮道，“谈不下来的话，请你们不要介意。”

饭后，我们一帮人簇拥着彭亮来到温泉中心，一个皮肤黝黑个子高挑的女人和他很熟络地打着招呼，刚才和我们砍价的服务员也走了过来，三个人开始用土耳其语交谈，我们站在那里，看看这个，看看那个，只觉得三个人的脸色都很难看，越来越难看。最后，彭亮领着我们走出了温泉中心，告诉我们，他没有谈下来。说完他就转身离去，留下我们愣在那里。

在泡温泉的一个小时里，我们一直在讨论他们三个在说些什么，为什么说得那么不悦。最后，老板得出结论：“是我们砍价砍得太成功了。”

“何以见得？”

“假设按摩的成本价是四十里拉的话，如果压根儿就是彭亮帮我们砍价，砍到了五十里拉，那么这个按摩就还有十里拉的利润空间。按行规彭亮应该拿走一部分，比如说五里拉，剩下的五里拉就是温泉中心的。现在我们已经砍到了四十五里拉，等于说把彭亮的这部分利润也砍掉了。这是个既定事实。彭亮再领我们过来，经理肯定想保住五里拉的利润，不想再给彭亮五里拉。彭亮呢，既然出面了，等于已经拉来了生意，肯定也要为自己争取那五里拉的利益。这样呢，经理等于要把价格压到了四十里拉，当然不高兴。服务员的业务提成可能也会受到影响，也不高兴。彭亮呢，为这么五里拉跟人家吵一架，也不能高兴吧。”

“他看起来不是挺爽的一个人吗？不要这五里拉不就得了？”七彩道。

“这可不是五里拉的事，好几个五里拉呢。”老板道。

“还有，咱们这么生茬的游客都能砍到四十五里拉，彭亮也没面子吧。”孟导说。

这件事情，我们当然都没有再问彭亮。其实我很想问，真的很想问。但我终于还是没有问。对于这个前中国女婿，我不允许自己将不知趣进行到那个程度。

9

翌日上午，在棉花堡玩过，又参观了希拉波利斯古城遗址，我们重新上车，奔赴旋转舞的故乡库尼亚。路边不时会出现一片片坟墓，都紧挨着居民小区。

“住的地方和墓地不分，他们不怕吗？”孟导问。

“这就是我们和你们的不同。生命是安拉给的，生命也是安拉收的。一切从安拉始，到安拉终，就是这样，非常自然。在我们的意识里，死人就是死人，他们已经睡在地下，不会伤害我们，没有什么可怕的，也不需要忌讳。但你们中国人，很不喜欢提到死，也很不喜欢跟死有关的东西，包括数字，四就是死。我想不通。一个数字，跟死有什么关系呢？我的太太，跟我来到伊斯坦布尔的第一天，是个晚上，我朋友帮忙租的房子是可以看海的，很好的，你们叫海景房，是吧？我们住了进去。第二天一早，我太太先醒，我还在睡，就听见她发出很大很大的声音：‘啊——’

“她的恐怖，把我叫醒了。她跑过来，说窗前全是坟墓。我也来到窗前，真的有很多坟墓。坟墓之外，才是海。她说，我不要在这里住，搬家！我说，亲爱的，坟墓没什么啊。她说，我不要每天看见这么多坟墓，心情不好！不开心！我说，那你可以让眼睛直接越过坟墓，去看海啊。这不是很简单吗？”

我们都笑了。喃，坟地，墓园，帕慕克对此的描述是从福楼拜身上起笔的。他说福楼拜漫步于伊斯坦布尔的街头，看到了那些墓园：“和许多来访者一样，他对墓园特别着迷；他第一个注意到，这些遍布全城的墓碑，就像死者本身在记忆中慢慢消失，亦随着岁月慢慢陷入土中，不久便消失得无影无踪。”（《伊斯坦布尔》，上海人民出版社，2007 年版，第 276 页）

“后来呢？”七彩问。

“后来，我们还是搬家了。因为我太太，她不喜欢。我就知道她有多么害怕坟墓了。晚上，我有时候会故意把灯都灭掉，吓唬她说，贵（鬼）来了，贵（鬼）来了！她会说，真讨厌，真讨厌！”

说着说着，他灿烂地笑起来，仿佛这不是记忆而是现状，仿佛他讲述的这个女子不是他的前妻而是他的现妻。

既然他一点儿不忌讳说他和中国女友的情史，我们当然想听听完整版的，于是又怂恿他讲述起来——

“我和太太，是奥运会之前离开北京的。因为我的签证就要到期。我想留下来看奥运会，可是政府不让我的签证延期。我很遗憾，就带着太太回到了土耳其。我们先在我的老家伊兹密尔住了一个月，后来才去的伊斯坦布尔。

“我们的感情，很快就不好了。因为第一年很困难。我要准备导游资格考试，这是非常难的考试，得认真准备。我也不想要爸爸妈妈太多的钱，所以钱上也很困难。我没有房，没有车，我一起玩的朋友很多都是有钱人，有房也有车，她就经常问我，我们什么时候才能改变？我告诉她，亲爱的，一年。请给我一年时间。她又问，要是一年后你没有通过考试呢？我就没话说了。因为我也不能保证一年之后一定会通过考试。她对我没有信心。她的态度也让我没有信心。后来我爸爸得了癌症，淋巴癌。我知道消息的时候，爸爸已经住进医院里了。我跟太太一起到医院看望爸爸，爸爸这里也是管子，那里也是管子，脸色很差，很差，我很难过。但是，我太太，你猜她说什么？她说，你爸爸看起来很好啊，你不用担心！”

“也许，”短暂的沉默后，赵老师说，“她真是怕你担心才这样安慰你的吧。”

“OK，就算是这样。那她那时还没有工作，我正准备导游资格考试，我想让她留在伊兹密尔照顾爸爸，但是她说她不会照顾病人，她想工作。这怎么解释？”

我们沉默。

“OK，我尊重她的想法，托人给她找工作。她很幸运，不久就有了一个很合适的工作。那家公司是销售大理石的，专门朝国外销售。中国是一个很大的市场，她就去做中国市场。她很能干，做得很好。现在，她每个月能赚三千美金，比我还多。这在土耳其是很好的收入了。她的房子也是公司给她租的，很大，很新，位置也很好，带全套家具。这样的房子在伊斯坦布尔最少需要一千里拉，大概七百美金。公司还给她提供机票让她回中国探亲，一年两次，往返程。

“离婚的事，是她先提出的。她说，亲爱的，我们分开吧。

她没有说原因，我也没有问。我很轻松地说，好吧，我也这样想。我们就办了离婚手续。结婚很复杂，离婚却很简单。对，我们在土耳其也办了结婚手续，所以，离婚也是在土耳其离的。其实，我可以当初不在土耳其办结婚手续的。那样的话，我在土耳其的身份就一直还是未婚，这很好的，在历史上没有污点。土耳其虽然是开放的穆斯林国家，但总还是穆斯林国家，有一些很传统的东西……但是，我不想那样。我想和她长久生活。我很爱她，我想和她过一辈子。可是，后来这样，谁知道呢？

“拿到离婚证的那天，我哭了。她没有哭。她看起来很开心。OK，她那么开心，我就让自己比她更开心。因为，爱一个人，就是要让她快乐，让她开心！”

“你觉得，她对你的爱……”七彩开口，却说得有些犹豫。

“她不爱我。”彭亮说，“我也是后来才有这种感觉的。我觉得，她从一开始，对我就是假的。她是装作爱我的。”

“她是想利用你到国外来？”

“我觉得，很可能是。因为，她的变化太大，真的。我不能很好地说。但是，我知道。比如，我做了很用心的饭菜，等她回来吃。她一句感谢的话都没有，还说，这是什么呀？这在中国，给猪都不吃。想一想，我就知道她不爱我。如果爱，会在乎对方感受，她会说，亲爱的，谢谢你。你做得很好，只是我的嘴巴还不适应。或者她可以撒谎，说她不舒服。反正我不会像她那么说。因为爱她。”

“知道了她不爱你，你还爱她？”

“是，现在也还爱。感情的事，很难说。不是说你不爱我了我就不爱你，你爱我了我才爱你，不是这样的。”他从口袋里掏出一个钱包，小心地取出一样东西。是一枚黑色的小发卡，是最普通的那种发卡，我以前也戴过，一块钱十枚。插在发下的那根卡线是平板的，露在发上的那根卡线起着微小的波浪。

“她收拾完东西，走了。我找，找，在梳妆台下面找到了这个。”他说。

“你偶尔还会给她打个电话发个短信吗？”七彩问。

“没有。”他的嘴角紧绷出了倔强和自尊，“我爱她，但是，不想打扰她。”

“要是她再找新的男朋友呢？很可能啊。”孟导说。

“那是我最不想听到的消息。所以，我不给机会让自己知道。”

“你还可以再努力，不要放弃。我们中国有个词，叫破镜重圆。”赵老师说。

“我知道这个词。”他绽放出天真的笑容，“那是我的梦想。但是，梦想往往难以成真。”

“彭亮，作为一个女人，以一个女人的本性去推测，我觉得，她应该还是爱你的，最起码曾经爱过你，”七彩突然说，“如果单是为了利用你出国，她这么做也太复杂了些。不值当。你们婚姻失败的过程，应该不像你说的那么简单。”

“就是，我们听的只是你的一面之词。你说了她那么多不好，难道你就没有责任吗？你有没有想过你的责任？”我说。

“有。”他说，“我有责任。比如，结婚之后，朋友们再找我出去玩，我就得推掉，因为要多出很多时间来陪她。我有时候会因为这个抱怨。还有，爸爸妈妈对她很不满意，对我说了很多她不好的话。她对我爸爸妈妈也有很多不满意，也对我说了很多他们不好的话。我听了这边的话就告诉那边，听了那边的话就告诉这边，然后他们都不高兴……”

“这在中国，叫受夹板气。”我做了个两手往中间挤压的手势。

“对，就是这样。要是能够重新开始，我不会这么愚蠢。”

“中国有句老话，叫‘流言止于智者’。”赵老师说。

“什么意思？”

“没意思的话聪明的人不会传来传去。”

他点点头：“不过，可能还是我和她的文化背景太不同了……”

“我觉得这不是文化背景的问题。”我说，“如果你的太太是一个英国人，或是德国人，你也不能这么做。这是人性的问题。”

“和我太太是中国人没有关系吗？”

“最起码在这种家庭成员相处的问题上，和中国没有关系。这不是中国太太问题，而是世界太太问题。”

我侃侃而谈，彭亮不时点头，一副心悦诚服的样子。说着说着，我却有些恍惚，喏，柴米油盐，鸡零狗碎，一个眼风，一声叹息，语言不通，但道理无异。道理无异，但心终有别……这一刻，我不知道自己怎么就成了婚姻问题专家，而且谈的还是世界级问题——这和“大河天下”的国际性角度能沾上边儿吗？

“无论如何，你太太万里迢迢跟着你来到土耳其，她一个女孩子，不容易。虽然你们分开了，还是请你在她需要你的时候，去照顾她。”赵老师说。

“OK，我会。我一直在等她联系我。她要是需要我，我一秒钟都不会停。我，真的很爱她……”他那么率真地说着。我从没有见过一个男人当着这么多人的面承认自己爱一个女人，还说得那么自然，那么恳切，没有一丝一毫的油滑。

“你觉得，你们还有可能再走到一起吗？”

他黯然神伤：“不会。她不会。”

“你不想再去试试吗？”

他摇摇头。

10

在库尼亚住的酒店不大，但非常精致。连餐厅都出乎寻常地漂亮。因为客人不多，似乎成了我们几个的专属餐厅，我们几个便边吃边拍，也让彭亮帮我们拍。漂亮的餐厅里食物也格外美味，老板边吃边夸：“这鸡蛋很像是土鸡蛋。在土耳其吃土鸡蛋，这才是名副其实的土鸡蛋啊。”

“土鸡蛋，是什么？”

“就是乡下的鸡蛋。是天然的没污染的鸡蛋。”

“哦，明白。对，你们中国，很多东西都容易出问题。牛奶、大米、香肠、矿泉水、药……我们这里，都没问题。我们的菜，都是土菜，我们的牛奶，都是土奶，我们的水，都是土水，我们的空气，都是土空气……”彭亮一脸骄傲。

我沉默。没错，他有理由为这些“土”骄傲。而在中国，这些“土”确实已是稀罕可珍。想起素常过的日子，忽然鼻头酸涩，深深难过：吃什么都像在吃毒药，呼吸一口空气都像是吸毒，不安全感仿佛浸透了每个细胞……这是怎么了？怎么就到了这步田地？又想起了帕慕克。此刻，他的疑问也正是我的疑问："我们一生当中至少都有一次反思，带领我们检视自己出生的环境。我们何以在特定的这一天出生在特定的世界这一角？我们出生的家庭，人生签牌分派给我们的国家和城市——都期待我们的爱，最终，我们的确打从心底爱她们——但或许我们应当得到更好的人生？"（《伊斯坦布尔》，上海人民出版社，2007年版，第5页）

"你们的人，都是土人！"突然，七彩恶狠狠地说。我们哄堂大笑。

"对。"彭亮笃定地点头，嘴角含笑。

"你在中国，不觉得中国的食物好吃吗？"老板不甘心地想讨回一些表扬。

"哦，涮羊肉，太好吃了。我想如果在土耳其开一个这样的店，一定赚很多很多钱。我将来一定要不做导游，导游这个职业，不能做太长时间……"

"这个行业，是青春饭。"赵老师说。

"什么饭？"

"青春饭。青——春——"我放慢音节，"明白了吗？"

"不明白。"

"青春，就是年轻时代，青春饭，就是年轻时候能吃的饭，也就是年龄限制很严格的饭。像演员、运动员啊什么的。"一边解释我一边沮丧，我知道青字的美，春字的美，青春两个字搭在一起构成的更奇异的美，可是这些美，我都无法传递给他。我能呈现给他的，只能是这样干巴巴的描述。

“明白了。”他恍然大悟地点头，“没错，是青春饭。将来再做五岁，或者六岁，我就不做了。或许，我真会开一家餐馆，去做涮羊肉。”

我很想纠正一下他说的“岁”，想了想，没有说。

“北京……”这个话题显然引起了彭亮无尽的回忆，“太美妙了！我很喜欢。我没想到北京那么时尚，那么发达，那么国际。你们中国有个词，叫大吃一惊。我们土耳其有句话跟这个词很相似，叫‘我的舌头被我吃掉了’。真的，刚看到北京的时候，我的舌头就好像被我吃掉了一样。没话说。北京，太好了。还有北京的饺子……”彭亮说着，又笑起来，肯定是又想起了什么，“那是我快离开中国的时候，我到人民大学找太太，因为我经常去找她，她的很多熟人我也都认识了。有一次，在学校里我碰到了她的一个老师，老师很亲热地跟我打招呼，和我聊天，问我什么时候走，吃饭了没有，我说还没有。OK，她并没有对我说，哦，那你就赶快去吃吧。她请我去她家吃饭，说她家今天吃饺子。我想，她是真心请我去吃的，我应该可以答应。再说我也很喜欢吃中国的饺子，就跟着她去了。这时候她说她要上个卫生间，我就在那里等她。等她出来，我又问她，我可不可以带我的太太，她说可以。我就给我的太太打了个电话，告诉她往老师家吃饭。这时候，前面又是个卫生间，老师又要上卫生间……”

我们笑起来。

“你要再叫个人，老师她还得上卫生间。”老板道。

“我和我太太到了老师家，吃了饺子。吃完了，就走了。后来，我的太太告诉我，她往厨房送碗，听见老师的老公在埋怨老师，说带两个人回家吃饭为什么不早说。太太说，老师让我们去她家吃饭，这也只是礼貌。我真的不懂，为什么要用这种方式来礼貌呢？”彭亮坦白的眼神像孩童一样直视着我们，“为什么呢？为什么要这么表达礼貌呢？”

“为什么呢？”孟导油腔滑调地学着彭亮的语气。

“别想了。”老板拍拍彭亮的肩膀，“西餐的脑子怎么能想明白中餐的成分？”

我们笑。

是啊，为什么呢？我也问着自己。我也不知道答案。但是，我知道，这种礼貌确实是中国式的。这种中国式的礼貌这么多年都是如此。在这种看似毫无意义的甚至虚伪的礼貌中，有着难以阐释的中国式的温暖人情和世故体恤。或许，这就是所谓的文化不同。

“中国人，真是很难懂。买票的时候喜欢插队，上车的时候喜欢挤，该讲究秩序的时候很容易乱，生人和生人之间很不客气，抢得要命。但是，要是熟人，又会客气得要命。在餐馆里，谁先进门要在门口推半天，坐个座位也要推半天，付账跟要打架一样……想起这些，我脑子都会变大。很复杂，太复杂。”

“中国人在你眼里没有优点吗？能不能谈谈优点？”赵老师问。

“中国人的优点……有啊，很多，要不然我怎么会爱上我的太太呢？”彭亮沉吟一下，“中国人，很勤劳，能工作多长时间就工作多长时间，能多赚钱就多赚钱。也很精明，比如来到土耳其，总是在最短的时间里就会用里拉来买东西，因为他们很会算，算得很准，用里拉买最合适。其他国家的人都没有这么精明，他们得过一段时间才能适应。中国人也很节俭，怕付小费，很多中国团都不用服务生送行李，都是自己把行李拉回房间的……”他翻着眼睛，“中国人……”

“行了，别说了。你说的优点听起来都像在骂人。”七彩说，“有歧视倾向。”

“没有，我没有。”彭亮严肃起来，“你怎么能这么想呢？为什么不能正常地，对别人的话？”

“她开玩笑呢。”赵老师连忙缓和气氛，“不过有一点儿可不是我们敏感。我们一去买东西，那些老板就先问，接盘？考润？我们摇头，他们就问，杭钢？太湾？最后才确定，哦，恰那。这不仅有政治错误——杭钢太湾都是恰那，也确实有歧视倾向。”

我们都笑。确实，那些老板们都像商量好了一样如出一辙，先问这几个地方。接盘——日本，考润——韩国，杭钢——香港，太湾——台湾。确定我们来自大陆，态度就会有些微微的不一样。

“那是你们气质好，看着高贵，是对你们赞美。”彭亮说。

“所以才是歧视！”七彩更愤怒。

彭亮憨笑起来。

11

我们在土耳其的最后一夜，住在卡帕多奇亚。翌日晚上就会从卡帕多奇亚直飞伊斯坦布尔，然后从伊斯坦布尔飞回中国。良宵苦短，行乐匆匆。我们决定畅饮一回。老板万里迢迢从中国带的酒鬼酒也终于到了隆重出场的时候。不过餐厅不让自带酒水，老板就把酒灌进了矿泉水瓶里。晚餐时邀请彭亮同饮，彭亮笑问什么东西，老板说中国白酒。彭亮瞪大了眼睛："餐厅里不能带酒。"

老板晃晃自己手中的矿泉水瓶子："以水代酒嘛。只要心里有，喝啥都是酒。"

彭亮拿过瓶子嗅了嗅，笑着摇头道："不好，这样不好。"

"难道谁会赶我们不成？"七彩道。

"没人赶你们，但是，这样不好。要把自己当成标准人来要求。"彭亮把脸转向师道尊严的赵老师，"对不对？"

我们笑。标准人？这算是什么词。当然我们都知道他说的标准是规矩。

"你们可以带回房间喝。"彭亮又说。

我们妥协。邀请他一会儿去跟我们同饮，他摇摇头，说晚饭也不能陪我们吃了，得离开很大一会儿。

"干吗去？"

"去办点儿事。"这家伙真是学会了中国式问答。

"具体点儿！"孟导说。

他诡秘一笑："约会。"

"跟一个女孩儿？"

"当然。"

"多大了？"

"二十岁，大学生。"

"很漂亮？"

"应该吧。我也没有见过，是网友。"

我们让他早点回来陪我们喝酒，他答应了。

我们的夜饮从九点开始，在老板房间。十点半左右，彭亮敲门而入。喝了一会儿，大家开始唱歌。彭亮请求我们教他唱那支《青春舞曲》，还先把歌词一本正经地记了下来。我注意到，他用的是土耳其语，而不是汉语。也对，能说这么多汉语就不错了，写汉字就真是太为难他了。

太阳下山明天还会爬上来
花儿谢了明年还是一样开
美丽小鸟一去无影踪
我的青春小鸟一样不回来
…………

一遍又一遍，不知道唱了多久，他终于学会了。然后我们又唱别的：《达坂城的姑娘》《在那遥远的地方》《吐鲁番的葡萄熟了》《花儿为什么这样红》……每一首他都说好听，每一首他都会鼓掌。他仔细询问着歌曲的名字，一首首地记在手机上。他说他要从网上下载下来，好好地听。

后来我们请他唱一支地道的土耳其民歌，他闭着眼睛静了片刻，开始唱。声音不高，很有磁性。语调甜美轻快，又很忧伤。我们问他歌的名字，他告诉我们，这叫《阿伊吉孜》。后来我在网上找到了这首歌的歌词：

你的火焰将我点着，阿伊吉孜，

我的爱情正在燃烧。
既然你要弃我而去，
为何还要甜言蜜语，
给我爱的琼浆，让我取饮？
告诉我，告诉我，究竟发生了什么事情？
我凝视着远方的道路，
它将我的眼睛刺伤。
树叶在刹那间变黄，
望着你的归路，
我的眼里只剩下绝望。
一年转瞬即逝，
你的话语却长在我心，
告诉我，告诉我，究竟发生了什么事情？
…………

“土耳其歌，我太太，只会唱这一个。”他说。手机作响，他马上接通，讲了几句，很甜蜜的样子。

“你太太？”七彩很仁慈地没有强调“前太太”。

“不是，我女朋友。”

“刚才约会那个？”

“不是，是伊斯坦布尔的，另一个。”

我们的面面相觑他仿佛没有看见，很平静地告诉我们，他昨晚为了看足球赛，把手机关掉了，今早才看到伊斯坦布尔的女朋友给他发的短信。可是因为他支持的俱乐部输了，他没有心情及时回复。刚才他才回过去短信，女朋友不理他。他隔一段时间就发一次，女朋友终于理他了。

“喂，你到底有几个啊？”孟导给他斟上酒，问。

“好几个。”他得意地说，坦诚地看着我们，无所谓得近乎无耻，“我现在的想法很简单，就是玩。我告诉过她们，恋爱，可以，结婚，不行。”

“当时，你跟你太太的时候，你……”七彩问。其实我也想问。女人在某些问题上的想法真是惊人的一致。

“我从没有背叛过她。”他说，“从来没有。那两年，我非常忠诚。但是，现在，我就是玩。目前，近些年，我不打算结婚。”

“你的女朋友们，她们也都愿意保持这样的状况？”我很好奇。

“嗯。我跟她们，都是她们需要我，给我打电话，我需要她们，跟她们打电话，时间 OK，我们就 OK。时间不 OK，我们就不 OK。我知道，我喜欢你，这句话比我爱你要浅。先有我喜欢你，才会有我爱你。在中国，我爱你，这是一句很严重的话，是要结婚才会说的话。”他看看我，又看看七彩，“我和她们，只是喜欢的关系，不是爱的关系。”

我和七彩对视，无语。

“你们土耳其到底是开放还是保守，宽容还是封闭？”赵老师问。

“请不要这样问问题，很多事情不能这样问。土耳其……”彭亮又翻着眼睛，一副思考的模样，“传统和保守是土耳其的特点，开放和宽容也是。比如，你在街上会看到很多穿黑袍的女人。

黑袍很严密，对不对？可是黑袍里面，常常什么都没穿。”他坏坏一笑，扬了扬下巴，“再说了，土耳其男少女多，所以，男人比较……”

“这么说，中国男人倒是可以引进来一些，反正你们缺。”老板也坏坏地笑。

“也不是不可以。世界上有两种货物最赚钱，当然，是有罪的，一是毒品，二就是人。”彭亮显然明白老板的促狭，“不过，中国男人来这里，卖不动。”

男人们全愣住。

彭亮不依不饶地补充：“在欧洲男人和亚洲男人中间选择的话，土耳其女人当然会选择欧洲男人。为什么不呢？”

三个中国男人互相看看，苦笑两声。

“我，不是一个好人。”彭亮叹口气，喝了口酒，忽然说，一边说一边朝窗外看去，“我基本不去清真寺做祷告，这种工作，天天也没时间做祷告。自己在家休息，我也常常睡过头，很少做祷告。我还有这么多女人……安拉会惩罚我。我知道。什么时候来惩罚我呢？世界末日。所以我说我是一个特别的穆斯林。”他自言自语，很有些债多不愁的无赖气质。

“像你这样特别的穆斯林，在土耳其挺多的吧？”

“嗯。”

“还是要好好过日子。”半天，赵老师语重心长地蹦出一句。

我们几个共同失笑。

“……我爱的，只有我太太。”彭亮又喝了口酒，说。他没有笑。

又是“我太太”，这个已经离异的太太简直是挂在了他的嘴边。

他肯定不是用这个来跟我们联络感情。没有必要。我相信他也不是在给自己演戏。他的眼神、他的表情，在我们这些相对而言当之无愧的老江湖的眼睛里作不了假。他是真的爱她，真的怀念着她，因此才能在生活的犄角旮旯里都看到她，处处提到她。我相信他不会对每个从他生命中经过的女子都这么惦念，正如他不会对他带的每个中国团都这么诉说自己的故事。他之所以对我们如此，我推测的原因，一来是相处得比较愉快，二来他感觉到我们的素质比一般的团要高那么一些，他跟我们有交流的可能。再就是我们团人少。这一点很重要。稀稀落落几个人，不用他太操心，也让他这朋友般的私语成为可能。——这个八〇后的土耳其青年，这个看起来开朗明快的帅哥，他的这些最隐秘的话，尤其是中国元素的话，在他土耳其的朋友圈，应该没有什么合适的听众。而在他的工作环境中，也很难碰到合适的听众。他带了那么多团，这些旅客绝大多数都如那个领导一样，只把他当作“刀油”。他跟他们，最多只有友好的工作契合，而绝少情感的亲密粘连。更多的时候，他是在倾听旅客们的要求，梳理和处置旅客们的心思，他没有资格也不能把自己的情绪带到工作中。他必须把作为个人的自己隐含起来，把作为“刀油”的自己裸露出去……也因此，碰到我们这样的团，碰到我们这样几个表现出了诚恳的倾听意愿，甚至把这种意愿发挥到自己都觉得厚脸皮程度的人，他才能够这样尽兴地把自己倾倒出去。

——可是，他不过是我的作业对象。这对他似乎是不公平的。但是，说到底，我们也不过是他的移情对象。打个冷酷的比方，我们都只是对方的某种工具。这么一想，似乎又公平了。是这样吗？

我看着他的侧面，他的高高的鼻梁，深陷的眼窝，他的稍微有些卷曲的浓密头发。很多男人的风流滥情会让我觉得肮脏。但是，此刻，他没有。我觉得他挺干净，他这种干净给我的感觉很像我的一个朋友，那个朋友一向嘻嘻哈哈，很没有正形，平常在一起喝酒聊天，他常常像个流氓似的用这样的句子开场：“给哥儿们讲讲你们最近玩过的男人和女人呗。”——但是，无论他怎样放浪形骸，花心遍地，无论他的桃色多么绚丽如春，红杏满墙，他给我的感觉就是干净，很干净，非常干净。他的干净让我觉得可爱，让我觉得他做什么都可以原谅——因为他不会坏到什么程度。我对他宽容到甚至让我觉得，他就该有这么多女人喜欢，他就该这么花，不然这个世界就亏待了他。

我也不知道这是为什么。或许，就是因为坦诚的缘故？坦诚很像洗洁精，能洗掉很多顽固的油垢。——不，不仅仅如此。但我确实也想不出更多的原因了。

此时的彭亮正看着前方，哼起了我从没有听到过的歌曲，歌曲的调子很有韵味儿。

12

行程单上最后的景点是乌其萨城堡。刚刚下车，天上就开始飘雪花。我们告诉彭亮，春天下的雪，在中国叫“桃花雪”。他赞叹：“真美的名字！”

雪越下越大，很快，城堡们和城堡们依附的山峦们就变成了白色。彭亮一边招呼我们小心，一边拿着一张地图加快步子走在前面，找到一个景点就回去接我们，介绍完了再去找，再接，像一只小狗一样跑着来回路。

“你不熟悉这里吗？”我问。

“原本还以为你很敬业。”看他点头，七彩撇撇嘴，“难道没有职业培训？”

“有，可是所有都熟悉，那不可能。”他有些急了，“一千多个景点，怎么可能？你说得有道理，但落实很困难，很困难。我们职业培训四十多天，走了很多地方。可是当我第一次带团去的时候，所有的地方都像是新的！”他微微一笑，“不过，今天，我们一起去发明这个地方，不是很好吗？”

我们笑。发明应该是发现，但早已无人纠正。一个词的准确有那么重要吗？

“真的。熟悉一个地方，一次，两次，几次都不行。必须得在工作中一遍遍深，很深，再深，更深……”彭亮还在解释，还别说，很，再，更，这几个程度副词他用得还真不错。他顿了顿，来了一句更精彩的，“一口吃不了一个胖子。”

我们鼓掌，夸他用这个俗语用得妙。

“不过，对不起，这里真是不熟悉。我是第二次来，还下雪……”据理力争之后，他一脸愧疚，“对不起。”

“反正像我们这种陪你练的游客就是吃亏。”七彩嗲嗲诉苦。

“我一会儿再带你们看一个好景点，行程单上没有的，作为道歉礼物。”他说，朝我使了个眼风，“就是我说过的那个性感的地方。”

我们欢呼。会哭的孩子有奶吃，七彩这一争还争得真有效果呢。

那个景点果然很性感——数亿年前卡帕多奇亚地区的艾尔吉耶斯火山喷发，火山喷吐而出的熔岩改变了周围的地形，几百米的火山灰和熔岩堆积起来形成了凝灰岩和熔岩层。经过风雨不断侵蚀岩石表面，松软的部分剥蚀殆尽，顶部坚固的岩石被残留了下来，于是很多岩石的状貌孤直朝天，顶端却是个大圆顶。彭亮说土耳其人文雅的叫法是“精灵烟囱”，粗俗的叫法是“JJ林”，可见有多性感。

“也有人叫这里爱情谷。”彭亮说。

“怎么就跟爱情沾上了边儿？”七彩问。

“难道爱情跟小鸡鸡没关系？”

我们笑。再往下讨论，就成了形而下的生理卫生课了，还是抓紧时间拍照吧。每张照片里的我们都在傻笑。这种地方实在让人忍俊不禁啊。不仅是我们，来这里玩的游客几乎都笑意盈盈。笑意盈盈的人总是格外好看。

雪越下越大，我们也玩得越发高兴——最后一天总有些狂欢的氛围，何况彭亮还总是有新点子：团了一个一个很大的雪球递给我们，又让我们把雪球抛到空中，抓拍抛接瞬间的影像……忽然，七彩的身上落了一个大雪球。不用问，是彭亮。于是我们开始了雪球混战，很自动的，我们分成两组：七彩、孟导和赵老师一组，我和老板、彭亮一组。彭亮的主要工作就是团雪球。

“彭亮，再给我团一个雪球！”我喊。

他停住："什么？"

"团雪球！快团雪球！"

"团？"

"团！"

"啊，我知道了，团结的团！"

"对！"

"这个字真好！"

"那当然！"

聊着这个字，我们两个的身上被七彩和赵老师砸出了一朵朵硕大的白花。最后上车的时候，我们每个人都脸色红润，头发直冒热气。真好啊。

"美女！"老板突然冲着一个欧式美女大喊。彭亮马上配合出一个华丽口哨。

"比你太太怎么样？"赵老师笑道。

"不能比。"彭亮说，"我太太，她是我心中最漂亮的中国姑娘。"

"你太太比我们七彩呢？"老板问，又学着彭亮的口气对七彩道，"你可是我心中最漂亮的中国姑娘！"

彭亮回头看了看七彩，没有说话。

"怎么不说话？"孟导穷追不舍。

"得了吧你们！"七彩呵斥男人们，"拿我穷开心哪。"

"其实，所有男人心中美女的标准都一样，正面看是X，侧面看是S，细腰长腿，前凸后翘，谁都喜欢这样的。"彭亮终于说话，"但是，有了爱，这个标准就不一样了。也许，她在别人眼里很丑，但在我就是好看。每个人心中都有自己的好看，最好看……”

“中文叫情人眼里出西施。”赵老师说。接下来关于这句话的延伸释义又叙谈了半个小时。闲聊中老板又对彭亮解说了一些俗语：饿不洗澡，饱不剃头。一人不进庙，两人不看井，三人不赌钱。

“为什么呢？”彭亮眨巴着长睫毛。

“洗澡费力气啊，饿了洗澡更没力气，没力气就会昏倒在澡堂子里，就会被淹死。剃头需要低头憋气，饱了剃头就会呼吸不畅，难受嘛。一个人进庙里，庙里都是金刚夜叉的，能不害怕？两人看井，要是一个人起了坏心，把另一个推到井里，那个人死得多冤枉啊。三个人赌钱，要是两个人串通起来想要坑另外一个人，那还不是一坑一个准儿？……”

老板滔滔不绝地教诲着，彭亮频频点头。我看出他眼神里浓厚的迷惑。有这么复杂吗？怎么就这么复杂呢？

老板刚歇着，孟导又上阵，教彭亮成语，什么“君子报仇，十年不晚”，什么“鸿门宴”，什么“沉鱼落雁，闭月羞花”……一边听我一边暗自感叹，汉语，我们的汉语，披着几千年风霜的汉语，在中国的语言环境里让说者和听者都失去了感觉的如同长了厚茧的苍老汉语，在土耳其，在土耳其的彭亮这里却如同一个蜕尽了陈皮的娇嫩婴儿，动辄就会让我们的心软一下，再软一下：原来它是这么可爱，这么有趣，这么生机勃勃……

按照行程单，最后一天的晚餐是在卡帕多奇亚飞往伊斯坦布尔的航班上由航空公司解决。一办完所有的登机手续，彭亮就和我们请假：“我要出去一下。”

“又干吗去？”七彩开始流露依依不舍。

“吃饭。我不想吃航餐。难吃。”他说。然后他扬长而去。

“嘁，谁不知道航餐难吃啊。”七彩很幽怨。

沉默了片刻，老板发言：“这个家伙，真不懂事，昨天我们还请他喝酒呢，他吃饭就不能让我们一下？让一下都害怕？”

“我们也不会像他那么实诚，让让就去了。”

“就是去了也不会让他买单呀。”

我也想说话。我想说，你们想去干吗刚才不说？干吗一定要等人家说？可想了想，我没说。毕竟他们说的都是中国式立场上的中国式道理，也不是无事生非。彭亮呢？他是欧式立场上的欧式作风，当然也没有错。所以，还是不说了吧，即使说了也只会让我们的小团体生出嫌隙。我问自己，你以为你是谁？在土耳其的土地上待上八天就可以以欧式风格行事了吗？不可以的。

二十分钟后，彭亮一脸满足地回来了：“真好吃。”

“吃的啥？”七彩酸溜溜地问。

“面条。十美元一小碗，很贵。但是很好吃。”这个家伙神采奕奕地说。我看着他的脸，忽然，很想摸一下。当然，我知道不能。

一个半小时的飞行之后，我们抵达伊斯坦布尔机场直接转机，时间紧张，我们和彭亮在海关匆匆告别，依次拥抱，我是最后一个。拥抱完毕，我问他：“你的名字用土耳其语怎么说？”

“帕得拉克。”

“帕得拉克，帕得拉克……”我喃喃，这四字连音果然很像彭亮。

“土耳其语是什么意思？”

“光明，明亮。”

挥手再见，渐行渐远。突然，彭亮大声喊道：“请记住我！”

“会的！”我回头呼应。

他颔首微笑。

13

对于日常生活而言，旅行就是一场意外。意外过去，就得回到非意外中。从土耳其回来之后，日子流水般过下来，我们几个依然常常相聚，相聚的时候偶尔也会提到彭亮，不是特意，而是碰到什么事后不期然地就会说起。比如，有一次去老板的店里吃他的新式菜品，他便感叹：“这菜做的，要是用彭亮的话说，那就是把自己的舌头都吃了。”

“那天整理过去的照片，翻到土耳其的那些，我拍了彭亮不少呢。”孟导说，“当初我答应给彭亮发过去的，还留了他的邮箱和手机号，可是怎么也找不到那张纸片了。他不会骂咱们中国人说话不算话吧？唉，我可给祖国抹黑了呀。”

“前些时给学生上课的时候，我讲了彭亮的事。”赵老师忽然说，他故作平静，但平静里掩饰不住得意，“还做了课件，配了很多土耳其的照片。效果很好。”

我们沉默，等他自招。

“彭亮的事情，意义很丰富。”赵老师拉开架势，“第一层，一个外国青年，不远万里来到中国学习中文，这是什么精神？”

“白求恩精神。”我们一起笑。

“可见我们这个国家多么有魅力，多么让人向往和憧憬。这让孩子们完全有理由增强民族自信心。”

“当初日本人侵略中国之前，也派不少人学习中文呢。”七彩低语。

“第二层，中文那么难学，彭亮居然学会了。这也算是具有励志意义。”赵老师自顾自说着，老板接茬：“要是有一个美女手把手教我写字，我也很励志。”

“当然，也不能光说好的。第三层，彭亮失败的婚姻就很有警示意义，这种失败不仅仅是文化背景的问题，还有为人处世的气度问题，胸襟问题，宽容问题，理解问题……”

“赵老师，他滥交女朋友的事，还有他和第十八个中国团的事，你说了吗？”我问。刚才那些陈词滥调他还没开口我就能猜得到，我甚至能推断出他说那些话时的神情和姿态。

“那怎么能说呢？”

我笑。当然，他当然会把他认为不合适的这些东西择出去，择得干干净净。可是多么奇怪啊，他择出去的这些东西，恰恰是我觉得最有意思的。——忽然想起分手的时候，彭亮最后喊的那句话：“请记住我！”

我没有食言。这几年来，我一直记着他。记住是容易的，关键是记住他什么。和赵老师的记住有所不同，我记住的就是这些。——不，我没打算把他当成一份作业，从土耳其回来之后，领导似乎忘了作业这回事，没有催逼我，我也就几乎忘记了写他，直到今天有了点儿空才开始动笔。我很清楚，即使是交作业，这样的作业《大河今报》也绝不会用。我只是先写出来，哪怕只是放在那里，以免自己越来越老，终有一天会把他忘记。

图书在版编目 (CIP) 数据

在土耳其合唱 / 乔叶著. — 北京 : 北京十月文艺出版社，2018.1
ISBN 978-7-5302-1736-8

Ⅰ. ①在… Ⅱ. ①乔… Ⅲ. ①中篇小说—小说集—中国—当代 Ⅳ. ① I247.5

中国版本图书馆 CIP 数据核字 (2017) 第 214659 号

在土耳其合唱
ZAI TUERQI HECHANG
乔叶 著

出　版　北京出版集团公司
　　　　北京十月文艺出版社
地　址　北京北三环中路 6 号
邮　编　100120
网　址　www.bph.com.cn
发　行　新经典发行有限公司
　　　　电话（010）68423599
经　销　新华书店
印　刷　北京盛通印刷股份有限公司
版　次　2018 年 1 月第 1 版
　　　　2018 年 1 月第 1 次印刷
开　本　850 毫米 ×1168 毫米 1/32
印　张　12.125
字　数　250 千字
书　号　ISBN 978-7-5302-1736-8
定　价　42.00 元
质量监督电话　010-58572393
如有印装质量问题，由本社负责调换。